不穿紅裙的男孩

潘柏霖

red is all he can see

01

到底為什麼她這麼笨啊？

在我面前，顯然已經四十多歲，但裝扮成三十多歲，希望被認成二十多歲的忘得窩心理師正在替我審核復學前最後的精神評估。沒有人需要看一個外表沒什麼異樣，說話沒什麼異樣，做什麼事情都基本上算是正常的，很正常的異性戀男生做什麼精神診斷吧？這件事情對我來說有多白痴，如果用電視劇比喻——畢竟我怕你聽不懂——她講話的速度在我聽起來，就像是調慢了大概十倍。

好想要直接拿東西砸她，我為什麼要在這邊聽她講廢話？

我現在所在的地點是忘得窩設立在校園的精神診斷治療室，左側還有一整排植物盆栽，試圖在這個牆面白淨到有些恐怖的房間內製造一點溫馨生活感。心理師握著原子筆，在紙上快速寫著一些文字。當她抬起頭看向我時，她莫名其妙開始分享起自己的童年小事，像是她父親曾經帶她去參觀忘得窩動物園，當時她還不知道忘得窩動物園的動物都是從哪裡來的，只覺得野外都沒有這些動物了，還能看到這些動物真的很幸福，結果卻是被父親騙去附設的醫院進行移除百破樂的手術。

她解釋，顏色幾乎都是紅色的百破樂，是一種寄生在影子上，會變形的無害蟲類，忘得窩提供免費手術替大家除掉這個東西，但因為是無害的，所以她有一個小孩生下來就被百破樂寄生，而她沒有替他移除——我是不知道她以為我多笨，如果她有看我的課業成績（她應該必須得看，因為她要評估我是否能夠復學），她就會知道我比她聰明不知道多少倍。我無法理解為什麼她覺得需要在那邊跟我解釋百破樂手術是幹麼的，明明這就是我們入學體檢檢查過的項目。

你可以選擇不要動手術，讓百破樂在你身邊飄來飄去像是什麼寵物一樣，但那種不正常的人根本不用納入思考範圍中。

我當然知道她為什麼要說起自己的故事，就像我說的，我不笨，我比你還要聰明。她是因為這樣好像就能建構什麼我和她之間交換祕密般之後產生的昇華連結，這一切都像是個遊戲。

還是很無聊的那種。

當那心理師開始講起自己第二個男生小孩最近多喜歡扮裝的時候，我開始把她說的話靜音了——我知道你做不到這種事情，但我可以，因為我就是比你厲害。不然難道你想要我乖乖坐在這邊聽她花兩個小時講自己的男生小孩最近開始想穿裙子嗎？我到底為什麼要聽她說自己小孩喜歡穿粉紅色的裙子啊？

說實在的，你覺得她還會說什麼？不就是「你好嗎」、「還可以吧」、「覺得怎樣」來當話題的結尾不是嗎？好像她能夠真的幫助到我什麼一樣——看吧，現在忘得窩心理師以「你還好嗎，最近應該還滿穩定的吧？」做為她那一整串對我完全沒有任何意義的對話結尾，好像她真的想知道我好不好一樣。

心理師總是喜歡問「你還好嗎」，要你跟他分享你的人生，要你自己記錄你的人生。但說真的，你會去跟掌握著通報你的資格、一通電話就能把你送去忘得窩療養院二十四小時看護的心理師，說什麼你最近開始感覺到一些很奇怪的事情嗎？喔不對，不是最近，你一直以來都是這樣，不是有人害你變成這樣的，是你就是這個樣子。

嗯，你問像什麼事情？好吧，可能像是我感覺不到太多除了憤怒之外的情緒，我知道我應該要在乎一些事情，但我每天醒來的第一個念頭都是：幹，為什麼又來了，為什麼我又在這裡？我感覺不到任何東西。我應該要有感覺的，不是嗎？我父親失蹤了，我應該要感覺到難過，但我不知道我感覺到的是什麼，我只感覺到憤怒。我買漂亮的東西，我穿好看的衣服，我知道我很好看，我知道我一臉就是應該要快樂的樣子，但我每天走在路上，我都只覺得，好無聊，我、好、無、聊，我好想要把那些走在路上笑得那麼開心的人頭都打爆——他們是怎麼不覺得無聊的？

深呼吸一下。

好吧，我可能有點刻意戲劇化，畢竟你就是喜歡這種東西吧？但你懂我的意思。說真的，「你還好嗎」，根本就不是一個合理的問題，我到底能回答什麼？這些年來我發覺的真相是，他們根本不在乎你到底好不好。對啦，當然他們會問你覺得怎樣睡得好嗎藥有沒有吃，可是你真的以為他們希望聽到你回說「媽的我超差，我完全不行」嗎？你有可能告訴他們你的胸口像是被挖了一個洞所有人說話的聲音進去都讓你痛到想尖叫嗎？你可能告訴他們，我好無聊，我不知道我到底在這裡幹什麼，你以為他們會有解答嗎？你當然不可能告訴他們說你真的覺得怎樣，因為他們會覺得難受，因為他們會認為是他們的問題造成你的痛苦當然不是但部分是吧光是跟他們說話你就好累你就好想逃走。所以你只能說還好日子不算太差真的還算可以不用擔心——所以，對啊，我過得很好。

我的人生真美好，家庭安康，萬事無恙，超棒棒。

心理師放下手中的記錄本和筆，她的黑髮其實滿好看的，但如果留長一些就好了，看起來會比較漂亮。她問道：「之前你提過，你偶爾會有那種想要結束一切的慾望，因為你覺得自己不是真實的，你想要結束一切，光是想到要繼續存在就讓你感到害怕。你現在還是這樣想嗎？」

她露出試圖讓我安心的微笑，說道：「你可以告訴我的，不用擔心，我是來幫助你的。」

我當然不可能告訴她我究竟在想些什麼，否則她一定又要開始謹慎評估我的精神狀態。在第二次還第三次的診療會面時，我不小心告訴她，有時候我覺得自己是個遊戲角色，有人在控制我的生活，操縱我的世界，我不知道自己到底在幹麼，我不想存在，醒來的時候我吃早餐跟我媽說話，我上網按一些人的忘得讚愛心讓他們知道我還活著，但我不想存在，我不知道，我不想思考任何事情，我想要一切都停止。她說了「這倒是很有趣」，便詢問我「認為這代表了什麼」並且開始暗示我會這樣認為，是不是和我父親發生的事情有關。

到底為什麼所有事情都要和我父親有關？這個心理師可以不要這麼偷懶嗎？

所以，我只是深呼吸了一回，搖了搖頭，告訴她最近情緒還滿穩定的，忘得糖吃了之後我就再也沒有產生那些奇怪的念頭，我每天醒來雖然疲累但還是很想繼續努力下去，因為人生嘛，總是要習慣那些爛事發生，不然你能怎麼辦呢——即便事實上我根本就拿了一堆忘得糖但一顆都沒吃。

你不用擔心我，真的，我很好，真的。沒什麼好抱怨的。

心理師點了點頭，將她填寫好的評估表收入桌上的大牛皮紙袋中，她站起身拍了拍我的肩膀，在我背起我紅色後背包的同時，她告訴我可以去準備上課了，這是我大學最後的一門課程，好好享受大學生涯，交些朋友，建立一些現實生活的連結，這樣你跌倒時才有人能接住你。接著她張開雙手，向前試圖要給我一個擁抱。

室。

我直接向後退了兩三步，有些尷尬地側身躲開心理師的舉動，轉身離開了治療

我看了看手機，距離上課時間還有半小時左右，我決定緩慢地走向教室。教室外有許多學生走來走去，也有學生在走廊聊天。我側身閃過一個正從教室走出來的人，鑽到最靠左側窗戶的角落位置，拉開鐵椅，把我的背包放到椅子下的鐵格中。我試著將腿伸向前一些，確認了這教室的桌椅間距還是和以前一樣狹窄，桌子的大小基本上只能放下一本書和鉛筆盒。

我滑著手機，看著忘得讚上的新動態，似乎有幾個國家開始有某種新的傳染病，消息還沒有驗證過，不確定是真是假，只說了感染到這種病毒的患者會狂暴並且想吃人肉（事實上這類新聞更加深了我認為我整個人生都只是個遊戲故事腳本的信念）。我繼續滑過幾個動態，就在我看著小貓咪不斷追著小狗跑的影片時，有個聲音從前方傳來。

「嘿。」

「嘿、欸。」

我抬起頭，本來要看向聲音來源，但卻先看到一個長髮女生從教室前門走了進來，她穿著粉紅色的無袖背心和紅色膝上短裙以及淺灰色矮跟短靴。她轉頭對著教室

外似乎是在嘲笑還是罵她的人伸出右手比出中指，接著她走到講臺上的黑板前，拿起白色粉筆在黑板上寫了大大的「厭女」二字還在旁邊畫了一個大中指。她轉過來時和我對到眼，她看起來比我曾經見過的任何女生都還要像是女生——但我覺得她不是女生。

不應該這麼做，我怎麼可以這樣，但我忍不住伸出手向她揮了揮——真正意識到自己的動作，我連忙移開視線把手放下，但我透過餘光瞄到她露出笑容。我非常確定，呃，大概百分之七十確定，好吧我不太確定但我希望這是真的。

我到底在幹麼？

呼喚我的聲音來源還在繼續嘿欸嘿欸，我轉過頭看向對著我喊叫的傢伙，那是一個坐在斜前方穿著水藍色明顯過大襯衫的男生，他笑著盯著我，眼裡看上去好像滿驚喜的樣子，雖然我不知道他在驚喜什麼——瞬間意識到他驚喜原因的我往後退了一小步，椅子被我雙腳突然向後推的舉動位移了一些，發出吵鬧的聲響。教室中零星幾個學生回頭看向我這邊，有個高大的男生發出很大的笑聲，他有點臉熟但我一時之間想不起來他究竟是誰。這次我確定那個女生對我笑了，呃雖然她可能是在笑我。

真是美好，我的第一印象，大概就是連椅子都坐不好的笨蛋垃圾男了。

我實在很想和她解釋為什麼我連椅子都坐不好，但我總不可能告訴她，這個傢伙就是少數沒有移除百破樂的不正常笨蛋——這樣就得告訴她我認識那個混帳。

「欸，你真的回來了？」他問道，晃著頭，一副很驚喜的樣子。

他拿起自己的背包就往後移動了幾個位置到我的斜前方，我真的希望他沒這麼做，他這樣做只是讓那個恐怖的東西更往我這裡靠近了而已。

他的名字是麥憂，我們大概是在高中畢業後漸行漸遠的，講真的我不覺得你需要知道這些故事，我也不是很想告訴你。總之，高中畢業後光是處理我父親三不五時的狀況就讓我每天都想跑到山頂尖叫（事實上這後來大概成為我每天的夜間活動），父親占據了我大半的空間，我的世界是真的沒辦法多塞一個人（當然也不是說如果沒有其他問題我世界就可以多塞一個人，我對人類沒太多好感，畢竟你們這麼笨）。

那隻巴掌大小的人臉紅色怪物飛了過來，從麥憂的肩膀上飛到他的頭頂，牠的軀體從中間扯開，我基本上可以看到有些血管神經還彼此相連，左側的肉體上方浮現一個字「你」，右側的肉體上方浮現的一個字則是「好」。我吞下口水，將有些垂落在額際的頭髮往後撥弄，我是真的很想裝成不認識他的樣子，但我是個好人，我沒辦法說謊。我不應該說謊。

我點點頭但保持沉默，不直接回應他，低下頭從書包裡挖出筆記本翻開假裝自己正在閱讀（很愚蠢的是筆記本是空白的什麼東西都沒有，我只好從背包掏出一支鉛筆開始亂寫字）。麥憂伸手過來我這邊，敲了敲桌子，逼迫我把頭抬起來。

我皺起眉，看著他一臉喜悅的表情，問了他究竟想怎樣。

「欸，等等要不要一起吃——」他話還沒說完，旁邊一個跟他身形差不多清瘦的男生走了過來，一來就捧起他的臉吻了他。

我不確定為什麼男同志都這麼喜歡在別人面前晒恩愛。親吻結束後麥憂顯然還想跟我說話，好險上課鐘響，教授已經站在臺上，零星的學生小跑步進教室。教授開始跟大家自我介紹，說明學期的服務學習課程內容，並且從第一排發下表格，表格內容是這學期服務學習支援的單位，他要我們在這週分好組，一組四人。除了我不明白服務學習為什麼還需要分組之外，我更不明白的是這年頭到底誰還在印紙本表格出來的？地球就是被這種人玩壞的。

這教授顯然有一堆話想講，他在介紹完課綱之後就開始分享一堆我不認為學生需要知道的私人生活經歷，講真的為什麼會有人想聽五十多歲頭髮都快掉光又長得根本不好看也沒本錢剃光頭的異性戀老男人說自己的人生體悟，大家在家裡還聽不夠嗎？

他開始講起最近變成動物的手術開始流行的現象，解釋之後課程中會專門講述這一部分，因為他認為這是大家最迫切需要理解的事情，他還停下來問大家對這件事情的想法。

大多數人都認為變成動物是個人的選擇，自由意志的展現，有時候做為人類的變數實在太大了，人們很難控制自己的生活，但轉化成為動物的手術使得人類能夠重新掌握自己的生命，這是自由意志的最大展現，是民主自由的象徵，有的沒的有的沒的——去他媽的自由意志，他們真的以為自己有這種東西嗎？

雖然教授對這議題顯然興致高昂，不只是和同學們討論變成動物的手術執行問題，還聊起忘得窩動物園策展時他去參觀評鑑的事情。忘得窩動物園是一間基本上像是一座島嶼的觀光園區，裡頭的動物都是決定成為動物的人類變化成的，忘得窩動物園保存了原本幾乎滅絕的野外動物被人類認識的幸運機會——因為這話題實在太無聊了，會在這邊講這些有的沒的人自己根本不太可能去做這些決定，我低下頭看著筆記本，在上頭隨便畫起圖來。

我真希望可以有個什麼人口清除計畫或者怎樣的計畫，總之就像電影或者遊戲一樣，忽然有個什麼原因，而我必須殺人才能活下去，這樣我才可以拿這支筆攻擊教室裡的其他人，那至少還比在這邊聽這些人空談什麼成為動物是多麼美好的排除苦痛安享晚年的方式更好。我可能會放過麥憂，雖然他是個男同志，但他還可以。

其他人就全是鉛筆戳眼珠挖出來串燒。

我握緊鉛筆在上頭開始畫圓圈，先是左轉三圈又是右轉三圈接著再上下上下波浪花紋，握筆的力道愈來愈大，開始感覺筆芯搖晃搖晃搖晃，我繼續畫著圓圈，我好想要拿這支筆衝到臺上戳進那教授的眼窩裡面。教授還在臺上大談特談關於忘得窩動物園的美好，讓人類在現在這個時代還能夠認識早已經滅絕的動物，現在野外的動物實際上也多半都是忘得窩製造生產，原生物種已經幾乎不存在了。

他，不，他們說得好像忘得窩真的是在做什麼好事一樣。

我握緊鉛筆，愈來愈忍不住想要尖叫的衝動，筆尖深壓紙面——忽然側方傳來巨大的聲響，我手中的筆芯應聲斷裂，筆掉到前方地板上。我抬起頭看向旁邊，發現是麥憂那傢伙的桌子倒了。

麥憂的桌子不知道是怎麼整個翻倒，桌面的東西全都掉到地板上，他包包裡面跑出一整條保險套，保險套滑過地板像是條癱倒在地上的蛇，兩側的同學看著笑了出來，教授一副無可奈何的表情看著麥憂，顯然麥憂誇張麻煩的人格特質連教授也都知情。我看見那個好看但不是女孩的厭女女孩也轉過頭來看向我們這邊，我不知道哪根筋不對，右手忽然伸起來朝她揮了揮手，她看起來沒有嚇到，竟然也向我揮了揮手，還露出一個超可愛的笑容。

「抱歉、抱歉——」麥憂那傢伙的聲音打斷了我沉浸在那笑容中的喜悅，他蹲到地板上撿起保險套和散落的紙張和課本，「桌子就這樣倒了，教授你知道為什麼桌子會倒嗎？桌子這樣是不是違反了他約定俗成的社會功能？」

麥憂說著的時候同學此起彼落地笑起來，原本的話題就從人類變成動物是否仍然是自由意志的討論轉變成桌子的社會功能和桌子的意義是什麼上頭。麥憂還舉起手對教授說著他今天的打扮非常好看，他都感覺自己被激發了想要當個成熟穩重的男人，教授一副欣喜的樣子真讓人覺得莫名其妙。

在教授開始聊起其他話題的同時，麥憂回過頭看向我這邊，抿了抿嘴，蹲到地板上撿起我掉了的筆。他把筆還給了我，還夾了一張寫了兩行字的便條紙。在他轉回身後，我拿起他的便條紙看了看，努力忍住我想揉掉這張紙的衝動——我瞄了眼他肩膀上那隻巴掌大的怪物，閉上眼睛。

02

黑板上已經有好幾個單位被劃掉了。

第二週的服務學習課程是用來分組、選擇單位以及報到的，已經有些確認好單位的同學拿著報到單離開教室前往單位報到。我看著黑板上所剩不多的單位，坐在我旁邊的麥憂緊張地指著黑板大吼大叫，說已經第二堂課了我們還沒選到單位，他的男友在一旁安慰他，在他已經從座位上跳起來焦躁不已的時候抓住他的手，把他拉回椅子上讓他坐好，親了他的鼻頭。

被迫觀賞他們在那邊親來親去的樣子，和那隻飛來飛去的百破樂，我不知道我到底是做過多少壞事才會淪落現在這樣的處境。

我把視線移向在臺上走來走去和別組同學協調的小朱，覺得全身都暖暖的——做為一個女性主義者（雖然我是異性戀男人），我當然知道這樣盯著女生瞧有物化她的疑慮，不過她（還是我該說他？）那個樣子實在讓人很難移開視線。

第一堂課教授要我們選擇分組成員，我坐在座位上，麥憂拉著他男友過來，直接就宣告我們這組只差一個人（麥憂的原文大致上是，如果你不跟我們一組，我們也不會跟別人一組，最後我們還是會一組，你早一點答應晚一點答應結果都一樣還不如現在就答應）。我左顧右盼，不太確定班上還有誰沒有分到組別，想盡力避開和麥憂肩膀上跳來跳去的人臉怪物對到眼。

他到底什麼時候才要去把百破樂給弄掉？真的是沒有必要為了讓自己特別留下這種不正常的東西。

為什麼不選擇更健康的人生？如果他願意，他一定辦得到的。

就在我懷疑我們會撿到一些怪咖的時候，就看見她從教室前方向我這邊走來，明明就不是女人卻比女人還像女人，這合理嗎？今天她把黑長直髮撥到耳後，而不知道出自哪種荒唐的原因，我趕緊站了起來，拉了拉自己的襯衫，確認襯衫紮得很剛好——該死我這怎麼練都練不壯的腰。我向她揮了揮手，說道：「嘿。」

「嘿。」她揮了揮手，隨後將雙手插進她的裙子口袋，她的手掌很大，看上去幾乎和我相仿。

「阿特諾。」我伸出右手比了比自己。

「我知道。」她回道，笑了起來。

我愣了幾秒，有點懷疑自己有沒有會錯意，這時麥憂跑過來搭住我的肩膀，他手那一動作，有些東西很奇怪好像就這樣鑽回我體內了。這感覺就像是，嗯，你房間裡一直都有的那個貼在牆上的便條紙，你太久沒有去看了所以也就忘記它的存在，但某天你進入你那兩邊都是淺藍色，一面是深藍色牆壁的房間，看見那張便條紙貼在上頭，因為太久沒有注意到它了，彷彿它是憑空出現在你房間的東西般，但你知道它一直都在——仔細想想，就像是廚房的蟑螂吧。

他媽的蟑螂。

為了避免蟑螂感繼續出現，我推開麥憂搭在我肩膀上的手，低下身看著小朱。小朱站在我們面前，穿著紅色緊身洋裝，洋裝外搭了另一件很薄透的白色背心，內搭褲有著金黃色銀色繡線的造型，她還穿了白色的小圓鞋，我現在才注意到她今天的黑長直髮裡有一條由金色頭髮綁成的辮子，她整個人像是從另一個世界走過來的一樣。

小朱問道：「所以你們很熟？」

我停頓了幾秒不確定怎麼回應，我應該要理她嗎？她又不正常。就在我陷入這麼困難的道德難題之際，麥憂又鑽過來，手重新搭回我的肩膀，說著「是啊！」並開始向小朱說明我們是從小在白跡村認識的，所以我們想選白跡村當服務地點，他是我最好的朋友他這傢伙從來不交什麼朋友都獨來獨往以為自己是武俠人——我用力搥擊了他的腹部讓他住口，麥憂在那跳啊跳啊跳幾下喊著痛，他的男友在一旁笑著輕拍他的肩膀扶好他的身體。

小朱看著我們的互動笑了起來，說她想加入我們這組。

「如果你們願意的話？」她問道。

就這樣，她加入了我們的服務學習分組——我應該要她去別組的。

看吧，不正常的人就是這樣——現在的她，在臺上和其他組別吵架搶剩下的單位。

原先我們是想要選擇其他機構，麥憂的首選是忘得窩工廠（雖然他明明才跟小朱說他想選白跡村因為我們都住在那裡），他一直都想要去看看忘得糖的製作方式。我看著那巴掌大的紅色人臉怪物百破樂在他肩膀上飄來飄去，一下子變形成黑紅色的煙，跑到麥憂男友頭上變成愛心的形狀，接下來又跑到我面前想咬我——我一揮手把牠拍掉。

麥憂看我拍掉百破樂，過來斥責了我幾聲，我忍住不想在他面前表現出我的情緒，但我指了指百破樂，問他怎麼還沒把這東西弄掉——對此麥憂用力搥了我肩膀一下，我痛得悶哼了聲，還好小朱這時候在臺上和別組同學爭論，沒有看到這個畫面。

教授把報到單放在講臺上之後就離開了，現在還在教室內的，不是沒有選到單位就是報到完回來教室放空（選擇學校內部地區服務）的人，整個教室吵鬧得像是新生宿營集合日一樣。小朱已經解決掉其他組別的成員，現在剩下最後一個人和她爭執，那是一個身高高了她應該一顆半頭的高大男同學，他穿著白色球衣和球褲。他們正在吵架，因為兩人都拿了粉筆在黑板上的白跡村框框中寫了自己的組別號碼。

高大男同學在小朱已經搶先寫下號碼之後用手指抹掉她寫下的字，手裡拿著粉筆就要往上寫去，她則是看著他一臉不可置信。那個男同學就是上週在我被麥憂嚇到之後大笑的傢伙——現在我知道我對他有些印象的原因了，他是白跡村管理人的兒子，偶爾他會去我媽媽工作的餐廳吃飯，每次都是點一整桌菜和朋友在那兒大聲叫囂，根據我媽的說法，李虎是個「跟我爸一樣有問題的男人」，我媽還說「希望你不要變成那個樣子」。

笑死人了，那種只有肌肉的笨蛋，我怎麼可能笨成那樣，我根本生理上辦不到即使我努力嘗試。

麥憂沒有對攻擊我這件事情感到抱歉，即便我明明是試圖關心他，他此時已經跑到臺上，對一旁的李虎鬼吼鬼叫。麥憂肩膀上的百破樂也在那裡跳來跳去，像是蝙蝠一般的翅膀振翅拍打，翅膀末端還有尖刺，百破樂總是會變形，但我印象中最常出現的還是蝙蝠的模樣。我是真的希望麥憂快點去動手術把那個東西拿掉。李虎對著麥憂比了個中指，麥憂氣得跳下椅子就往臺上走去，他男友用力拉著他但顯然麥憂此刻比較像是脫韁野馬而不是動物園馬。在我看不下去這荒唐的畫面，跑到臺上之後，李虎居高臨下地低頭看著比他矮的小朱，說道：「是我要先選的，妳是在看什麼？」

「我已經寫上去了！」麥憂轉過頭，將視線放到男同學身上，喊得像是剛剛拿粉筆寫字的人是他一樣。

那個男同學看著小朱，完全沒打算要理睬麥憂的意思，麥憂的男友在一旁試圖安撫他（比較像是用力拉住他以免他衝向前跟這明顯有在強力健身的同學打架），我才正要往前（做為一個異性戀男性，這時候不出馬就顯得有損男性尊嚴），小朱就雙手交疊胸前，說道：「看你是個垃圾。」

「妳說什麼？」

「你可以不要當垃圾你知道吧？」

「有種妳再說一次，妳到底是誰啊？根本沒人認識妳，轉學生還這麼囂張，衣服穿成這樣是想要被幹嗎？是不是被幹不夠才這麼激動啊？上次我就想說了，穿這什麼鬼短裙，是不怕沒人知道妳不是處女嗎？」

男同學說完後，還抓了抓自己的胯下，左手比出「耶」的手勢放在嘴前，吐出舌頭前後舔了幾下。

看著那傢伙該死的噁心模樣，媽的，我真的是不知道他這種人存在的原因，到底這種人為什麼沒有在剛出生的時候就被他母親（或父親，畢竟現在是個平等社會）丟掉？讓他現在在這邊丟人現眼，什麼事情都要扯到陽具上頭，到底是有多喜歡陽具，難道他是男同志嗎？不是要說男同志不好，但如果他真的那麼愛屌的話就去吸屌就好了在這邊摸褲襠給女生看是幹什麼。

幹。

這種人真的為什麼不乾脆死死算了。

我握緊拳頭，深呼吸了兩次，試著不要馬上做出反應，我開始從一數數，並且用手背磨蹭褲子布料，提醒自己我是在現實世界裡，暴力不能解決問題，暴力不能解決問題，你不是你的父親——李虎看向我，忽然說著我怎麼跟以前一樣還是個娘砲怪胎，接著又指著小朱的臉，繼續罵她是個婊子有多下賤只想被幹一臉淫蕩。

一旁的麥憂向前雙手用力推了李虎胸口，但麥憂的攻擊顯然對他一點用也沒有，他只是一推就把麥憂推到往後退了幾步，還好麥憂的男友從後面接住他不然他整個人都要跌撞在地了。我看著麥憂差點跌倒的樣子，握緊拳頭，才正要向前，小朱忽然用雙手推了李虎一下，力道顯然很大，因為他露出驚訝的表情。

「我不知道你是不是常常被你爸打還是你媽在你小時候沒有抱夠你，你知道你這樣很垃圾吧？你是想怎樣，打我嗎？打我啊，打啊！」

小朱更走向前，離李虎近了一些，她伸出自己的手，用力朝自己臉頰打下去，那力道大到原本吵鬧的課堂全都沒了聲音。她吼道：「打啊，你不是很厲害，有種你打啊！」

在吼的時候她又打了自己另一巴掌，李虎一臉驚恐像是看到鬼一樣，往後退了幾步，伸出雙手在胸前搖了搖頭，轉身就要離開，低聲罵了幾句話後回到臺下的他鑽回組員身邊，一副想裝作剛剛在臺上發生的事情根本沒有發生的樣子。

小朱還對臺下看著她的同學們鞠躬，比了個中指，大聲喊說謝謝你們剛剛的協助。我深呼吸了一口氣，全身都熱熱的，看著她，鬆開了緊握的拳頭。

「所以，嗯，應該就是白跡村了？」

小朱轉身用手抹掉李虎剛剛寫上的字，寫上我們的組別號碼，回過頭來對我露出一個微笑。

拿走白跡村的服務學習報到單後，我們走到校門外搭乘公車，經過三十分鐘的山路繞行後，抵達白跡村外。我們又走了五分鐘才進入白跡村的行政管理大樓，在裡頭等著我們的管理人看見我們出現時露出意外的神情，顯然是因為他預期自己的兒子會選過來這邊，但他很快就收起意外的表情，派他的祕書啟動電動車，載我們四人上山前去照護機構。

在公車上麥憂問了我的心情，他和我說起大學後我們很少聯繫，連在白跡村也不太有交集，他覺得趁服務學習的課程重新認識白跡村或許也是個不錯的機會，雖然他很想去忘得窩動物園或忘得窩工廠但我可能不太喜歡所以最後沒選那裡也是好的吧之類的。他還說了什麼我們還是得面對自己的心魔什麼的很三八的話——說實在的我很想要罵他、對他說點什麼責難的話，或者乾脆就抓緊他的衣領對他吼說，你知道為什麼我不想靠近你嗎因為你很煩人而且到底為什麼你不去把百破樂拿掉又不是說這會付出什麼代價你有需要特別表現自己跟別人不一樣嗎——但每看到他的臉，我就又說不出什麼重話來。

不要問我為什麼，我不知道。從以前開始就是這樣了。

白跡村腹地廣大，橋路又多，一不小心就會從橋掉到很遠很遠很遠很遠的山溪中，還可能不會有人發現你的屍體掛在溪邊樹上。照護機構的路程若以步行大約要二十分鐘，電動車不用五分鐘就把我們運到機構門外了，這讓先前總是步行上來的我有點懷疑為什麼自己會堅持不使用任何交通工具在白跡村內移動。

我們站在門外，祕書翻找著一整串鑰匙，翻出那把刻了一隻括號蝦圖樣的紅色鑰匙，將這把鑰匙插入門鎖中，轉了幾下，成功將大門推開。祕書進入機構後便開始繼續解釋，我們被分配到的照護機構是有門禁管制的，進出都需要使用鑰匙開門鎖門。祕書說明門禁的原因是括號蝦患者容易受到腦內括號蝦的影響而試圖逃出機構回去自己原先的家（就算他們的家都在很遙遠的地方），若是門鎖沒有鎖上，這些患者很容易發生意外。

在走進機構大門時，麥憂拉住我的手，在一旁低聲問道：「欸，你還好嗎？」

「沒事啊。」

我聳聳肩，沒有多說什麼。

當然如果可以的話我是不想要重新回到這裡，如果可以的話我根本不想踏進這棟建築物的範圍，光是看到大門都讓我想尖叫了，但我能說什麼？事情發生了，我就只能面對，畢竟我是個男人，就算我父親最後的日子是在這裡度過的而我只要一進來就感覺自己像是重新回到犯罪現場雖然我根本他媽的沒有犯錯也是一樣。

我當然沒事，這不過就只是一棟建築物而已——我只能這樣告訴麥憂。

呃，好吧，精準來講其實是三棟。

我們分配到的養護機構是專門照護括號蝦患者的部門，為了你貧瘠的腦容量，我之後都會簡稱這裡是括號蝦照護機構。這裡有三棟，每棟有三十張床位，總共有九十名住民，每一棟都分配七名照護住民的員工，以及一名護理師。祕書帶領我們一路走進長廊，長廊兩側的白牆都有高度大約在腰側的鐵製扶手，經過時還有兩名住民正扶著扶手慢慢散步。

祕書把我們帶到第一棟長廊中央的辦公室內，辦公室需要先把推門推開才能進入，外側就是照護櫃檯。我們在辦公室和主掌這裡的主管及幹事打了招呼，幹事之一看到我的時候就向前抱住了我像是我跟他很熟一樣，祕書則在一旁快速地解釋我們服務學習的業務，遞出四張說明單後便離開了。

主管先是和我打了聲招呼，拍拍我的肩膀，指引著其他人一同開始繞了一圈建築內部，介紹住民住的房間以及一些設備的用途，非常自豪地說他們才剛搬遷回來一個月，這大樓前幾個月在修建。現在看到的乾淨明亮寬敞的大廳、就算用東西砸也砸不破的浴廁玻璃、自動感應大門以及娛樂視聽中心，都是全新的建置。

稍微介紹完大樓內部後，麥憂的男友便和主管聊起照護括號蝦患者面臨的問題（我說的聊起意思是比手畫腳，畢竟麥憂男友是……你知道的），似乎是他家裡也有這樣的人只不過沒有嚴重到審核通過能夠住進這種機構，加上他好像是醫學院的——我不知道，講真的我根本沒多在乎他是誰，我只知道他是麥憂的男朋友。我看了看這棟大樓現在的模樣，乾淨，整齊，完全和我當初看見的雜亂擺設不同，現在白色的牆面上什麼都沒有，乾淨到像是所有的居住歷史都沒有發生過。

麥憂直接坐到服務櫃檯上，把這裡當成自己家一樣，雙腳晃啊晃的，他用右手指了指我，又指了指他自己，同時他的左手大拇指和食指比出圓圈的形狀，又一次問了我心情。

我忍不住白眼了他。

「你很熟這邊？」小朱湊近問道。

我回過頭來看向小朱，點了點頭，原先打算和她解釋我認識主管和幹事的原因，但嘴巴張開了話卻說不出來，最後只能發出奇怪的狀聲詞。

幸好小朱沒有空質疑我為什麼這麼緊張，我怕我不小心就告訴她我覺得她很好看，而這絕對是錯誤的，做為一個男人，不能對她這種人說出那種話——小朱身旁有名括號蝦患者，正對她控訴自己被監控、被關在這裡，這裡是地獄，有惡魔每天在逼他吃掉朋友的大腦，她側過身握住他的手，輕聲告訴他不要害怕，這裡不是地獄，接著便問了他要不要去散步。她笑著跟我比了他們要去的方向，我點點頭，在她轉過身後鬆了一口氣。

麥憂依然坐在櫃檯上，一副根本不在乎禮儀的樣子，一會兒後他跳下櫃檯，走向我，很明顯想說些什麼，但更明顯在思索著怎樣說比較不會冒犯我（他如果真的不想冒犯我，去動手術把百破樂拿掉吧），我不太確定他究竟希望我有什麼反應——難道大家不覺得，把別人當成易碎動物看待，做什麼說什麼都小心翼翼，其實是一件很冒犯的事情嗎？他到底想要說什麼？我真的是完全不希望他靠近我。

況且我看起來有像玻璃般那麼脆弱嗎？

不想太靠近麥憂，除了百破樂之外，我不太確定是為什麼，是尷尬嗎？還是羞恥感？我不太確定，總之就是那種畢業之後，你跟你原本平常很好的朋友，在頭一週會常常傳訊息聊天，約出去見面吃飯。第二週開始某一天，你落掉一次會面機會，只是一次，你們都想說沒什麼啊，也覺得不會怎樣。但你又落了一次兩次三次，最後你們忽然間就兩個月沒見面了，上次聯絡訊息留在「嘿有空真的要約出來見面一下啦」就沒有更新了。

後來你有一天晚上躺在床上睡不著覺想要傳訊息跟他說一下話，你看到他狀態顯示為上線，你點開訊息框還沒傳訊息出去，就想到他限時動態上才剛發了好幾個出外玩樂的動態，那幾個人的臉你都不認識，你就忽然把手機放下，心情變得更糟，你當然也就沒有傳訊息給他了——第三個月開始，你在街上遠遠看到他走過來，你就躲到大樹旁邊一直到他走遠才敢走出來。

後來你真的遇到他了，你就只能對他說，你很好，什麼事情都沒有，很棒啊，沒有問題，我很好，真的很好。

講真的，事到如今麥憂最好什麼都不要說，他能對我做的最有禮貌的行為，就是讓我們維持不要靠近的模樣。

結果麥憂真的沒有說任何話。

但就在我普天同慶感天動地他沒有打算多跟我重新認識，可以放過我之際，他忽然跑過來抓住我的手，把我拉向長廊盡頭。我被他拉著一時之間反應不過來，就隨著他的動作移動，直到我們穿過長廊從後門走出，跑到外頭晒衣場邊，打算走進那條很顯然是通往山林的山路，我才用力抓住他，迫使他停下腳步。

「幹麼啊？」我甩了甩手問道。

我們前方是一片滿布芒草的小山坡，麥憂指了指上頭，我看著他指的方向，幾秒鐘後看著他一臉壞笑的表情才意識到他想做什麼。

「我為什麼要跟你上去？」我試著做最後掙扎。

麥憂聳了聳肩，一副我問了白痴問題的模樣。

「呃，因為所以？」

麥憂那囂張跋扈的表情，如果是別人的話，我可能已經揍下去了，但我現在卻忍不住笑了出來——我不僅是個聰明的男人，還是個誠實的人，遠比你還誠實，我真的就是，他媽的討厭他總能讓我這樣。

我還討厭他這種表情，會讓我暫時忘記我有多討厭寄生在他身上的百破樂。

麥憂再次伸手向我，這時候我多希望有人跑出來指控我們蹺課蹺班，這樣我就不用理麥憂了。

我嘆了口氣，看著麥憂的笑臉，只好順從麥憂的意思，我可不想因為他那頤指氣使的個性在這邊卡著二十分鐘，最後被誤以為我們在山上打野砲。我不想要和從前一樣總是被我爸或者別人誤會成是他的男朋友——當然不是說被誤以為是男同志有什麼不好，但我就是異性戀，沒什麼好被誤會的，況且我看起來一點也不甲。

我走在他身後，和他一起撥開芒草，努力向上爬，踏上這條被芒草隱藏起來，很可能只有我們知道的小小山路。

03

在山坡地上要小心不能跌倒。

這是我爸時常在要去爬山之前告訴我的。

他的說法是，只要爬山的過程跌倒了，你就很容易繼續滾下去，停下來變成很困難的事情。

我想，現在大概就是那個樣子。

自從上週，因為服務學習課程的緣故到白跡村報到，演變成和麥憂又一次像小時候那樣爬上山到我們從前的祕密基地（明明自從大學過後我就只上來過一次但那不是重點），之後我們莫名其妙地又開始了像是大學前般的每天見面（嚴格說起來是麥憂每天一直跑來我家找我）。

我和麥憂是在十幾歲的時候第一次發現那條通往水母湖的路的，那次我們從白跡村其他地方尾隨那隻總是神出鬼沒的黑狗，牠在我們面前跳進了芒草堆中，我們跟著牠往上爬，最後雖然沒有找到那隻狗，但我們爬到了小山頂。一片平坦的小區塊草皮，中央有一座不知道怎麼存在的湖泊，裡頭有東西還在微微發光，更近一點看才會發現那裡頭滿是會發光的粉紅水母。

水母湖的湖中央有個噴水設施，整座湖看起來其實很像放大版的噴水池。這個隱密的山頂周圍還有幾棵樹，有兩棵比較大的榕樹下垂掛了像是鞦韆的器材，木製紅漆，有些油漆已經脫落。看起來像是有人專門為了觀景而建，只是後來荒廢了。

對了，那隻黑狗到現在還是神出鬼沒，我這三週還只見過牠一次。

事實上，說不知道水母湖存在的起因或許有點太隨便了——根據麥憂的研究，這座湖泊是鹹的，周圍在我們爬上來時都能看到有牽引管線，水是不斷透過中央的噴水設置從湖裡循環。我之所以會知道這件事情，是因為麥憂那個煩人的東西當初每天抓著我在半夜闖進被上鎖的村史紀錄館，翻找紀錄文獻，在一本沒有署名的老舊日記簿子中找到製造這座湖的紀錄。

水母湖左側有棵小樹，樹旁邊插了一個四方形小木牌，牌子上頭就用油漆寫著「麥憂和阿特諾的祕密基地」——對，我們的「祕密基地」，像極了那種無聊喜劇裡面會有的角色背景故事。你不覺得這種設定很愚蠢嗎？那種煽情到不行，沒有任何實際意義，只是為了讓人能夠感同身受這個角色的便宜措施，像是被百破樂寄生的男同志朋友、神經質媽媽、失蹤的父親和什麼括號蝦患者家庭。

上週蹺掉服務學習最後的一個小時，和麥憂爬上山走到水母湖，那片湖的模樣幾乎就和我記憶中的一樣。一樣的鞦韆，一樣的噴水池，一樣的樹。但有棵樹不知道什麼時候斷了一半，另一半倒在草皮上，樹枝的部分沉在湖裡。

麥憂有自己的一套「水母湖參觀必備」套組，他會在背包裡裝滿野餐食物和野外露營的裝備，我不知道他怎麼有辦法把這些東西塞到自己的背包裡面的，但總之那天麥憂像是變魔術般從自己的背包裡頭掏出白色布墊，將它鋪到地上，他還帶了便當上來，顯然他早就做好要把我拉上來的準備了。他坐到大布墊上，指了指另一個區塊，我嘆了氣，坐到他替我規劃好的位置上。

麥憂伸出手，我原本直接往後縮了下，但看著麥憂的表情，過了幾秒我就放棄掙扎，聳了聳肩，任由他亂弄我的頭髮。

我閉上眼睛，他的右手手指繞著我的頭髮把它們全往後梳，露出我的額際，叨唸著都這時候還留這麼老派的髮型。我抗議這頭髮我留了多久，忍耐許久才能向後梳弄造型成現在這個樣子。好看是人類的必要條件，明明就也不算難看的麥憂應該要明白這點才是，怎麼從以前到現在他對長相都一副可有可無——而且他明明就是男同志，不是應該更注意外表的嗎？

我張開眼睛，看著湖面，粉紅色的水母漂流著，隨著天色漸晚，牠們發出的螢光增多，湖面上散出各種淺色明亮不一的粉色色澤。我看著這些水母，忽然感到某種奇異的平衡感，但不完全是水母的緣故。

好一會兒我們都沒有說話，就只是靜靜地等著夜空，喝掉麥憂帶來的啤酒和吃了便當（到底他是怎麼把那些東西裝在背包裡面還當沒事地來學校參加服務學習課程，我還是不知道）。最後，麥憂和我坐在水母湖前的矮草皮上，我的頭枕在他大腿上。湖裡的粉紅色水母在那兒漂來漂去，體型有些很小，有些大到幾乎應該和人類一樣大，這些水母在自然光線微弱的時候就會發光，很些微，大概就像是書桌檯燈燈泡快壞掉的亮度，但因為水母群聚效應而勉強能照亮這裡。

我側過頭看著麥憂躺在草皮的白色布墊上一臉放鬆，和他的百破樂在他周遭飛來飛去彷彿很愉快的樣子——我發誓，這些人都不懂，不願意強制規定人民移除百破樂的政府不懂（那些把百破樂當成什麼觀光景點，拍照上傳錄影片給大家看，要大家做自己找自己努力勇敢成為自己的忘得讚紅星也不可能懂。對了，我差點忘記，麥憂就是忘得讚紅星），這東西現在勉強看起來好像可愛，但完全不是好玩意兒。牠會傷害人，麥憂有一天會被這東西傷害，就像是牠傷害我父親一樣。

我嘆了氣，這嘆氣使得麥憂張開雙眼看著我。

「怎麼？」麥憂問道。

麥憂一臉奇怪我幹麼打擾他休息。他鼻頭上沾了點泥土，我伸出手抹掉他鼻頭的泥土。

「欸，你怪怪的。」

麥憂搖了搖頭，沒打算理睬我的笑聲。

我站起來，居高臨下地看著麥憂，先是走晃了幾步，但很不小心腳步不穩地往旁邊跌了過去，頭差點就要整個撞進湖裡，湖面倒影出我的樣子。

我雙手撐在草皮上試著不讓自己癱跌，從山上跌倒已經很愚蠢了，還差點跌進湖裡這大概可以讓麥憂笑個半年。在一旁的麥憂笑著說我像老爺爺一樣，我回過頭，他自己也剛腳步不穩地站起來，在原地繞著圈圈，幾圈後才站穩。

麥憂向我這裡跑來，扶著我的肩膀，繞著我轉圈。我扶住他的腰，勉為其難地和他一起跳舞，告訴他這只是一次性的，不代表任何事情，他最好還是離我遠一點，不要來煩我。

在我們的祕密基地小小玩鬧之後，麥憂之後每一個晚上都跑來找我。他總是有些奇怪的理由，像是他家裡那邊的熱水又洗到不夠了（只圍著浴巾頭上還都是泡沫跑到我家門口狂敲門），家裡冰箱的食物不夠多他男友還沒幫他買回來（讓男友買食物回來是合理的交往關係嗎），我其實有點懷疑他是故意找麻煩才讓他有藉口可以來找我的。

事實上和他見面我多少還是有些尷尬。我高中生活用到的大多數用品都跟著半年前的大清掃被我放進儲藏櫃，我完全沒有打算回顧過去的生活，基本上也不太樂意麥憂重回我的世界——畢竟三年多了，我不再是從前的我，他可能也不是以前的他，為了滿足懷舊慾而相處最後只會讓大家都不開心而已。

況且，我不想又被當成是同性戀。

我和麥憂都是在國中搬到現在這個社區的新小孩，在這個幾乎被大眾遺棄的社區中有新來的孩子是件很新奇的事情，因為即使這裡是政府補助建構，只有「括號蝦患者及其家眷」才能入住的小社區，基本上還是沒什麼人願意來這裡的，畢竟這可是一個距離市區三十分鐘車程的山林社區，況且還是惡名昭彰的括號蝦受害——喔不，是「括號蝦患者」收容區域。

因為要體諒所有人，括號蝦受害者現在政府都稱其為「括號蝦患者」，因為稱他們為「受害者」會傷害他們以及他們的家屬——我自己是不太確定我受到什麼損害啦，畢竟做為一個男人，被這個世界傷害是理所當然的，但我的父親，確實嚴格定義起來是括號蝦實驗的受害者。改稱為「患者」我實在不覺得有什麼意義上的影響，大家為什麼那麼喜歡管制別人使用什麼詞彙？

我和我媽在我父親健康狀況真的不太受到控制之後搬到這個社區，裡頭有照護人員可以照顧父親，而母親則是每天在外兼差工作，因為政府提供的補償金額遠遠低於我們日常開銷所需（我從小就被這樣不斷提醒，雖然我知道事實並不是這樣，她只是沒辦法忍受待在家裡沒有事情做，因為那樣就要面對事實，那個事實就是她老公失蹤了，日夜工作是更快速逃避現實的方式）。

我不太確定麥憂之所以搬來社區的原因，因為他們家族生活無虞，印象中是因為麥憂的爺爺住在這裡，而他的父母長期在海外工作，麥憂便自己一個人大包小包搭著計程車闖進社區住了下來（當然他的父母知情，也先替他安排妥當了，但他當初跟我敘述自己如何千辛萬苦前來的時候說得像是自己是孤兒一樣）。

麥憂總是很擅長直接介入別人的世界，像是他小時候介入我的世界，跟雜草一樣，明明你已經很努力清除，一不小心它就全部又長回來——舉例來說好了，昨天晚上六點，我在家裡餵我的貓咪，把放了水煮雞肉、高麗菜的便當放進電鍋裡蒸，再拿出一條小的透明塑膠管裝的迷思粹，打開灑了一些到便當裡面。迷思獸乾燥磨成粉末後的迷思粹氣味聞起來都讓我想起大學新生時期晚上的日子了。我舔了舔手指，享受一點點迷思粹粉末帶來的愉快感受。這是母親夜班回來的食物，她需要一點迷思粹來幫助入眠。

這時候麥憂忽然敲了門，是真的敲門，甚至不是按門鈴的，他用手腳一直踹門。我打開門看見他，他也沒打算解釋自己的急躁就直接闖進我家裡，手裡抱著一堆零食（我知道那代表他心情不好），那隻人臉獸身百破樂（看起來很像是蝙蝠）似乎變得比巴掌稍微大了一點點，在他頭頂瘋狂飛轉。麥憂把零食扔到地板上，轉身整個人就躺到我客廳那小小的黑色沙發上，大聲嘆了氣。

我雙手交疊胸前看著他，不打算理睬他的任性，但他又繼續大聲嘆氣了好幾次，嘆到我忍不住清了清喉嚨，問他怎麼了。麥憂從沙發上坐起來抓了一旁的小四方抱枕，開始講起他上的課中，同學報告時說使用忘得糖的人數逐年提高，這些年來選擇參與「成為動物」手術的民眾也逐年增多，代表忘得糖有效地使服用者對自己的未來更有規劃。麥憂說，報告的同學還直接把一個正在服用忘得糖的同學叫起來，要大家替他鼓掌，那同學一臉快哭出來的樣子，而教授在後面聽報告完全沒有任何反應作為。

顯然這說明了為何麥憂臉上又出現了瘀青——麥憂解釋自己下課後氣不過去，和那個同學先是口語上起爭執、互相辱罵對方，直到對方罵了麥憂是個死同志之後，麥憂衝到他面前把他壓在地上就要用拳頭砸下去時，他男友就抓住他的手把他整個人往後拉。在這被阻止的過程中，那同學爬起身朝麥憂揮了一拳。在麥憂解釋這些場景的同時，百破樂也跟著做出打拳擊的動作，這讓我懷疑是牠害麥憂又開始變得暴躁。

麥憂憤怒地說著他男友每次都不讓他自己解決那些爛人，要是沒有他阻止，自己臉上才不會又有瘀青。最後那個同學在麥憂男友比手畫腳了一些奇怪手勢之後就嚇得跑了出去——麥憂說他也不知道男友到底比了什麼因為太生氣了根本沒在看，但顯然那個同學看得懂手語。

我嘆了氣，走進小客廳右側的廚房，從原本是潔白但現在沾了些不知道哪裡來的各色汙痕的冰箱冷凍庫中翻了一下，找到那被壓在真空包裝雞胸、雞腿肉下的小冰敷袋，從廚房喊了聲「接住」就把冰敷袋朝麥憂扔去。

原本以為這樣至少他就會安靜了，但麥憂發現桌上的小管子，一隻手掌依舊壓著冰敷袋，另隻手拿起那個小管子晃了晃，露出一個笑容，「欸，這現在不是又開始管制了嗎？」

我點點頭，想搶回他手中的迷思粹粉，麥憂卻閃躲過去。

在忘得糖成為主要精神治療藥物的選擇，並且大幅度降價全民皆可購買之後，「更健康」、「更無害人體」、「無成癮性」、「無副作用」、「更便宜」的忘得糖取代了大多數原本其他舊有的藥物。有些舊有的精神治療藥物，像是迷思粹等等，因為價格較高且效果重複，供需量降低，迷思獸農場一間又一間關閉，產量在前年抵達歷史低點，以至於一間販售迷思粹的店家被暴徒闖進搜刮僅剩的三管迷思粹，導致政府攜手忘得窩（製造忘得糖的公司）擬出管制用量的政策，限制人民每週能購買的數量。

好不容易合法的東西，現在變成又需要被管制了。

還好我這裡就有迷思獸農場，雖然很小型，但這是我父親的興趣。

父親在白跡村屋子的地下室種植了迷思獸喜愛棲息以及覓食的植物叢，並且養了一定數量的迷思獸。我們的地下室基本上看起來就像是小型植物園，那些淺綠色、深

綠色、深紫色為主的植物葉子上頭總是居住著淺淡銀色幾乎發白的迷思獸，牠們小小的翅膀在葉子上拍動著。父親以前常常待在這裡，地下室的氣溫總是很低，很適合迷思獸生存。我其實不知道父親是怎麼做到的，因為這裡沒有空調。

父親總是在到地下室之後手指出現凍傷（我去查過凍傷的樣子，我不是亂猜的，我不像你一樣是笨蛋），我懷疑過他是不是偷放了什麼東西在地下室，但父親還在的時候無論我怎麼探問他都沒有回答我。我偷偷翻遍了地下室還是沒有找到任何可疑的東西，有陣子我幾乎每天都趁父親不在時花上一個小時在地下室想找到什麼證據，像是希望那裡有什麼法寶一樣——現在想想，我也已經好久沒有真的在地下室待超過半小時了。

父親失蹤之後，我根本不想下去地下室，雖然因為我媽媽也不願意下去那裡，所以地下室反而成為最好的藏匿地點，但我實在沒興趣待在那個無時無刻都在尖叫提醒我父親失蹤了我找不回他的地方——不過我需要替媽媽捕捉迷思獸，乾燥後製成迷思粹。因此即使我不願意，我下去地下室的次數也遠比我願意的次數還要多上許多。

但可以的話，我還是寧願避免的。

麥憂那傢伙直接把透明管子裡剩下的迷思粹倒到桌上，從桌子一旁撕下一張白色便條紙，捲成像是菸捲的形狀，用另一張便條紙將散在桌上的迷思粹推整齊弄成大致一條，用紙菸捲直接吸了一大口氣，桌上剩下一半的迷思粹。他吸了吸鼻子，一手還用著冰敷袋敷著眼窩，指了指桌上的迷思粹。那隻小怪物在麥憂吸了迷思粹後，馬上倒在麥憂肩膀上，大口大口喘著氣，像是快昏倒了一樣。

「喔，不要。」我搖了搖頭。

「要。」麥憂笑起來，說道：「怎麼，怕小朱覺得你很壞？」

我忍不住翻了白眼，「關她什麼事。」

麥憂輕哼了聲，我最討厭他這個樣子，很顯然他有什麼話想說，但又不說出來——他一定是想說，我是不是對小朱有興趣，如果他問出口的話，我做為一個誠實的男人，當然可以很誠實地告訴他：不，我對她沒有興趣。雖然我確實覺得她很好看，但我是異性戀男人，我喜歡的是女人。

或許我不能這樣講，因為麥憂可能會抓著我的耳朵吼我歧視別人——但這是我的感覺。

「開學前我在學校看過她一兩次，好像是來看看校園的？穿得像是那個什麼、怎麼講，把所有顏色都放在身上的樣子？反正我就想說她一定是你的菜，但那時候我們還沒有重新開始說話，我也沒辦法跟你講，所以你晚了兩個星期才見到她，這全都是你自己的錯。」

麥憂說著，搖了頭，大聲地嘆了氣。

我瞪了麥憂一眼——這像是一個男同志應該說出口的話語嗎？他應該要認真看別

人的裝扮才對。什麼叫「把所有顏色放在身上」？明明那天小朱穿的就是淺黃色無袖貼身背心和米白色燈芯絨長褲，她背了紅色的後背包和穿著黑色的跟靴，戴了銀色細鍊手環和項鍊，這明明就很簡——差點忘記，她那天的眼影是黃色的，眼周圍黏了看上去是小圓鑽的綴飾。

我會記得這麼清楚——雖然我根本沒有見到那一天的她——是因為她在自己的忘得讚社群網站上，貼了自己整天的行頭。她很常更新動態，總是一次貼好幾張自己裝扮的模樣——我不是什麼變態跟蹤狂，我只是看得很仔細而已。

「你就約她出去玩啊，到底是在孬什麼？」麥憂推了我右肩膀一下。

看著麥憂一臉囂張的笑臉，他把冰敷袋放下了，忽然伸出右手到我左邊口袋，整個人跨坐在我身上——他掏出我口袋裡的手機，快速輸入我的手機密碼，接著我就看到他滑開我的忘得讚帳號，直接輸入小朱的帳號。

「你為什麼還沒傳訊息給她？」麥憂向後退開，不讓我拿回自己的手機。

麥憂的手摀住我整張臉，阻止我靠向前，我努力了幾回，先是向後退，想等他沒那麼注意我的舉動之後再把手機搶過來，但他顯然知道我的意圖，無論我怎樣偷襲他都可以躲開——最後他答應把手機還給我，條件是我要傳訊息給小朱。

「不要。」我搖搖頭。

「那我幫你傳——」

眼看麥憂快速動著手指，我嘆了氣，向前拿回我的手機，刪掉他剛剛打下的句子。思考了一下，最後輸入了「嘿，我喜歡妳拍的那些廢棄超級市場的照片」，讓麥憂看了我的手機螢幕，他點了點頭之後，我只留下「嘿」一句，後面的句子全都刪掉（以免想被當成什麼變態很關注人家都在發什麼文）。按下送出鍵——我馬上把手機蓋到桌上，不想去看小朱已讀了沒。

坐回沙發時，我向前靠近麥憂一些，伸出手用左手食指戳了他的眼窩周圍，麥憂哀號了聲，我笑了起來，說他活該。當他在那邊碎唸說幫我牽線還被我欺負的時候，他肩膀上那隻小怪物已經掉到沙發上躺在那邊一副正在做夢的樣子。我拿起桌上的小紙捲，盯著那一小條銀白色粉末，腦海閃過父親的笑臉。不算上地下室其他父親的雜物的話，迷思獸小農場——這些粉末是父親唯一留下來的東西。

我父親甚至還沒有告訴我，他是怎麼讓地下室氣溫維持這麼冷的。

我晃了晃頭，低下頭將小紙捲放到左邊鼻內，用右手壓住右邊的鼻孔，一口氣將桌上那些粉末全都吸入鼻腔。吸進迷思粹時一開始會感覺到整個鼻子都涼涼刺刺癢癢的，像是有什麼小蟲子在咬你一樣，當它進入你的肺部時就會在你胸口忽然升溫，你會感覺有人擁抱你的胸口。

我閉上眼睛等著迷思粹效果完全發揮，腦中散不掉想要看小朱回我忘得讚訊息了沒有的念頭——我向前拿起手機，打開忘得讚，看見和小朱的訊息框冒出紅點，我用力將手機扔到沙發上不敢點開，我不希望讓小朱覺得我好像整天沒事做只在等她回訊，而且我根本不在乎她到底回不回我。

這時候麥憂打開了零食塑膠包，手伸進去握了一把玉米片，空氣中都能聞到那甜膩的玉米片氣味。他咬下玉米片，玉米片碎開的聲音很大很大。他另一手打開電視，電視節目上，主播講述著「迷思粹高價販售恐觸法」、「政府擬禁止一般機構販售迷思粹」、「忘得窩可望接管迷思粹產業」等新聞，愈聽讓人肚子愈餓，而麥憂一口一口咬著玉米片的聲音完全助長了我的食慾。

我張開眼睛，看見電視裡那穿著黑色西裝梳了油頭的男主播說了忘得窩將掌管迷思粹產業，成為全國藥物產業的龍頭之類的宣言，彷彿忘得窩原本還不是龍頭似的。一直想到龍頭龍頭的我肚子都餓了，伸手拿走麥憂手中的玉米片袋，抓了一把就直接往嘴裡塞。

慢慢地，身體都輕飄飄了起來，一整包玉米片沒幾口就被吃完，我又打開地板上的一包，和麥憂一起兩三口就把玉米片全部吃完。原本麥憂的臉已經很好笑了，現在塞滿玉米片的樣子更是讓我想笑，他咀嚼玉米片發出清脆的聲響，忍不住笑了起來。我指著他眼窩的瘀青說他看起來很像那個動物園裡面的什麼，一時之間想要喊出那動物的名字但怎樣也想不起來。麥憂也在我喊不出名字不斷結巴之下笑了出來。

我整個身體向沙發上靠，感到無比輕盈，像是被雲朵擁抱一樣。麥憂原本只是坐在我旁邊，現在默默蹭了過來，頭靠在我肩膀上。他全身都很冷，讓我覺得自己身體好燙——完全不是我看到小朱時的那種身體燙。腦海閃過好多畫面，麥憂的臉，小朱的臉，我父親的臉，百破樂的臉——我癱軟在沙發上深呼吸，享受著這短暫什麼都感覺不到，同時感覺到所有東西的片刻。

「欸。」沉默了一會兒，麥憂忽然說話。

「嗯？」

「你知道有什麼事，你都可以跟我說吧？」

我沒有回話，只是用力閉上眼睛，先是深呼吸了一次，再一次深呼吸，繼續深呼吸，握緊左手，指甲刺著自己手心，更用力一點，再用力一點，試著把所有感官都聚集在胸口和手心上的痛中。麥憂說的話讓我又想起一些我根本不想去想起來的東西——一個恍神，我吸氣太大口嗆到，幾乎要咳嗽了。

一開始以為能夠忍住，但很快我就咳到麥憂退開看著我，瞪大雙眼像是我中邪了還怎樣。過了幾秒平復後，我看著因為我咳嗽而像是見鬼一樣向旁邊挪動躲開的麥憂，清了清喉嚨，攤開雙臂，發出野獸吼叫的聲音，作勢擺出要咬他的樣子，撲到他面前。

我雙手撐在沙發的兩側，麥憂向後退了一些，身體整個躺在沙發上，我頭的位置剛好在他的腰際。他先是睜大眼向下看著我，我試著朝他再吼一次，這次卻不知道為什麼，只發出了小小聲的高音尖叫聲，我想這有點像是小貓在叫。幹，到底為什麼聽起來還像是母貓，我又不是女的。

麥憂愣了幾秒，笑了起來。

04

今天是第一次正式在括號蝦照護機構的服務學習。

我站在括號蝦照護機構內的第三棟大樓正門，滑著手機回顧我和小朱的聊天內容。前天麥憂逼我傳訊息給小朱，小朱快速回覆我之後，我們便開始聊天，昨天聊了整個晚上——雖然說裡頭充斥著表情符號和各種音樂歌曲連結。

麥憂和他男友在我滑到小朱分享自己最近去探險的廢棄超級市場照片時出現，麥憂湊過來看我手機螢幕，我直接把手機收到口袋。我向他男友揮了揮手以表達我的關懷，因為麥憂一直抱怨我都不去跟他男友當朋友——講真的，我到底幹麼多認識一個男同志，難道認識麥憂還不夠嗎？

麥憂的男友今天穿了運動服，是黑色短袖上衣和黑色短褲，一副這有點微涼的天氣一點也不會干擾他展示自己健身有成的身材（大多數男同志都這樣穿），麥憂則是穿了灰色長棉褲和白色連帽外套，那是他昨天在迷思粹藥效都退了之後，翻找我的衣櫃，忽然跟我宣告他要穿的穿著，他肩膀上那隻小怪物就在那一瞬間忽然也穿上那套一模一樣的衣服不過是縮小版。

百破樂似乎真的變更大隻了，這可不是什麼好現象。

雖然現在麥憂看起來是滿快樂的，沒有受到百破樂的影響。

但我父親也曾經是那樣。

麥憂和他男友在一旁講話並且錄影拍照，麥憂有開設一個忘得讚上的影片頻道，主要發布和他男友的日常生活，我沒有很關注這個帳號因為我是異男，另外一部分是近期我已經被迫旁觀他們的濃情蜜意太多了，我實在不是很想要少數我能夠使用的自由時間也用來當他們的男同志愛情劇觀眾。

小朱在他們兩人仍然在對著手機鏡頭講話的時候出現了。她從走廊底端的大門走來，我一時之間眼睛沒辦法移開，直到小朱喊我的名字才回過神來——我連忙低下頭撥弄了一下自己的頭髮，天啊我現在頭髮看起來是正確的嗎我是正確的嗎我是正確的吧。

小朱今天穿了粉紅色無袖襯衫和白色長褲，她的鞋子還是運動鞋，顯然是為了表現認真有責任感的服務學習學生模樣而特地穿著簡便。但即使如此簡單的穿著，她看起來還是跟其他人都不一樣——我知道這麼講很奇怪，很有物化她的嫌疑，但真的不是這樣，我只是覺得她很好看。

以一個非常、非常異性戀的視角。

「嗨。」我向她揮揮手。

她忽然伸手就朝我揮著的手拍了一下，笑起來。我愣了幾秒，才意識到她是在跟我擊掌，我的手僵在空中不知道該怎麼反應，直到麥憂忽然也伸出他的手打了我的手掌，我才把手放下去。

麥憂在我旁邊低聲要我不要表現得像是從沒和女生正常講話過一樣，我用手肘撞了他一下以表達我對他言論的謝意——我當然不可能和他說小朱又不算是女生。

事實上我也沒有太多時間能夠繼續沉浸在小朱帶給我體內的某種奇妙感覺中，畢竟我們是來這裡服務學習的。在括號蝦照護機構中，我們被分配了不同的工作：麥憂男友主要是處理電腦資料、小朱和麥憂陪伴住民，我則是打掃，遠離他們三人的業務範圍。

和他們三人分別後，我便走到走廊盡頭第二間房間，那是汙物間，我從裡頭拿出紅棍拖把和紅色水桶，打開水龍頭將拖把洗淨，在水桶中裝滿水——講真的這也是責無旁貸，畢竟我是唯一一個異性戀男人，出點勞力是理所當然的。

這話當然不能公開講，否則麥憂大概會氣得跳腳，麥憂就是個什麼都要覺得自己被冒犯，超容易生氣的人。

我提著水桶和拖把站在第三棟大樓外的走廊，打開門鎖前往第二棟大樓——括號蝦患者照護機構的三棟大樓彼此連通，但第三棟大樓和前面一、二棟大樓中間隔了一座橋，通道前後有門鎖，進出需要管制。我在一、二棟大樓內快速地拖著原本就已經很乾淨的地板，一邊和經過的照護人員打招呼——其實機構內部有清掃工作人員專門清潔打掃，平常照護人員也會做環境整潔，我們來這裡的業務只不過就只是做做樣子，表現出我們這些拿了一堆社會資源的優越學子很懂得感恩努力回饋社會一樣。

沒多久的時間我就把地板都拖過一次，將紅棍拖把和紅色水桶拿回汙物間收齊，正式宣告我第一次的服務學習任務結束。

連接第二棟和第三棟大樓的石橋的兩側都有圍欄，不過大概只到我的腰際上側，橋的兩端都有鐵門，進出都需要開鎖上鎖以免住民遊走不小心跌下橋。橋下是山溪，只有大石頭和流水跟一些樹，旁邊其實有長滿青苔的步道，真的要下去是能走下去的，但基本上我想應該不會有人下去才是。

打掃完的我打算回去第三棟大樓找麥憂他們。開啟第二棟大樓的鐵門，轉過頭時，我發現橋盡頭的鐵門不知怎麼竟是開著的，一名應該是住民的傢伙站在橋的中央。他在這不算很涼的天氣裡還戴著黑色毛帽穿著灰色棉外套，一副不怕熱的模樣，一直探望底下的溪水。

他的雙手撐著圍欄，看起來就像要往下跳。我向前詢問，他卻只是握住我的雙手，很緊張地喊著「下面下面」，之後就急著往步道的方向走去，想要跨過圍欄走到步道那邊。接著第三棟大樓那邊傳來了照護人員大喊著住民跑出去了的聲音。

小朱和麥憂跟他男友這時候從第三棟大樓的橋端跑過來，他們兩個人扶住住民，住民大吼大叫，雙手用力推著小朱和麥憂試圖把他們推開。小朱用力握緊他的手，將他扶好不讓他胡亂移動，但他的動作還是很大，麥憂都被他推了開來，我向前扶起跌在一旁差點摔下橋的麥憂。

後來兩個穿著粉紅色衣服的照護人員趕來，拿起針頭朝住民注射了不知道什麼東西。很快的住民便狀似脫力，照護人員兩人各扶一邊，將住民帶回三棟大樓。

雖然說我應該弄清楚究竟方才的情況是怎麼回事，那個住民究竟為什麼會想要爬下去，鐵門到底是怎麼被打開的，還有照護人員究竟注射了什麼東西到住民體內。但小朱今天化了粉紅色的眼影，她的皮膚白到讓我有點懷疑她是不是混了其他血統，當然不是說這樣不好，只是她的膚色就像是會發光的白雞蛋或者某種神祕奶油，整個人都亮亮的。

小朱回頭看了我，露出一個尷尬的微笑，用右手手指往後撥弄了一下頭髮。意識到自己看起來一定很狼狽，我連忙用手指將凌亂的頭髮全往後撥弄，試著讓自己看起來整齊一點，我走向前，和她打了聲招呼。

「嘿。」

小朱回道：「嘿。」

「我在想，如果，嗯，妳知道那個，山下有間蛋、蛋糕店，有全國最、最最好吃的提拉米蘇，我是在想如果妳等、等等想要去吃吃看的話，我們可以去吃。」

「啊，我很想但——」

小朱還沒有說完我就知道她的意思了，畢竟沒有人會說我很想但是我願意去之類的話吧。我打斷她的回應，笑著說沒關係之後有機會再說吧反正蛋糕店不會關門應該吧希望不會關門它總不會因為少了一次訂單就倒閉才是喔，天啊我真希望我快點閉上嘴巴。

「我可以去吃啊。」麥憂忽然搭上我的肩膀說道。

我側過頭瞪了他一眼，他向後退了一步，伸出雙手擺在臉前一副知錯了的模樣。我回過頭看向小朱，看著她那有一點尷尬的表情，深呼吸了一口氣，跟她說沒有關係。

「我和李虎約好了，因為我們另外一堂社會學的課同組，等等要小組討論。你想來的話很歡迎啊，多點人討論總比較好。」小朱說道。

聽到那傢伙的名字，我先是愣了幾秒，把雙手伸到腰後，忍不住握緊拳頭，有點希望是自己聽錯了。小朱開始解釋起昨天下午她的課程結束後她和同學去吃晚餐，是在學校附近的一間麵攤，她點了一碗豬肉湯麵，但店家端來卻是一整個大餐盤，上頭有燙青菜、滷蛋、滷豆干海帶和一杯綠豆沙牛奶，一問之下才發現是和他朋友坐在另一桌的李虎替她點了這些東西。李虎低著頭用筷子猛挖著飯吃沒有抬起頭來，小朱說自己原先不打算理會他，但最後還是覺得走過去和他打聲招呼。

總之最後她發現李虎課堂組別少一人，她也還沒決定要和誰一組，於是就藉這個機會加入他們的組別——有大多數的內容我想我都沒聽得很清楚，因為我的腦袋裡面就像是有人錄下「小朱和李虎同一組」這句話接著不斷無限放大音量，小朱說話的聲音此刻對我來說比較像是背景音樂，超級大雜訊噪音。

小朱和李虎，同一組。

小朱選擇和李虎同一組。

小朱和李虎一起吃蛋糕。

那個垃圾——麥憂的右手忽然又搭上我的肩膀，他開始說起什麼遊行再兩個星期就要到了到時候我們應該要一起參加才對遊行很棒之類這些我根本不知道哪裡冒出來的話，並且握著我握緊的拳頭。我的指甲刺進手心，再用力一點應該就會流血了。

我回過神來，拳頭稍微鬆開了些。麥憂清了清喉嚨，話題一轉，說什麼我們結束了今天的業務，應該可以走了吧？並告訴小朱和他男友我們有事情要先去一趟其他地方，就硬拉著我越過小朱身邊，往照護機構的後門走去——這下好了，小朱搞不好看到我跟麥憂牽手就覺得我其實是甲甲。

被麥憂硬是拉著走去後門，我抬起頭看了看山群，發現他是想去水母湖——我現在真的是沒有什麼心情從事爬山活動，首先是山坡的坡度很陡，當你好不容易把芒草撥開，看到通往上坡那陡峭的小路，你應該只會懷疑自己到底在做什麼。很多轉彎處你還需要用手稍微扶著，你的雙手幾乎很難在這上山的過程倖免於難。所謂的難就是那些潮溼有點噁心搞不好還沾滿昆蟲屍體的泥土。

但麥憂就是拉著我爬上去了，百破樂坐在他肩膀上回頭看我，一臉就是討厭我的樣子，我對他吐了舌頭並且比了中指。我們快步爬鑽著小路，好不容易抵達山頂，彼此都大口大口地喘氣，百破樂也莫名其妙跟著喘氣。

稍作休息後，我和麥憂兩人都站在水母湖前，我看著水母湖裡面的水母，深呼吸了幾口氣，試著把李虎和小朱去吃蛋糕（我當然知道他們是去分組討論）的畫面洗掉，但腦袋就是不聽使喚，無論我怎麼塞進那些水母的符號，腦袋就是被李虎和小朱吃蛋糕的畫面填滿，配著我父親失控尖叫大吼做為背景音樂。

我彎下身開始撿起草地上的石頭往湖面砸，砸中水母的時候麥憂搥了我的肩膀要我停下——我繼續撿起小石子，一直往湖裡砸，粉紅色的水母有幾隻因為石頭的緣故向下墜，我現在開始試圖瞄準湖中心幾隻很大隻的水母。

砸中水母的時候大腦的聲音和畫面就稍微停止跑馬燈式地運作，我繼續拿石子朝湖面扔，愈扔愈用力，雖然好多顆都因此滑過水面而沒有砸中水母。就在我要扔出已經不知道是第幾顆石子的時候，麥憂抓住我的手腕。

我回過頭看他，他先是說了也太丟臉了只是約一次不成功就生氣成這樣，我甩開他的手，本來要罵他，他確實就是欠罵，但話卡到一半，怎麼樣都喊不出來。我瞪著他，一時半刻不知道該做出什麼反應。

麥憂看著我，晃了晃頭並嘆氣，伸出雙手指了指自己，說道：「罵我。」

我愣了幾秒，看著他，搞不清楚他的意思。

「啊？」

「把你想講的講出來。」

「我沒有想講什麼。」我搖了搖頭。

麥憂提高聲量，又指了指自己，「把我當成小朱，你想罵什麼就罵，快。」

「不要。」我喊了回去。

「快啊你！」麥憂忽然伸手用力推了我的胸膛，我被他推到後退了好幾步，差點就跌進湖裡，百破樂也衝到我臉前踢著我的臉，「你也太沒用了吧你？」

媽的。

「我知道你在幹麼，沒有用的，我就說了沒什麼好說的了。」我先是握緊拳頭，接著鬆開來，笑著搖頭，順手拍掉了百破樂，百破樂就這樣被我拍了開來。

麥憂笑了起來，撥了一下自己的頭髮，說什麼搞不好現在他們已經在吃蛋糕了，分組討論只是藉口，沒人想要分組討論，傳訊息就能講完的事情幹麼特地出去講，根本不是真的要討論，只是想要討論吧。他說「討論」的時候，還加重了語氣，伸出右手擺出零的手勢，左手食指伸直伸了進去。

「就這樣？你最厲害的就是這樣？」我悶聲回道。

麥憂深呼吸了一口氣，繼續說（這次我必須過濾掉一些骯髒的話語）我自己也知道小朱不可能喜歡我，因為我不像個男人，她需要真正的男人讓她知道自己的位置，她需要可以付錢買名牌包上下班接送她讓她整天只專心變漂亮就好的男人。她要那種有自信的，真正的，真正的男人。

「你怎樣，接下來要說我歧視她，因為她出生的時候不是女人嗎？」我看著麥憂認真嚴肅的表情，笑著回道，乾咳了幾聲。

我蹲到地板上翻找石子，想要分散注意力，找到一個小顆的三角形石頭，大概只有我拇指的大小，角也不太銳利。我拿在手中拋接著，努力把麥憂剛剛說小朱和李虎分組討論的那些噁心話都給過濾掉。

「你真的很沒用，連生氣都不敢說，你生氣了，你因為她不是跟你約會而生氣了，因為你害怕她會離開你，所有人都會離開你，就像你爸——」

才聽到他要把那句子說完，我馬上就站起來吼道，伸手將石頭往他身上扔過去，

「閉嘴！」

「欸！」麥憂沒有來得及躲開。

「你根本沒資格說我吧？」我吼了聲，指著在他肩膀上的百破樂，「你也不想想你那個百破樂，明明出生就可以動手術除掉，為什麼要留著？你是覺得這樣比較特別嗎？你到底有什麼資格唸我啊？」

我低下身，找尋可以用來砸他的石頭，我四處探看，終於找到一顆小小的圓形石塊，就在我起身要砸麥憂時，一個小黑影飛來直接打到我手上。麥憂瞪著我，扔過來的一個石塊打到我手背，痛得讓我張開手掌，好不容易撿起來的石頭就掉到地板上，滾了好幾圈不知道最後跑到哪裡。

他顯然是因為我提到百破樂的事情在不爽，但是他自己要在那邊惹我生氣的，而且是他要我罵他的，我甚至沒有說出什麼我真正想說的話，像是如果可以的話我現在就想把他打昏送到忘得窩偽造簽名讓忘得窩直接動手術除掉寄生在他身上的百破樂，我當然知道他可能因此會一輩子不爽我但那總比他某一天因為這怪物而瘋掉還好，而且不理我也好省得我都快被麥憂惹到想尖叫——我知道，不用你告訴我，我看過忘得窩對百破樂的研究，研究數據都指出百破樂寄生對象的身心健康與常人無異，但怎麼可能有怪物寄生在自己身上不會對自己有影響的？

我父親不就——媽的。

我撿起了木枝往他的方向砸，最後找到一塊比較大塊的石頭，作勢也要砸他，但看見他那張笑臉，我咬牙瞪了他一下，把石頭往旁邊扔，朝著他的方向大聲吼叫了起來。

麥憂愣了幾秒，顯然是被我的行為嚇到——嚇到很好，百破樂也跟著往後退了好幾步，又退了好幾步，現在整個飛走了。很好，百破樂最好不要回來，麥憂最好滾開，不要來打擾我，我就是這種垃圾，我不適合任何人靠近，他最好是嚇到就滾遠一點，讓我一個人留在這邊，如果百破樂像是纏著我爸的那隻怪物一樣，我不知道麥憂最後會發生什麼恐怖的事情。他最好是讓我一個人待在這裡就好。

最好不要有任何人靠近我。

麥憂先是扶著自己的額頭轉身，一副正在思考什麼的樣子，看樣子他是要離開了——但他忽然再轉過身來，大步走到我面前，抓緊我的衣領對著我大吼起來，他好看的五官都皺在一起。

麥憂繼續大吼了幾聲，用力推了我的胸口，我下意識抓住他的手，用力深呼吸了幾次，想要壓下體內忽然湧上來的感覺，但我愈用力，那感覺愈明顯——麥憂又對著我吼叫了一聲，還有口水噴到我臉上，他的舉動讓我一時之間沒有辦法反應，腦袋裡面浮出我父親最後的身影。我想要甩掉那些畫面，但甩出來的卻是小朱和李虎出去玩的畫面，我深呼吸了幾次，想要壓下我腦袋不斷亂跳出奇怪畫面的狀況，但麥憂繼續吼叫，讓我不斷想到一些我根本不想想起的事情。

我悶叫了聲，抓緊麥憂的手腕。

我對他大吼，麥憂也吼了回來，我非常確定此刻我們都像是白痴一樣，但我們就繼續這樣相互吼叫到彼此都喘不過氣來才停下。麥憂雙手扶在我肩膀上，我讓他喘了幾口氣後，確認他站穩腳步不會因為我移開而跌倒。趁著自己還有一點力氣，我在一旁的草皮原地跳起來用力尖叫，直到我失去了所有力氣，差點跌倒，而麥憂在我前方扶住了我。

麥憂臉頰紅紅的，還在喘氣。

我抱住了他。

05

我站在白跡村內唯一一間超級市場門口。

由於今天新住民即將入住，第二次的服務學習業務，我們只需要在晚餐時間抵達括號蝦療養機構，和住民跟家屬一同吃個晚餐即可。於是我約了小朱提早在這裡見面，理由是帶她晃一晃，認識一下白跡村的超級市場。

我不過是想展示我做為當地人的友善而已。

小朱似乎對超級市場很感興趣，那是我在她的忘得讚社群上看見的資訊，她拍了一系列停止營運的超級市場，每一篇都標籤了「資本主義」，有一兩張照片她還拍攝只穿著內衣躺在廢墟中雙腿大開的照片。她也沒遮住自己內褲微微鼓起的部分，就是一副毫不在乎的樣子。我跟她聊了一些關於廢棄超級市場的想法，她說了一些非常特別的概念，是我從來沒有想過的——以女生來說（如果她真的算是女生的話），她真的是非常非常厲害。

昨天在我們的忘得讚訊息交談中，她覺得廢棄的超級市場有某種懷舊的感覺，而這種懷舊感就像是拜訪國王曾經居住過的城堡，或者皇帝的龍椅那樣，是一種對已經不存在的輝煌的崇拜，是一種拜物，但是反過來——小朱很喜歡說反過來，她對反過來這件事情似乎很著迷，這部分很值得探討，我記得我還真的這樣回了她，結果她回傳給我一顆水蜜桃的符號，完全不知道那是什麼意思。

我出門前隨便整理了一下自己的頭髮，把所有頭髮都往後撥、兩側的頭髮塞到耳後，挑了一件不髒的紅色襯衫穿上（雖然我不想被當成膚淺的笨蛋，但講真的我今天滿好看的），腳上套了我最乾淨的那雙黑色靴子，讓我增高了一點點——當然不是說我有多在乎身高，但男人畢竟要高一點比較好。

我在大門側邊等待小朱，旁邊有棵大樹，樹下停了一臺黑色轎車，不太確定為什麼那輛車會停在這裡，我印象中那輛車是李虎常常開的其中一臺，但李虎現在應該是在其他服務學習的地點才對。如果我沒記錯，這輛車是李虎高中畢業時他的父親買給他的，他那時候到處和我們這些也住在白跡村的同齡人炫耀，三不五時就喜歡載妹到處跑。

在我困惑的同時，小朱呼喚了我的名字，我撥弄了一下自己的頭髮，轉過頭看向她——結果麥憂和他男友也在，小朱顯然是另外約了他們兩人。

麥憂的視線從我的頭髮游移到穿著，最後咂舌了聲，手搭上我的肩膀。我先是撥開他的手，但他又一次把手放到我肩膀上，這次我就沒有再推開他了畢竟他一定又會搭回來——百破樂的身形又大了些，這次我非常確定，因為牠顯然比我的巴掌還要大了。我把牠打到黏在地板水泥地上，麥憂因此用力打了我的肩膀，我跟麥憂爭執起來，大致的內容是我希望他快點去處理百破樂，但麥憂只覺得我管太多又想太多而且百破樂根本就是他的寵物，他甚至還說我是獨裁暴君，童話故事裡面會有的那種恐怖王子。

在我試圖再次拍掉百破樂時，麥憂又用力打了我一下，我悶哼了聲，不想在小朱面前叫出聲來。

小朱和麥憂男友先跑進了超級市場，一下子就不見蹤影，我和麥憂慢慢地走進超市，雖然他顯然非常排斥我看待百破樂的觀點，但麥憂看到超級市場中超大泰迪熊的展示區還是忍不住興奮之情，拉住我的手往那裡跑去。我記得麥憂高中時候每次到這裡都一定要看上幾眼這隻很顯然沾染灰塵很久沒洗如果擁抱它一定皮膚鼻子都會過敏的泰迪熊，說著自己很想把它帶回家。

超級市場這個時間裡頭沒有太多人，只有一些山下的居民前來採購生鮮，這時間點有一些即期的生鮮特賣，我也常常在這時買一些晚上要煮給我媽媽夜班回家吃的豬肉片和青菜。

幾個白跡村居民經過我的時候很明顯地避開視線，這從我半年前休學時就開始了，他們把我當成什麼易碎品一樣看待。我實在很想在脖子上掛一個牌子，用紅色油漆寫上「我很好，請不要害怕，我不是玻璃，我不會碎掉」——呃、這標語不太好，玻璃這詞最好避開，到時候麥憂又來抗議我天生異性戀陽剛氣質壓抑非異性戀族群的生存空間。

麥憂還在和他喜愛的那隻泰迪熊擁抱，我抬起頭看了看四周，發現那條日光燈總是閃爍的走道還是一樣燈光忽明忽滅，那個日光燈泡已經閃了四個多星期。就在我觀望的同時，遠遠走道盡頭有個高大的傢伙提著梯子走來，那傢伙穿著白底綠色直條紋加上白色帽子，顯然是一個新的員工，當他距離這裡更近了些時我才看清楚他的臉——李虎穿著員工制服，抱著梯子走到日光燈下，單腳跨在梯子上。

我遠遠就看見小朱從走道盡頭小跑步跑來，手裡拿著燈管，往上遞給單腳站在梯子上的李虎。那個沙文主義垃圾優越男，好像換個燈泡了不起一樣，男人都會換好嗎！

小朱正在和李虎聊天，笑得像是他們有多熟識一樣，肩膀還一直稍微碰到李虎的肩膀。李虎的手指灰灰髒髒的，顯然剛剛不只是換了燈泡還去做了其他雜務——我握緊拳頭釋放壓力，她很可能是不小心忘記了自己和李虎第一次見面時候究竟是怎樣了，我很可能需要提醒她一下才行。

拳頭愈握愈緊，深呼吸此刻也一點用都沒有，我只想要尖叫，到底有什麼好笑成這樣的？根據我在忘得讚社群上搜集到的資訊，李虎追蹤了一堆大奶妹，一看就知道並非善類，到底小朱跟他這麼友好是怎樣？

我張望了一下，麥憂此刻還在擁抱骯髒泰迪熊，我握拳向前快走，走到李虎和小朱面前，在小朱才剛要和說「嗨」的時候直接搶走李虎手中的燈管，把他推下梯子，看他一臉憤怒的樣子就知道他不是什麼好人。我沒打算多和他們解釋什麼——講真的這到底他媽的有什麼好邊聊天邊弄，不過就只是放個燈泡——我爬了上去，將日光燈管對準接頭，敲了一下，燈管就直接完好吻合貼入燈罩中。

麥憂這時離開了泰迪熊，走過來看見我站在梯子最上端，大喊著要我快點下來不然等一下摔下來。我朝他翻了個白眼，但仍然從梯子上走了下來——就在我往下爬的時候，左腳一個重心不穩，直接滑了下去。原本以為我應該會直接摔到地板上，但麥憂扶住了我。

我還在慶幸自己竟然沒有摔倒，小朱盯著我輕微皺起眉頭，她又看了看李虎，不知道哪裡來的幻覺認為我們需要知道李虎的存在這裡的原因，自顧自開始解釋李虎剛剛和她說，他的服務學習地點被教授轉到這裡來了，他會負責在白跡村超級市場擔任輔助店員工作的業務。小朱解釋的同時，李虎那傢伙露出靦腆的笑，用手抓了抓自己的後腦杓，我非常確定他臉頰還很白痴地微微泛紅起來。

麥憂扶著我的背沒有多說什麼，我轉頭向他說我沒事了他才鬆開手。李虎看到他，忽然就伸手揮了揮，告訴他自己很抱歉先前那樣的行為。麥憂沉默了幾秒沒有回應，但我想麥憂一定會接受這個道歉，他畢竟是一個強迫自己要接受別人缺點的笨蛋——其實你不覺得道歉是個很沒禮貌的行為嗎？你做錯事情，你和對方道歉，那受害的對方呢，他不接受你的道歉似乎自己就成為惡人一樣。到底憑什麼受害人要接受加害者的道歉？

麥憂的男友推著購物車從另一邊走來，裡頭有許多零食，麥憂跑到購物車前翻著裡頭的各種糖果餅乾笑得很愉快，而麥憂男友走到李虎面前，和李虎做了一個很奇怪的手勢，兩人最後笑著擊掌，用手比劃了什麼「火焰隊加油」之類的，我看得不是很清楚而且我手語真的沒有多好，完全搞不清楚他們什麼時候變成朋友的，更搞不懂李虎什麼時候會手語了，雖然我們的學校都有基本手語教育。

「你怎麼了？」小朱走到我旁邊，笑著看著我。

我試著深呼吸讓自己看起來比較和善點，但顯然是沒有辦法，連小朱都能看出我的不悅。我低下頭，又抬起頭，看著她，沒有多說什麼——麥憂這時候忽然又靠了過來，搭著我的肩膀，說著我們應該要上山了，這才結束我和小朱尷尬的對望。

在上山的過程中小朱試圖要和我聊天，但光是想到她和李虎在那邊卿卿我我，我就不是很有把握能心平氣和地和她說話，畢竟我不想一時忍不住告訴她殘酷的事實，像是妳又不是女人之類的這種話。我當然是知道這種話在現在這個時空是不能講的。

當她直接叫我名字的時候，我只好對著麥憂耳語，來假裝我正在和麥憂進行深度溝通（實際上是努力偷偷拍掉百破樂。能夠把百破樂趕走，就算只能維持幾分鐘，也讓我多少有一點點愉快。我真的希望可以幫麥憂把百破樂吹走讓他變正常），而麥憂在意識到我在趕走百破樂的時候立刻就搥打我要我住手，還說我一直欺負百破樂很糟糕。

我們很快就到了括號蝦機構第二棟大樓的餐廳，大圓桌上擺了八個餐盤，餐盤上的菜色都是一樣的，兩樣煮到幾乎看不太清楚形狀的綠色青菜、一顆煎到很乾的荷包蛋、一份看起來就沒有入味的滷豬肉蘿蔔，和一小塊雞腿。

餐桌上的人員總共有：我、麥憂、麥憂男友、小朱、社工人員、一名新住民以及其兩名家屬。穿著粉紅色背心的社工正在一旁解釋餐盤中的荷包蛋是一項創舉，原因是團餐很少會煮荷包蛋因為太花費時間，但我們機構的管理人很有愛心因此堅持中央餐廚每天都要準備荷包蛋給住民享用。

住民一臉呆滯也沒有進食，只是盯著窗外，而他的女兒在一旁很緊張的握著他的手。女兒綁起馬尾，年約四十五但顯然是想假裝自己只有三十五歲。她開始和社工聊起做為括號蝦患者家屬的委屈，主要是她的父親幾乎已經忘記她是誰了，好幾次和他說話的時候都不像是真的存在這裡，好像他去了其他地方只是軀殼還在而已，其次的委屈是暴躁易怒常常大喊著要回家、自己被關起來、被綁架。好幾次半夜偷偷跑出去，後來他們晚上睡覺時都得從他房間外面把門反鎖。

社工點頭表示自己感同身受，但這個社工家人都不是括號蝦患者，我不是很確定他的感同身受是怎麼來的。社工和新住民的女兒解釋機構周圍都有鐵門，出入都必定上鎖，而住民平常能自由在一、二大樓間活動，房間雖然有門但是開放式的，平常不會關上，相當自由。她頻頻點頭好像很欣慰的樣子。

而她的兒子穿著連帽衣和黑褲滑著手機對眼前這一切完全不感興趣——不過這真的沒什麼好怪他的，我父親當初從山下我們的住處轉上來這裡居住照護的時候，我也是這個樣子，這一切是真的都很無聊。

而且很造作。

這種造作就是，你明明知道這條橋快垮了，繩子都破損，橋的木板還斷了好幾塊，你知道這根本不是好的路線，但你後面有怪物在追，你找不到其他路了，你只好不斷說服自己說這是最好的選項，即使你看著眼前這很可能一踏上去就整組解體的吊橋，吊橋盡頭還有火在燒但怪物就快追上來了，你只好閉上眼睛往前衝希望在跑的過程這條橋不會直接斷掉。

你只是假裝這件事情可能不會害死你，因為你不知道怎麼才會更好。

這位太太現時此刻的完美寫照。

我實在很想告訴這位太太，不會因為妳現在多緊張擔憂，就能抵消掉妳心底那塊遺棄他人的罪惡感。不論妳給自己多少說法，多少論述，拿出多少數據，試圖告訴自己把父親留在這個簡陋沒用的環境才能獲得更專業的照顧，妳的罪惡感都是不會消失的——如果可以的話我實在很想扶住這位假裝自己很年輕的太太的肩膀用力把她搖醒。不要再這麼蠢了，妳應該更聰明，妳應該知道這根本就沒有用，妳的人生從妳的父親得了這種病開始就已經毀了。

但我當然不可能這樣講，他們是笨蛋，他們沒有辦法承受事實。

新住民忽然很緊張地回握女兒的手，他說話的聲音很小，女兒湊耳去聽，我不確定他說了什麼，但他女兒大聲告訴他，只是暫時在這裡住，過幾天就會把他帶回家了，他才安心地點點頭又繼續看著窗外——這時候社工開始說起外頭種了無語樹，是一種樹幹散發的氣味可以稍微安撫住民腦內的括號蝦，讓牠們盡量維持在睡眠狀態，以延緩住民心智惡化。

聽著社工安慰著新住民的女兒，告訴她括號蝦對她父親大腦的影響在這裡是可以稍微控制延緩的。聽到這種基本上只是安慰修辭的話語，我一開始很用力閉著嘴巴不想笑出來，但太用力憋笑了導致我嗆到，連咳了好幾聲。社工看著我一副我很沒禮貌的樣子，小朱盯著我一臉好奇，坐在我旁邊的麥憂則用力捏了我大腿一下，痛得我眼淚都快掉出來。

我瞪了麥憂一眼，他也回瞪我，一副我是恐怖殺人魔或者什麼反社會人格一樣，我只好湊過去低聲告訴他他瞪人的樣子看起來很像是白跡村樹林區剛出生的小鹿想要表現自己很勇猛但走兩步就跌倒一樣。

麥憂又一次用力捏了我的大腿，這下我大腿一定是會瘀青了。

小朱此刻沒有再試圖和我搭話，而是捧著雙頰看著新住民，專注得就像是在觀賞什麼藝術品一樣，我也試著看了看新住民但真的是看不太出來有什麼值得看的地方，她真的還不如看我，當然也不是說我多在乎她看不看我——麥憂湊過來，夾走我餐盤上的雞腿，小朱聽到我們爭執的聲音回過頭來，我連忙低下頭看著自己的餐盤，餐盤上的食物被麥憂弄得凌亂難看，真的是不像樣。

我用筷子戳弄翻滾著餐盤上剩下的青菜。

在大家用餐都差不多告一個段落之後，社工開始和家屬解釋未來照護的主要方式，並帶領新住民前往他未來的房間。新住民還是很緊張地握著自己女兒的手，問著什麼時候要回家，女兒只是回握他的手，告訴他很快就可以回家了，很快就可以回家了，不斷重複就像是實話一般。

麥憂和麥憂男友協同社工一起安置新住民，我和小朱暫時沒有業務，就留在餐桌這邊。我雙手此刻放在褲襠的位置，不是很正確也不是很適合，但我正努力抓緊百破樂不讓牠逃走飛回麥憂身邊，當然我這麼努力當個好朋友這件事情，麥憂是不會領情的，而小朱根本就只在乎像是李虎那種有錢又長得高的異性戀男垃圾而不在乎好的友善的異男。

我們都沒有說話，我猶豫了數次，原本想說要做個好人，破冰問她有沒有發現我今天稍微不一樣的髮型，但想到李虎和她在超級市場拿燈管的娛樂活動我就只想翻白眼。

沉默了好一會兒，小朱忽然移動到我旁邊，我一不小心鬆開雙手，百破樂就對我吐了吐舌頭並快速飛走。我左看右看，發現自己的位置被堵住了，旁邊是牆壁，我現在的選項只有撞牆或者直接站起來離開，但那樣都太明顯了，我只好低下頭試著不去看小朱。

「欸，剛剛在超級市場那邊。」

我沒有看向小朱，也沒有回話。

「你是討厭李虎嗎？」

我抬起頭，不太確定要怎麼回應小朱，又低下頭，我覺得自己現在這垃圾樣子我爸一定會嘲笑我，我不應該笨到讓自己陷入這個處境的。小朱笑了一下（不是嘲笑的那種笑，是那種我知道你在想什麼不要擔心你很好的那種笑），把自己的左側長髮塞到耳後：「為什麼？」

繼續沉默了好一會兒，我低著頭看著自己的黑靴，直到我真的是再也看不下去自己的靴子和自己這種窩囊樣，我才抬起頭望向小朱。我先是張開嘴巴想說話，但又說不出來，腦中不斷閃過父親嘲笑我的模樣。我深呼吸了幾次，覺得腦袋裡面像是有個小小的人拿著鐵針在戳我，要不是我檢查過三次究竟我有沒有感染括號蝦（實際上我們出生已經規定必須注射疫苗，這機會根本微乎其微），否則我真的要覺得自己是不是有病。

掙扎了好一會兒後，我握緊拳頭，勉強擠出聲音，莫名其妙地有些沙啞。

「妳不討厭嗎？他之前那樣對妳欸。」

小朱聳了聳肩，說自己從小到大早就習慣了，在高中時還比那時候更嚴重一些。她說自己高中中午都要躲在廁所吃午餐，因為她很怕她的午餐會被其他同學扔掉或者一些同學不斷想要問她一些身體變化的事情——小朱一臉無所謂的樣子，我忍不住覺得自己應該要安慰她，伸出手來差點就要抱過去，接著馬上意識到自己的奇怪行為，手就卡在半空中不知道該如何是好，腦袋裡面那個被針戳又震耳欲聾的聲音又冒了出來。但小朱似乎是意識到我的動作，忽然移動靠近我，輕輕抱住我。我的雙手在半空中握緊拳頭，不敢做出任何動作。

一秒、兩秒、三秒。

結束擁抱後，小朱露出笑容。

我看著她，後腦杓那個尖刺感跟噪音忽然全都不見了。
「妳真的想知道我在想什麼？」
小朱點點頭。
雖然我知道她一定就像大多數的人類一樣沒有辦法接受事實，通常笨蛋都比較寧願逃避現實，活在自己的想像裡頭。我當然知道小朱這種人是怎樣，就像麥憂那樣，總是想相信人類最好的一面，總是想相信人類有可能變得更好。不過看著小朱的臉，我深呼吸了一口氣，回應了她。
「我不覺得他是個好人。」
聽完我說的話後，小朱低下頭，她的右手食指繞著自己的長直髮，繞了幾圈。幾秒過後，小朱才抬起頭看我，她伸出手要摸我的臉頰，我先是稍微向後退了一些，我實在不太覺得被她碰觸是對的，剛剛的擁抱已經讓我很尷尬，但最後還是讓她碰我了。
「如果我只是因為他做過那些事情就否定他整個人，他不就也沒有可能理解我，理解其他人，理解自己做錯了嗎？」
看著小朱的笑容，我應該要回話才對，我有一堆可以回的——那妳怎麼知道要給多少次機會讓對方改變，一次夠嗎，兩次夠嗎，三次夠嗎？妳怎麼知道什麼時候該停？如果對方改變之前造成的傷害就太嚴重到難以挽回呢？做多少比例的壞事，再做多少比例的好事，難道好壞真的就可以相互抵銷了嗎？妳怎麼可以這麼天真，難道妳沒有真的被人傷害過嗎？

但我竟然說不出任何話來。

06

我到底為什麼要來這裡聽李虎表演單人喜劇？

今天在括號蝦照護中心的業務結束後，我和麥憂跟小朱一同前往一間在白跡村山下的酒吧，原因是我們這星期參加了一個奇怪的遊行（麥憂兩週之前莫名其妙宣布有這個行程並強迫我們都要前往），在遊行結束後，小朱問我們要不要來聽李虎的單人喜劇，說李虎一直在練習想成為一個喜劇演員——聽到這話的時候我幾乎是笑了出來，當然還被麥憂捏了一下以示我有多不禮貌。麥憂肩膀上那隻變更大了些的百破樂用牠那獸爪似的手搧了我兩掌，在我舉起拳頭要打牠時振翅飛走。

雖然這間酒吧距離白跡村很近，但一直以來我幾乎總是只有經過，畢竟這裡外觀看上去滿老舊的，不過真的進來之後才發現裡頭意外地別致舒服。空間不大，一層樓大概就十幾張桌子，有個黑色舞臺在中央，後頭掛了紅色布幕，二樓有燈光架可以移動打燈，旁邊也有一些看臺座位。我注意到舞臺靠牆面的地方有幾個鐵桶，我以為裡頭裝的紅色液體是油漆但酒保告訴我那是血漿，好像是今晚某個表演者沒用完的。我們進來時就已經有人在臺上表演了，是個穿著黑色長大衣、皮膚很白幾乎像是吸血鬼的人，他說著自己常常被誤認為是男同志，臺下不知道為什麼因此笑得非常愉快。

我走到黑色大理石製的吧檯前，看著麥憂和小朱跟李虎在座位上聊天，又看了看右側的大門，我是真的有想要直接走出大門的衝動。原本今天在括號蝦照護機構中服務時，因為之前那位總是想要從橋端旁偷跑下山去溪邊不知道要幹麼的住民，又一直用頭撞鐵門想要離開，導致晚上這個荒唐的活動很有機會能取消，但麥憂不知怎麼安撫了那個住民，沒多久就把他帶回房間休息，結果就這樣破壞了我的美夢——對，麥憂就是美夢破碎王。

麥憂的眼窩還留著週末遊行和人爭吵打架留下的瘀青。最近他愈來愈常衝動行事，雖然他原本就是個衝動的人，但近期漸漸開始有提升的趨勢，不過我還不太確定究竟是否是因為這三年多我都沒有和他太有聯繫導致我的認知錯誤——當然合理懷疑，這跟那隻體積愈來愈膨脹的百破樂很有關係，從前我還沒看牠變成這麼大過。

週末是我三年多沒有什麼聯繫後，和他一同參加的第一場遊行活動——麥憂很喜歡遊行，十六歲開始在他讀了第一本女性主義的書，好像叫什麼打結還是彎來彎去什麼鬼的，他就彷彿自己開悟般到處跑遊行，而他的衝動行為所附帶的損傷當然就是我得跟著他到處參加遊行。這些遊行有大小小，從只有數十人的抗議房屋拆遷到數百人的超級企業忘得窩壟斷醫療藥物市場或者數千數萬人的同志遊行，我幾乎不記得我抗議過多少事情，也不太記得我抗議過後有多少事情因此改變。

說實話，我有時候會覺得麥憂根本不知道自己在抗議什麼。

他怎麼可能在乎那麼多跟自己無關的事情？

就像很多人總是要去參加什麼遊行、用什麼環保吸管、抗議超級企業、說愛這個世界、參加募資購買根本不會看的詩集雜誌週刊、瘋狂戀愛，如同麥憂這樣，我印象中他總是有男友——或者砲友，好像這樣子人生就會比較有意義，比其他人更加存在。

上週遊行的訴求甚至是什麼解放「意儒懸獸」。那是一種銀白毛尾端有紅色色澤的生物，所在的環境會一直維持低溫，基本上就像是個移動冰箱。原本野生種繁多，但因為牠們的冰箱特性而被大量捕捉，用來保鮮食品或者放在任何需要低溫的環境，反正就是一種替代能源方案就是了。政府在野生獸數量大量降低基本上就是絕種後，通過立案由忘得窩公司製造人工意儒懸獸，來補足能源不足區域的冷藏需求，以及杜絕野生意儒懸獸真正絕種的可能性（雖然上次新聞發現野生意儒懸獸的蹤跡已是將近半年前，這些都是麥憂在我旁邊念來念去的消息）。

至於麥憂眼窩的傷，是在遊行上發生一件根本可以說是很小很小的小事。不過是有個路人經過喊了他「死臭甲」，他就衝到對方面前把對方壓制在地上毆打，當然過程中也有被對方攻擊到，幫助麥憂的我手上也被弄出傷痕——而我這裡所說的傷痕，是指在麥憂被打了一拳後，我跑向前把對方壓在地上連打了幾拳。麥憂男友和小朱拿著超長蛋捲冰淇淋到我們面前時，麥憂正用力從我身後架住我把我拉開，而對方的朋友也擋在我前面一副看到怪物的樣子。

小朱拍了一張我扶著受傷的麥憂的照片上傳到她的忘得讚社群帳號上，照片中雖然我受傷了但打架的傷痕畢竟是很MAN的，我就沒有要求她刪掉——況且我那天的髮型未免也太到位皮膚還閃閃發亮（這可不是我說的，是追蹤小朱帳號的網友留言。最近我用了小朱在忘得讚上推薦的化妝水），如果不給小朱的粉絲們看的話實在有些可惜。

這些畫面都被拍攝下來上傳到忘得讚影片社群上了，因為麥憂本來就是忘得讚網紅，標題都下得像是什麼我是麥憂的祕密男友之類。明明那些人應該都知道麥憂男友是誰，他們甚至開的是共同的忘得讚帳號並固定上傳日常生活影片，到底為什麼我會被以為是男同志啊？

小朱拍的照片更是火上加油，麥憂和他男友的忘得讚社群發布這張照片後湧入一堆留言，麥憂的男粉絲（基本上就是那些想幹他的人）一直問我是不是圈內人是不是他的新男友還是他終於要接受多人伴侶關係了，讓我感到困擾——我到底哪裡像是圈內人了？

不是我要不顧忘得窩醫療團隊針對百破樂提出的研究數據，但隨著百破樂體積膨脹，麥憂最近還愈來愈常喝醉了——我真的覺得這就代表了他應該快點乖乖聽我的話去動手術移除掉這該死的東西。做個正常人真的沒有那麼困難。

我在酒吧櫃檯等著剛剛點的無酒精氣泡水，看著座位上又喝了一杯酒的麥憂，有點猶豫是否該阻止他的豪飲，但他似乎滿開心的。百破樂雖然大到幾乎是兩個手掌大小還有如什麼恐怖畫面般在一旁飛來飛去——小朱和李虎正在聊天，李虎顯然是藉口自己要上臺說笑話很緊張，不斷偷摸小朱的手，小朱顯然也是礙於要當個好朋友而沒有拒絕。

還是小朱其實喜歡這樣？

我晃了晃頭，把自己這想法晃掉，當然不能有這麼糟糕的念頭，而且這關我屁事我又不可能跟小朱怎麼樣，我是異男，我喜歡的是女人，真正的女人——酒保終於把我的氣泡水拿來了，我接過杯子一次喝了一大口，差點嗆到，走回座位的過程中不斷咳嗽幾乎覺得自己鼻腔裡頭都是水。

我在進來這間酒吧之後稍微關注了一下裡頭的人群分布狀況，好幾桌都坐著男女二人，顯然是男生帶女生來約會的地方。年齡分布倒是都還算年輕，看上去都和我們年紀差不多，原本以為都會是老人的，畢竟這是間主要讓單人喜劇演員表演的酒吧。

李虎那傢伙還穿了西裝，全黑的，一看就知道又是名牌量身打造，高大的身體裝在西裝裡面，看起來像是個——好吧，雖然我不願意承認，很想說他像是猴子，但高大健壯的男生穿西裝的樣子實在是好看很多，不像我這種基本上瘦到一點男子氣概都沒有身體怎麼吃怎麼練肉都長不出來，穿西裝只像小孩想裝大人。媽的，我明明身高已經遠高於國家統計平均數值，只差沒有高到像是李虎那種誇張樣子而已，那有什麼了不起的，我也可以穿西裝啊。

小朱今天的頭髮有一半變成粉紅色的，我不知道她怎麼辦到的，她全身都看起來像是某間糖果店擬人化的成品。粉紅色洋裝、白色長襪、娃娃鞋和金色眼妝，她說她今天想要走童話路線（這是她在忘得讚線上直播化妝時說的），我非常確定今天括號蝦照護機構裡面有住民以為她是某種卡通人物。

從我和小朱在忘得讚上聊天所獲得的訊息可以得知，她討厭忘得窩、支持「人類轉生成動物手術」、喜歡棉花糖、喜歡做愛（她的原文是喜歡性自主）、喜歡寫詩——她還給我看了幾張照片，要我替她選幾張新拍的放進去。我看到她的交友軟體檔案上寫著「你會被愛的」。我真的好想告訴她，妳當然不會，沒有人會，不可能有人被愛。

但我沒有說。因為我是個有禮貌的人，我不想破壞笨蛋的美夢。

拿著剩下半杯的氣泡水回到座位上，臺上的喜劇演員正在說著自己的童年狀況，說自己小時候沒被抱夠，現在剛成為父親，每天都抱小孩，在路上還被報警以為是想悶死嬰兒。臺下笑得很愉快，我不太知道大家的笑點是在嬰兒被悶死還是在那個演員悽慘的童年導致他想悶死自己嬰兒——好吧，裝笨是不對的，我這麼聰明當然知道笑點在哪，但我實在不知道這哪裡好笑了。

如果是我的話，我就會說，小時候我沒被抱夠，現在我抱小孩，我很愛他，但我還是想把他丟下橋。

我拿走麥憂手中的酒杯，不讓他繼續喝酒，百破樂化成好幾隻迷你版，有隻迷你百破樂自己跳進酒杯裡面在裡頭翻滾彷彿自己是酒杯精靈一樣，還有路人藉口百破樂很有趣來和麥憂搭話，我瞪了那人一眼他就離開了。現在的麥憂眼神已經渙散到我非常確定明天他會忘記自己今天做了什麼。媽的，他男友又不在，所以現在又是我得負擔不讓他被路人變態撿回家的責任。

這演員講完他的難聽童年笑話之後，酒吧主人有氣無力地（他從頭到尾都是這語氣，這應該是他的個人特色）說下一位是李虎。李虎立刻像是被電到一樣站起來，差點把整個桌子都翻倒——小朱在一旁拍了拍他的肩膀安撫他，我試著忍住笑意但我非常確定我笑出聲來了。

李虎拉了拉自己的黑色西裝外套（我想告訴他他的外套訂做得太大件了，領口應該要露出一些襯衫的。連這也不知道，他父親難道沒教他嗎），深呼吸了幾次，慢慢走上臺，小心翼翼避開舞臺邊還裝滿紅色血漿的鐵桶。到臺上的他，先是調整了一下麥克風的高度，拉了無背高腳椅半坐著，讓自己稍微看起來沒有那麼像是巨人在臺上。

他清了清喉嚨，說道：「大家好。」

麥憂大聲喊了你好，我發現他手中又多出一杯酒杯，裡頭飄著一隻迷你百破樂。我把他的酒杯拿走，並且直接和酒保說不要再給他酒了他太醉了。酒保一副就是想上麥憂的樣子，看來我等等還得小心不要讓麥憂單獨和酒保相處。麥憂瞪了我一眼，朝我哼了聲說自己才沒喝醉。

李虎坐到椅子上，他看起來很緊張，甚至可以說看上去像是個人了。他腿張得開開的，就像大多數男人習慣、但麥憂現在很愛抱怨的正常樣子。

他又一次清了清喉嚨，低下頭看了看自己的腿，在開口說話時，我原本以為他要說男性開腿的笑話，但他忽然把腿稍微合起來一些，說道：「我是個男人，大家應該知道吧？」

李虎繼續說道：「我們真的應該搭車的時候把腿合好。」

臺下歡呼了幾聲，小朱和麥憂都大叫好，李虎似乎稍微找到自信了，我則是聽著他說的話幾乎想要大喊說你明明就歧視沙豬而且，幹，腿開一點到底是礙到誰——李虎繼續解釋，自己最近開始接觸女性主義，有太多他從前都沒有發現的東西，他完全不敢回想以前做為男人的生活，講得好像自己不是男人一樣。

「我有個朋友，追學妹追了三年，學妹一直拒絕，但他就是一直約學妹出去，每天都在跟我們說他快追到了，我們都在那邊說兄弟你很讚，respect！」李虎從麥克風座拿下麥克風，「我最近在速食店打工，你們應該都知道白跡村只有一間速食店，如果太晚去，雞柳條就會賣完吧？

「那天雞柳條賣完了，有個男客人，重複問了三次，到底有沒有雞柳條，就算我都已經告訴他沒有了，他還是一直想要雞柳條——我就忽然發現，媽的，我們是不是把女生都當成雞柳條了？」

臺下有小小零星的笑聲，李虎繼續說道：「最近我真的發現太多事情了。」

麥憂在李虎說這話的時候不知道又從哪裡變出了一杯酒，在我來得及從他手中奪走前就一口飲盡，酒杯裡只剩下迷你百破樂在裡頭翻滾。麥憂對我吐了舌頭，我捏了他的鼻子，要他稍微克制一點——他應該是心情不好，但我不確定是什麼原因，講真的我也不是很想問，因為我現在腦袋盤旋的都是李虎難道忽然變得很，政治正確嗎？

看著一旁小朱雀躍笑著的模樣，我幾乎就要翻白眼了——也對，政治正確就是可以讓男人追妹用的工具，我竟然都忘了。

「你知道為什麼女生要一起上廁所嗎？」李虎說道：「我以前都跟朋友開玩笑說她們是要去廁所搞蕾絲邊，但我最近才發現，是因為，她們怕被強暴。

「男人到底多恐怖，才會把女生逼去一起上廁所？」

李虎繼續說了幾個小笑話，得到零星的笑聲，觀眾反應客觀說起來算是不錯，下臺時還有人和他握手——媽的，這算什麼，我也可以啊，我就是女性主義者我超愛女人我當然尊重女人，這種笑話我也說得出來，有很困難嗎？這不過就是討好女生的笑話而已。麥憂的頭靠到我肩膀，在那邊喊著李虎好好笑喔，並且製造出歡呼聲。

李虎回到座位上時，小朱和他說他做得很好，他們交流了幾句後李虎因為還需要去打工就先離開了。小朱看著我，問我覺得剛剛的表演如何，她說李虎向她練習了幾次這個段子，雖然還是很緊張但這次表現不錯，而且段子都是他自己想的，她也很意外。我只是聳了聳肩，沒說什麼——到底問我是想怎樣，我總不可能說我覺得李虎是讀了一兩本女性主義的書就自以為可以一個人解決女性難題的自大分子吧？妳都先說他好了我難道要說他不好嗎？

下一個女演員上臺，開始講起自己的母親在前陣子決定去忘得窩醫院執行變成動物手術，他們就開了緊急家庭會議，討論究竟母親應該變成獅子老虎大象還是蟑螂，我聽著她那無聊的笑話，勉強應和其他觀眾笑了幾聲。

小朱繼續說起李虎最近真的進步很多，說他們的小組讀書會討論李虎從一開始什麼都沒有反應到現在對文本中的各種歧視都能馬上發現，這些讀書會活動顯然增加了他的人生厚度——我耳朵聽著小朱說的這些話，不斷傳來刺響，我後腦杓又感覺像是被針敲刺一樣，幹。

我握緊拳頭，忍住想要大吼的衝動，我幾乎都要聽到我父親對我尖叫說我是廢物的聲音了。幹，閉嘴閉嘴閉嘴閉嘴閉——麥憂搭著我的肩膀，一直搖晃我，吵著要喝酒的聲音傳來，我回過神來，發現自己握拳已經握到手心被指甲弄破皮了。

我替麥憂點了蜂蜜氣泡水，希望能幫他醒一點酒，自己則又續了氣泡水。我將氣泡水喝完，麥憂在一旁抱怨自己的男友竟然還沒有回他訊息之類的，反正就是男同志之間的麻煩事，我沒有很想知道——實在是很想問他，所以你男朋友沒有回訊息你就這麼崩潰，那我都沒回你的這三年多你是怎麼活過來的。

臺上女演員開始說起什麼，大家都應該讓父母去忘得窩進行變成動物手術，這樣一方面可以增加世界的動物量，一方面可以減低青年人負擔，我覺得她似乎不太知道變成動物手術本身的笑點在哪裡。這手術最好笑的事情就是，你完全沒辦法證明，從手術房間走出來的那隻動物，到底是不是原本的那個人。當然忘得窩會提供手術證據證明他們將當事人變成動物的過程，但你還是沒有辦法確認在這手術過程中，原本的那個人，是不是就那樣少了一點點。但顯然這女的太笨了，她根本不可能搞清楚這點。

小朱仍然在和我分享跟李虎的讀書會經驗，我握緊拳頭，臺上的女演員開始大聲讚揚忘得窩變成動物手術拯救多少人，也幫助保存物種計畫三小的，我懷疑她根本也不知道自己在講什麼。我站了起來，椅子都被我弄倒，我走上臺搶走她的麥克風，拍了拍麥克風的頭，看著這個女的，搖了搖頭。

「大家好，我是阿特諾。」我向臺下揮了手，「我覺得我有必要來說明一下，因為這位小姐顯然不知道自己在講什麼，大家可以不要因為她是女生就只要是她說話都跟著笑好嗎？那樣才是性別歧視，你們這些自以為進步的沙豬。

「我真的是搞不——」

我才要繼續說話，麥憂就衝了出來，跑到臺上搶走我的麥克風，我還來不及詢問，他轉頭就對著那個女喜劇演員大叫，其他觀眾一臉看到鬼的樣子，有些還拿起手機錄影，我都可以確定過幾天網路上一定又一堆什麼「網紅同志天菜精神失常大鬧酒吧」之類的新聞跑出來。我連忙將麥憂拉到一旁，順便瞪了那個花容失色的女喜劇演員一眼——講真的都幾歲了，不要在那邊裝天真了——但麥憂掙脫了我的手，跑到舞臺旁邊，彎下身拿起牆邊的血漿，一轉過身就要朝那女喜劇演員潑去，或者說，他以為是朝她的方向潑。

我就站在她和麥憂的中間，麥憂潑出的紅色血漿，朝我整個臉潑了過來，我側身遮住臉，緊閉眼睛希望能盡可能避免顏面受損。現在我是真的很想把麥憂的百破樂直接從他身上切下來煮來餵狗。

很快酒保就來把我們趕出酒吧。我拿出紙巾試著把一些沾到頭髮的血漿抹掉，白襯衫的背面已經全部染紅，就像是我剛剛才演完什麼恐怖片一樣。媽的，麥憂現在這麼奇怪的情緒變化和行為，難道和百破樂無關嗎？看來我得查查強制執行手術的條件了。

小朱和酒保道歉了幾次，酒保最後態度放軟，說我們還是可以來，但不能再上演這種鬧劇，我和麥憂連忙點頭表達歉意，雖然麥憂點頭時一直笑出來——酒保回去酒吧前還把自己的聯絡資訊塞進麥憂褲子口袋裡。

麥憂用手指戳了戳我的臉頰，我瞪了他一眼，不是很想太靠近他。他滿身酒氣，靠著我耳朵，指了指我身上那些血漿，低聲說了不用客氣。我把手伸進他的褲子左側口袋，從裡頭抽出那張聯絡資訊，揉爛扔到一旁，也回應麥憂不用客氣，對他吐了舌頭。

小朱走向我，伸出手，我整個向後退了些，但她走更近了，依舊伸著手，我張大雙眼盯著她瞧，看著她的手靠近我的額頭，摸了摸我的瀏海，把有些沾染到血漿的瀏海往後撥弄——算了，這樣至少不會遮住或戳到眼睛，她想弄就弄吧。小朱撥完後發現自己指尖上也沾了點血漿，抹了抹手指，接著就提出了奇怪的要求，問我要不要去她家裡，她可以幫我把血漿弄掉。

我轉頭看了看麥憂，麥憂在一旁開始用手指戳起牆壁。我有點懷疑我是不是應該答應小朱的邀約，雖然現在這種邀約顯然並不是只想要「擦油漆」，做為一個男人應該是要答應的——我又轉了頭看看麥憂，麥憂現在在用額頭撞牆，一邊喊著什麼他的男友不愛他了之類的。

我嘆了氣。

我和小朱在酒吧附近繞了一下，做為一個有禮貌的男人，我替她招到計程車，並和計程車司機交換聯絡方式，在到達目的地後要和我聯絡，我再把錢匯款給他。小朱沒有馬上進計程車裡，她看著我，回頭指了指麥憂，我聳了聳肩，一副沒有辦法的樣子。她笑了起來，伸出手拍了拍我的臉頰。

「你是個很好的朋友。」小朱說道。

我沒有太大反應，儘管我確實懷疑這算不算被發好人卡了（當然我根本也不想跟小朱做什麼，她又不是真的女人），但麥憂就坐在酒吧門口，一副他就是打算睡在這裡的樣子，他頭上飛繞著一整群迷你百破樂，那些百破樂現在看起來也跟著麥憂一樣有些疲倦，但仍然亂飛，在空中亂跳。我沒有太多時間沉浸在思考這種根本不重要的事情上，我才在乎是不是被發好人卡。

看著麥憂，我真的不知道我剛剛究竟在想什麼。我沒辦法開車載麥憂回去，他現在顯然也不太可能有力氣好好走路——我走向他，先是把他扶起來，問他能不能走，他點點頭，還大喊說我幹麼回來快點去追小朱啊什麼的。

我告訴麥憂我帶他回去，他就又繼續鬼吼鬼叫一些我聽不懂的話，大概是在想他男友的問題——說真的我沒有很好奇他們的床事，雖然我也沒仔細聽究竟他是不是在抱怨床事問題，但那似乎是很多男同志愛抱怨的事情我就這樣推測了。

我招了輛計程車，但麥憂打死都不願意搭，在我努力把他拉上車，他又跑下車並且威脅他會吐在車上之後，我只好和計程車司機道歉讓他開走。麥憂整個身體都沒什麼力氣似地掛在我身上，他真的渾身酒氣，我都以為我爸復活再現了。

我扶著麥憂，試著向前走幾步，其實白跡村不算真的太遠，走上山大概四、五十分鐘，但麥憂現在的樣子顯然是沒辦法走了——他掙脫我的控制，整個人躺到大馬路上，完全沒有要繼續移動的意思，那些迷你百破樂也全部跟著躺到地板上，如果這畫面能夠拍起來給麥憂自己看，他就會知道我每天和他相處都是在抗衡著多麼恐怖的事情。

躺在地上的麥憂還是持續喊著一堆我聽不懂的話。

我蹲下身，拍了拍他的臉，要他站起來。

「不要。」麥憂撇開頭。

我試著拉起他，但他就算起身了他也沒有要移動的意思，重複幾次後我便放棄了這個辦法，嘆了氣。我背對他，將他的雙臂拉到我肩膀，稍微用了點力，並要他把腳夾緊一點，將他整個人背了起來，我注意到那些迷你百破樂這時候全部化成紅煙散了開來。

麥憂不甘不願地稍微出力，說道：「你這樣會很累喔。」

我輕哼了聲，沒有回應。

百破樂散成的紅煙聚集到我面前，籠罩住我前面的山路，我晃了晃頭，不去管牠（們），儘管那些紅煙不斷往我的臉竄來，跟著我的移動而移動。我像是在迷霧中行走，麥憂如果是清醒的，就會知道如果他已經動手術移除百破樂的話，對我們的生活會有多大的幫助。但麥憂顯然已經快失去意識，他開始發出奇怪的聲音，我深呼吸了幾次，嘆了氣——往好處想，至少我很熟悉白跡村的路，我不會在這紅霧中走一走掉下山，而這時間也已經沒有車流會往山上去了，白跡村根本就是死城，正常人都不會想去那裡。

我再深呼吸了一次，從迷霧中，繼續往白跡村的方向移動。

07

麥憂絕對他媽是故意的。

這星期在括號蝦照護中心的服務學習時間，我原本可以在家裡好好休息，因為今天是帶括號蝦照護機構內的住民參訪忘得窩動物園的日子，住民的家屬也會前來陪伴，我們這幾個平常只是裝飾用的服務學習學生可以不用參加——但麥憂就是先邀了小朱，小朱答應後他一臉囂張地看著我，走到我身旁低聲跟我說這對我是好事我不能逃避一輩子。我根本沒有在逃避什麼，要不是他全身上下最值錢的地方就是那張臉了，我真的是想直接揍下去。

我根本不支持忘得窩變成動物手術這回事，而這和我父親在忘得窩手術失敗後沒多久就失蹤完全沒有關聯，我只是從來都不支持忘得窩變成動物手術的核心概念而已——人生當然很難，每個人都覺得很難，我還三不五時被以為是男同志只因為跟麥憂太友好。那些決定跑去變成動物，在動物園享受其他人照顧保護，無憂無慮度過剩下日子的人到底憑什麼？他們的生活是有很痛苦嗎？

我到底幹麼去觀賞這些逃跑的「人類」？

雖然這欠扁的行為還不算超出麥憂的性格範圍，但他最近浮誇的舉動是真的比從前都還激烈。這個星期他幾乎都沒睡覺，連學校的課都沒去上，每天待家裡在網路上和人吵架。這幾天他狂熱的主題是性別相關的所有廢話，只要在忘得讚社群上看到有人發表了一些厭女恐同言論，他就會馬上留言回嗆，好像這樣世界就會比較進步一樣。而百破樂的體積也已經愈來愈大，大到基本上可以說是一個學齡前小孩的尺寸了，要不是因為百破樂是全身血紅，我肯定有些同學看到麥憂都會以為他忽然生了個小孩。

在我們上週去看完單人喜劇後，麥憂開始狂翻一些表演者上傳到網路的段子，有些段子裡頭，像是有個男喜劇演員說著自己有個男同志朋友，和男同志朋友睡覺的時候都很猶豫自己到底該不該側睡，因為不論左側睡右側睡都很可能會不小心讓對方誤會。好吧，這個笑話或許是真的有點難笑又歧視，什麼都想到做愛可能是某些男人的先天障礙吧，這個勉強我覺得麥憂生氣是還算可以的。

不過另外有些就是真的太過頭了，像是有個人說什麼，自己是百分之百異男，但自己最近喜歡了一個女生，是變性女，他當然知道對方是女生，看到她們脫掉內褲露出陰莖的時候還是會想說，難道我是男同志嗎之類的。講真的我覺得這個思維沒有太大問題，畢竟變性女人真的就是女人嗎？結果麥憂的反應是尖叫大吼，接著發文抨擊，還引發了不小聲浪，因為麥憂在忘得讚社群上還滿有名的，他那個忘得讚影片頻道專門在記錄他和男友的日常生活，有一大堆死忠粉絲，我非常確定他還辦過粉絲見面會（在我沒有跟他往來的那三年多之間）。

為此我還和他對於網路使用的問題有過一番爭吵，並且一再提醒他百破樂手術政府可以全額負擔費用他可以快點去做。研究都指出如果二十五歲過後還沒有做百破樂移除手術，其後的風險就會增高——這當然只是讓麥憂更有生氣的著力點，待在我家過夜的麥憂就跳起來從床上拿枕頭一直砸我，我就莫名其妙這樣被他一直攻擊，明明我只是為了他好。

不是很確定這三年多來沒有被麥憂打擾的生活，有沒有讓我無法客觀理解麥憂最近逐漸加劇的狂躁行為。在等待遊覽車前來將我們載到忘得窩動物園之前，我趁麥憂去上廁所時問了他男友一些事情，但他男友只跟我說（講真的每次用到這詞我都覺得很奇怪，因為他是跟我比手語，這算說嗎？）麥憂之前有找過忘得窩心理師進行診療，說是沒有問題，但如果我想知道我應該自己問麥憂——我倒是不知道麥憂開始去做心理治療了，為什麼要去做那種浪費錢的沒用行為？還是他只是想要有個藉口能在拍攝影片的時候說自己心情不好去看醫生讓大家同情？而且他男友憑什麼一副批判我打探麥憂隱私的樣子？

在前往忘得窩動物園的遊覽車上，麥憂和小朱歡唱了數首經典老歌，也帶領幾個住民一同唱歌。一路上整週沒睡覺的麥憂還是顯得精神奕奕開朗到不行，不斷抓著他男友錄影拍照，說這是他們下一次影片更新的內容之一。

我滑起手機，試著不去思考麥憂到底怎麼回事，先是重新看了昨天我和小朱在忘得讚上聊天的內容，思考著等等在忘得窩動物園可以跟她聊些什麼。小朱的忘得讚限時動態多數都是發布自己講話的短片，內容就我這六週以來的觀察，大致上都是在分享一些化妝技巧和日常遇到的垃圾人，以及一些自己的讀書心得，偶爾穿插一些抗議話題，事實上和麥憂正常時候會發布的內容很相似。

我看了看麥憂的忘得讚帳號——在短短一小時內，麥憂已經連續發布超過一百張限時動態，每一個動態百破樂都在裡面。

抵達忘得窩動物園的時候麥憂衝下遊覽車，拿著手機到處拍起照來，不知道到底是在興奮什麼鬼，而括號蝦照護機構的照護員都已經將居民各自帶開和其家屬會合，長官還拍了拍我的頭說今天就當作來郊遊吧——說實在的我並不討厭這個長官，她對我父親很好，但我真的覺得她需要停止把我當成三歲小孩看待。

我們來到的忘得窩動物園展區印象中是全國第二大的，首先我們走進全是海洋生物（感覺是廢話）的海底隧道，他們將海生動物館直接建在通道處，於是參觀人員走進去時，抬頭就能看見那些魚群在他們上方游來游去的樣子。

前方還有不少觀光客，驚嘆於這些生物有多美麗，許多動物在野外都已經不存在了，海洋幾乎只剩下水母群還在繁衍擴張，上次政府公布一年來海洋搜尋的生物數量統計，連大白鯊都消失了——我是真的不太明白，這些觀光客難道沒有意識到，這裡的動物，全都是人變成的嗎？

你的家人有可能就在這裡面游來游去，這難道不恐怖嗎？他們到底是多笨才會沒意識到這裡就是恐怖電影拍攝現場。

整個隧道兼海生動物館的路程大概是十分鐘，因為麥憂到處跑來跑去甚至騷擾其他路人，我不斷把他拉回來，導致我們可能花了三十分鐘才走完隧道。正式進入海生動物館裡頭，而在連接隧道的巨大水族展示區中的落地大玻璃水缸中有大量魚群游過，一隻獨角鯊和螢光海龜正游過我們面前，麥憂當然是又跳又叫地指著鯊魚跟著鯊魚跑了起來。

有許多觀光客在這裡聚集，坐在玻璃水族箱前的長板凳上聊天，而小孩就在那裡跑來跑去，還有國小老師家長帶著學生經過，進行那種什麼愛護動物環境的戶外教學——不是我想要囉嗦，但一開始難道不就是那些大人把我們的環境搞砸，原生動物幾乎滅絕的嗎？他們到底有什麼資格來這邊教育自己的小孩環境保育的？

我們有整個下午的時間可以閒晃，小朱顯然對大型水族很有興趣，她對著鯊魚指來指去，我走到她身邊，路人偶爾飄來認為她是我女朋友的羨慕目光，我完全不知道他們到底是為什麼會這樣誤會，我就說了，我喜歡的就是純粹的女人——雖然說實在的，今天的我看起來也是好看到不行，薄長大衣和馬靴，分線凌亂但非常剛好的髮型，或許他們是羨慕小朱能夠當我的女朋友。

在左側的玻璃區域，有許多巨大的水草，有隻海龜一手靠著水草就浮在上頭，而這區周圍的珊瑚礁的顏色很鮮豔，有隻灰白相間的小型鯊魚不知怎麼了一直盯著珊瑚礁瞧，彷彿裡面有什麼食物牠很想吃一樣。在這裡比較多是熱帶魚種，色澤鮮豔，基本上黃色藍色色調比較多。

在右側則是空曠只有巨大魚類的區域，裡頭有兩隻巨大的雙髻鯊，和一些銀白色的大鮪魚以及幾隻說明書上寫著是「魚人」的生物。牠們有著和人相似的身形，但全身都是銀藍色澤，脖子處有鰓，頭上有尖刺，看上去和人類相當接近，但館方向我們保證，牠們是動物，沒有人的智商（但這些動物原本就都是人不是嗎，我得承認我到現在還是搞不懂忘得窩變成動物手術的實際運作邏輯）。

麥憂蹲在玻璃水族館前，指著一隻一直看著他的魚人，和一旁不知道哪裡跑來的小孩說話。小孩問了麥憂為什麼你還有百破樂，而且怎麼變這麼大隻，我馬麻都說我出生就動過手術把這個東西拿掉了，你為什麼不拿掉你好奇怪——麥憂露出笑容，低聲指著玻璃缸，說道：「你知道你們父母帶你們來動物園，是多糟糕的行為嗎？你看看牠，再看看牠，牠們被關在這裡，讓你們觀賞，度過你們下午沒課的時間，你有想過你們將來會長成多大多恐怖的小孩嗎？到時候不要忘記你也可以選擇變成動物，回來被其他人當成囚犯養喔。」

基本上是小孩尺寸的百破欒，盯著玻璃缸中的魚人瞧，牠的獸掌貼到玻璃面上，魚人似乎注意到什麼奇怪的動靜，視線直向百破欒。當麥憂開始說起自己要把小孩們扔進魚缸中的時候，我連忙捂住麥憂的嘴巴不讓他繼續說話——我告訴那些小學生這是館內表演活動之一，麥憂是新進演員，還沒有學好。當周圍都沒人後，麥憂掙脫我的手，用力拍了兩下，指著我的鼻子說我年齡歧視，那些小孩搞不好都是強暴犯殺人犯，搞不好早上把爸媽殺掉後才出門的。

麥憂悶哼著跨大步離開我身邊，我喊了他兩聲他都只是伸出右手對我比中指——算了，他想怎樣就怎樣，最好是掉進魚缸讓鯊魚把百破欒吃掉他才會正常一點。我擤了鼻子，拉了拉薄外套，四處張望了一下。

小朱和麥憂的男友一同走向水母區，我看到麥憂正在他們後頭不遠處跑來跑去，我嘆了氣往那個方向走去——我們現在抵達了水母區，這裡除了最基本像是隱形眼鏡一樣的海月水母、傘狀上頭布滿圓點的珍珠水母、肥短口腕沒有絲狀觸手的馬賽克水母跟總是倒立移動的仙后水母之外，還有巨大細長的尤西里絲水母——尤西里絲水母是一種身形呈線狀盤踞在海底隨海流飄動的生物，細線身體每一節都有口器，會濾食浮游生物，最特別之處是全身都會發光，在深海就像是一長條細長綿延不盡的燈線一樣。

小朱和麥憂男友坐在巨大的尤西里絲水母缸前方的長軟椅上，整個屋子都沒有燈光，只有尤西里絲水母自體發出的光，明亮到可以讓我看清楚小朱的表情。我把麥憂扔給他男友，坐到小朱身旁。小朱對我露出笑容，接著又轉回頭看著幾乎沒什麼動靜的尤西里絲水母，我不知道為什麼，忽然很想對小朱說話。

「你知道牠也會關燈嗎？」我低聲問道。

小朱轉過頭看向我，搖了搖頭。我繼續解釋：「被嚇到的話，牠就會變暗。」

小朱點了點頭，我希望她能享受這種新的知識，有新的知識才會變得聰明，雖然她顯然對這些沒有太大興趣，只是繼續看著水缸中的尤西里絲水母，沒有多說什麼話。

我繼續思考著要和小朱說些什麼，腦中像是拉霸機螢幕滾動出許多不同的搭配話題，像是我可以告訴她昨天她在忘得讚上發的某張照片滿好看的，但那張照片是只穿著胸罩和內褲的照片，我不想被誤以為我專門在看那種東西，事實上如果可以的話，我完全不想看小朱的那些東西。或者我可以告訴她我前天找到附近一間廢棄的超級市場，我們可以找一天去那裡，但那間超級市場已經被政府列管為危險地帶，我們搞不好會誤闖政府實驗計畫而被當成叛國賊或者更慘的被當成實驗對象。

這時候麥憂忽然跑到我們後方，雙手搭到我和小朱的肩膀上，我一回過頭，就看到巨大的百破樂坐在麥憂的肩膀。

「欸，我想去參加活動。」麥憂說道，手指一邊摸著百破樂的腳。

「什麼活動，你又想要抗議什麼事情，有小孩不想戴粉紅色口罩？」我腦中的拉霸機停止了運轉，我看著麥憂，有點不耐煩地問道。

「我剛剛聽到的。」麥憂聳聳肩，指了指水母館的出口。

水母館的出口有兩個，左側和右側，有些參觀人潮現在都往左側出口那裡走動，我印象中那裡是通往手術室，右側出口則是通往其他動物園區，麥憂已經跑到左側出口前，一直在那原地跳躍，大喊要我們快點跟上。我看著麥憂男友，眼神示意他是否應該關注一下麥憂，但麥憂男友則是比手畫腳讓我知道他根本控制不了到處亂跑的麥憂。

麥憂在左側出口那邊跳來跳去一臉期待，笑得像是什麼都不害怕一樣。

我用力握緊拳頭，嘆了個很長的氣。

當我們抵達忘得窩今天舉辦的那個不知道是什麼的活動現場，麥憂已經跑到很遠很遠的前方，指著活動現場中央擺放的一個超巨大螢幕。螢幕上似乎在播映訪談影片，麥憂男友很沒用地在一旁跟著他跑來跑去。

我走在小朱後頭，畢竟讓女生走在最後面很沒禮貌，這和我好奇她頭髮怎麼可以這麼滑順沒有任何關係。麥憂趕走了原本坐在一排座位上的人，他的做法是裝成像是被那特異病毒感染而成為殭屍的人，低吼作勢要咬人的樣子——麥憂男友連忙跟被趕走的人道歉，我則是把麥憂抓過來要他稍微克制一點。

螢幕上訪談的內容大致上聽起來是在分享一些個人經驗，現在螢幕上的是個變性女人，她和螢幕（訪談者）說話，正在解釋自己從小到大所遭受到的歧視，和自己做過多少顏面美容手術為了矯正自己不夠女性的容貌，但在四十歲時她終於想停止這一切痛苦，她不想要再繼續下去了，於是她選擇接受忘得窩的變成動物手術，希望接下來的生活能夠不再痛苦。

到底他們的痛苦關我屁事。

下一個受訪者，雙手被銬在椅子上，身上還是穿著囚服，他對著螢幕雙眼無神地說，他不想記得任何事情，他不想記得他把自己父母殺了，不想記得父母最後的表情，並且說明是因為政府的括號蝦實驗被禁止了，於是才選擇要來忘得窩執行變成動物手術——他只想要忘記自己做過的所有事情，他沒有辦法繼續這樣活下去。

周遭有些人似乎很感動，為此覺得傷心，滑起手機查詢這人的背景，我聽到前面有女人很大聲地跟自己的男伴說這人從小被父母虐待，身世坎坷，是整個社會結構的錯誤，男伴連忙點頭表達自己的支持——我深呼吸了幾次，還是沒能忍住，大喊了句：「垃圾想要透過手術來忘記自己是個垃圾，結構錯誤什麼鬼，就只是沒骨頭而已啦。」

在影片繼續播放，而那對「情侶」欣然地移動位置離我們更遠一些之後，小朱低聲問了我對忘得窩動物園的想法，顯然是發現我對這裡的不耐。我試著對她露出開心的笑容，但光是想到剛剛那人說的這種話，我就覺得我應該直接去打那個男的幾拳以教導他做人的道理。女伴說什麼都應和到底是不是男人啊？到底是多天真的人才會用這些都是社會結構的錯誤說詞來幫殺人犯解套，好像我們都要因為他們「悲慘的遭遇」而對他們感到抱歉一樣。

「喔，他超討厭這裡的。」坐在我左邊的麥憂忽然說道。

坐在我右邊的小朱點了點頭，問道：「可以問為什麼嗎？」

我沉默了幾秒，正在思考應該怎麼回應小朱，我完全不想和小朱說明我的私事，分享祕密和觀點會讓彼此更加靠近，我又不想跟她親近。我絕對不會承認這是在沃綿彌社群平臺上的清單文章中看到的資訊（光是我會去看沃綿彌的文章這件事情就完全不應該被小朱知道，那未免也太折損男性尊嚴了，更何況我是不小心看到那篇文章，標題還是《如何追求你的夢中情人》）。

「當然不可以，你很沒禮貌欸。」麥憂打斷我的思緒，搶先回應小朱。

我抬起頭來，就看見他皺著眉頭一臉憤怒，像是小朱問了什麼很糟糕的問題一樣。我和小朱都愣了幾秒，當然小朱的反應很正常，我的反應則是因為百破樂而張大自己的嘴巴。牠整個臉幾乎分成兩半，整隻紅色的百破樂，尖牙還滴著黑色的口水（我真的搞不懂，百破樂三不五時做出這些只有恐怖電影裡才會有的畫面，為什麼只有我一個人有正常人該有的反應，其他人都瘋了嗎明明大家都能看到啊）。

大概過了五秒（因為我數了），麥憂突然捧腹大笑，指著我們兩人，說著我們兩個人的臉剛剛看起來像是吃完飯才被店家告知剛剛那頓其實是蟑螂蛋白磚一樣。百破樂這時候把嘴巴閉起來，但牠忽然又分裂開來，我眼前出現數十個饅頭大小的迷你百破樂，在麥憂身邊飛繞起來，一副很愉悅的樣子。

小朱尷尬的笑容，讓我真的好想把麥憂的頭壓到草皮裡。我可以把百破樂殺掉了嗎？

接下來幾個訪談者大致上可以歸類為成癮患者、同性戀、原住民、變性人和單親媽媽以及連續殺人犯跟性侵犯——在影片播畢時，螢幕上方顯示了大行的字，有那麼一瞬間我幾乎以為這是百破樂幹的好事，牠有時候會變形成什麼文字圖樣。

螢幕上頭顯示一行短文，內容是說，以上由這些參與忘得窩變成動物手術的參與者所變成的動物，因為全國忘得窩動物園內數量都飽和了，牠們會在今日結束時被送進「屠宰場」——而今天你們有福了，只要你們是本國島民，你們就有機會能夠正式收養這些動物。

小小饅頭百破樂在麥憂頭頂上飛舞並且愉快地繞來繞去，人潮很快移動起來，多數都是直接跑去排隊要領養即將被宰殺動物的人。我真他媽不知道這到底是多好笑的事情，忘得窩把人類變成動物拿來展覽，放不下就屠宰或開放認養，大家還同情心氾濫完全忘記這個屠宰悲劇會產生的始作俑者就是忘得窩自己，這世界上到底有多少白痴啊？

我趁麥憂轉過身尋找登記領養動物的排隊隊伍時，用力拍掉了停在他頭上的好幾隻百破樂。我向前要阻止麥憂，但麥憂已經離我有好幾個人的距離，我大喊他的名字要他停下動作，他轉過頭看向我，先是皺了眉，但還是遮掩不掉他興奮的心情。他讓幾個人先排到他前面，終於出現在我的面前。

麥憂看著我，他說他想要領養一隻動物回家，他需要領養那隻動物回家。

我看著他的表情。

我很不想看他的表情。

真的是，你他媽的。

08

坐在白跡村山下的公園，我的心跳愈跳愈快，不停看著手機，幾乎想要直接把手機摔到地上踩爛。

今天我要把替小朱照顧的狗還給她，我不知道為什麼我會變成這種角色——我並不是因為小朱要來而緊張的，那根本沒什麼好緊張，我對她沒興趣，不過是舉手之勞替她短暫照顧小狗，現在要還給她而已。

我是因為麥憂那混帳而坐立難安的。

今天出門前，麥憂又躺在床上滑著手機，和不知名的網友吵架，我真的不知道他還要堅持「教育」網友什麼——他根本不認識那些人，到底是要教育什麼？教育自己把百破樂那個不正常的東西動手術拔掉還比較正常吧。我終於忍不住，在麥憂很顯然因為這麼多天連續熬夜而精神渙散到不行的情況下，搶走他的手機，要他不要再繼續在網路上和別人吵架。麥憂馬上搶回手機，說我這樣是獨裁法西斯我根本就是忘得窩超級企業。

「你到底在和那些人吵什麼？」

麥憂看著我，大聲回道：「他們就是歧視啊，欸，他們還想要公投否決同志婚姻欸。」

我看了看時間，我想提早半小時到公園和小朱會合，好男人與人有約不能遲到，已經快來不及了。我穿上搭配好的黃色外套，一邊跟麥憂說話：「所以你的應對方式是在網路上跟他們互罵？」

「我是在教育他們。」麥憂回我，翻了白眼。

我看著麥憂，嘆了氣，「我真的覺得應該有其他更好的方法。他們可能討厭你，但你繼續跟他們吵，他們也不會因此喜歡你。」

麥憂瞪了我一眼，說我是順性別異性戀男性，我永遠不會理解這種事情。我原本還想回應他些什麼——但光是看到他肩膀上的百破樂，一時之間就什麼也不想理了，轉身走出家門。

我甩了甩頭，不想繼續思考這件事情，麥憂是個大人了，他可以控制好自己。說回正題，我的重要約——不是約會，精確的陳述是「把小朱寄養在我這裡四天的狗帶去還給她」，是我和小朱認識一個多月以來第一次和她在服務學習機構與學校以外的地方單獨見面，雖然公園裡一堆其他人帶著狗跑來跑去，還有些小孩的歡笑聲不斷傳來，實在不像是我會帶對象前去的環境，但畢竟她也不是我的對象，我對她又沒有特殊好感，普通一點也好。我可不想要她誤會我對她有意思。

等待小朱前來的過程中，手機一直跑出通知，肯定是通知我麥憂又發文了，他還在家裡跟人網路吵架。

那個沒辦法控制自己本能慾望的笨蛋。

明明應該睡飽才能讓膚質好些的，但麥憂這幾天都睡在我家，對我的長相一點幫助也沒有，整個晚上除了大型百破樂的恐怖飄浮視覺饗宴外（飄在半空中，也在睡覺），還有麥憂一時興起領養的狗和小朱寄養的狗。那兩隻狗上床又下床又上床又下床又擠到我和麥憂中間之類的種種反覆舉動，搞得我整個晚上搞不好連四個小時都沒睡到，麥憂身體又莫名地冰冷，我光碰到他都懷疑他是不是身體出了什麼問題。

到底他幹麼不去跟他男友睡？

雖然撇去麥憂和他男友正陷入冷戰不提，麥憂確實也不太可能跟他男友睡——畢竟不顧男友明明對狗毛過敏，一時興起就從忘得窩動物園領養一隻黑色小獚犬回家，他男友完全值得憤怒和大過敏。要是發生在我家，父親可能已經開始翻桌大吼了。男人怎麼可以讓自己的馬子這麼囂張？這樣下去世界都顛倒了——麥憂男友竟然只是比手畫腳說了自己課業很忙，這幾天要先回家住一下，離開麥憂前還親吻了他臉頰一下。

到底是在溫柔三小？Man 一點行不行啊。

當然，無法一個人入睡的麥憂，就這樣跑到我家來跟我睡了。連帶他那隻不顧眾人反對從忘得窩動物園領養回來的狸犬也一同出現，這幾天他們根本就是災難式地席捲我的房間。麥憂占據了我一半的床（雖然原本就是雙人床），他領養的那隻狸犬把我的一堆鞋子拖鞋都咬到破爛，我還得買個鐵鎖把鞋櫃鎖上才終於阻止牠撞開櫃門咬出裡頭的經典限量款球鞋和帆布鞋跟靴子——牠到底知不知道這些限量鞋子有多難買啊？我可是在大太陽底下排隊還得抽號碼牌才買到欸。

如果那隻狗不小心吃光三盒巧克力，應該也不是我的錯吧？

小朱在四天前告訴我因為一些私人緣故（詳情未知，訊息已讀，我不會說我每三十秒就看一次她回了沒有），她暫時沒有辦法照顧她的狗，剛好她知道麥憂領養的狸犬在我這裡，就問說能不能替她一起照顧幾天——我應該是要拒絕小朱的，畢竟我不想當她的工具人，我既對她沒有任何興趣，更不想跟她上床，相信我，我真的寧願跟麥憂裸睡，也不會想和小朱上床。我不該養成她讓男人協助，把男人當成道具的習性。

雖然小朱沒有回應我針對她近日「私人緣故」的緣故究竟是什麼，但我和小朱這幾天都還是在忘得讚上聊到半夜，我不太習慣視訊啦但為了讓小朱看她的黑柴我還是在半夜穿戴整齊打開手機對著螢幕講話，我可不想被她看見我沒穿上衣只穿內褲以為是想勾引她——昨天麥憂躺在床上回應一個明顯恐同網友的留言，和他連續吵了兩三個小時，我都不知道麥憂的小腦袋裡有這麼多罵人的詞彙可以使用。小朱在和我視訊時看到背景中的麥憂對著手機大吼，問了麥憂的狀況。

聽到他的名字，麥憂跳下床跑到我旁邊搭著我肩膀，搶走我的手機，忽然就和小朱說起這週服務學習我們把狗狗帶上山陪伴住民的創舉。

這週的服務學習課程，麥憂成功說服括號蝦照護機構的長官讓我們帶著兩隻狗一同前往，他甚至還熬夜做了精美的手工簡報，附上數據表格指出動物陪伴明顯有助於降低括號蝦患者腦內括號蝦的活性，好像多有憑有據一樣，那些政府公布的資料我早翻閱過了（因為我父親的緣故），實際到現場根本一點幫助也沒有，括號蝦患者的症狀根本沒有因此消退或者療癒。

美其名是「動物治療」療程之一，讓住民腦袋活躍，降低括號蝦的活性，實際上根本只是麥憂自己想要帶狗上山玩而已。他最近顯然過度亢奮，連愈來愈大隻的百破樂（現在只比麥憂矮大概一顆頭）也成天在那邊跳來飛去好像在表演什麼歌舞秀一樣，觀眾就只有我們幾個人，我不知道牠在嗨什麼。

就是這種時刻，更讓我覺得麥憂應該要去動手術把百破樂弄掉——明明這種不正常的東西，就像我爸的百破樂一樣，會長大，也會變形，這些一定都對當事人有影響，幾乎像是靈魂寄生蟲的東西，既然可以趁早拔除，為什麼不？正常地活著，難道比自由意志更不重要嗎？狗屁自由意志。

由於小朱請假的緣故，她沒有看到自己的黑色柴犬非常受到住民青睞，那個總是想要跑出一棟大樓走下山去溪邊的焦躁住民，這週竟然沒有做出什麼想要用頭撞鐵門逼我們開門讓他下山去溪邊「找人」的舉動。那隻黑色柴犬也乖巧地待在那個住民身邊，讓住民撫摸牠的下巴耳後，一副聰明的模樣，就像牠的主人一樣。

麥憂領養的那隻黑色㹴犬，也像是牠的主人一樣（預防你太笨跟不上，就是麥憂）在機構內東跑西闖，跳到住民的床上，又跳進衣櫃裡翻找東西，片刻都沒停下來——不得不說小朱這週沒來或許是好事，我可不想被小朱看到我披頭亂髮滿身是汗還被體型那麼小的狗給吠來叫去，這會給小朱帶來錯誤的男性印象，而她的男性印象認知已經夠錯誤了。

搶走我的手機，沒禮貌地和小朱直接開始講話的麥憂，在我跟在他後頭不斷試圖抓回我的手機數次後，終於加速自己的廢話，最後把手機丟還給我，自己跑去浴室洗澡了。在電話那頭的小朱接回電話後，沉默了一會兒似乎是在思考，最後告訴我，最近應該要多多注意麥憂。

雖然我很想提醒小朱，麥憂有（疑似正在冷戰的）男朋友，這應該是男朋友的責任——但確實麥憂的行徑已經很難再用「麥憂就是這樣」來解釋。

除了製作精美表格哄騙長官把狗帶上去玩樂，麥憂對於網路上和各種人類吵架的執著更加荒腔走板，原本他比較少回應忘得讚影片社群中網友的留言，但最近他每一則留言都回應。雖然大多數都是留言說他跟他男友多可愛多萌好想看他們裸體之類這種好像在同志圈很常見的物化男同志情侶狀況（畢竟那是男同志圈的問題不是我的問題），但就是會有些像是「你好噁心」、「死臭甲」、「雞雞爛掉」、「去撿肥皂啦」之類的留言。

儘管那種言論的比例並沒有大於稱讚類型的留言，但麥憂顯然更在意那些垃圾留言。一開始他會跑去我書架上翻女性主義的書，擷取段落回應給對方，或者貼一些其他文章連結要那些「網友」去見見世面，後來就演變成他也在問候人家祖宗或說對方是歧視變態。

這星期待在我這裡，麥憂幾乎都沒怎麼睡覺，躺在床上就一直看著手機回留言，明明很想睡了，還硬是爬起來喝咖啡提神為了等待網友回應。整個晚上都在刷自己忘得讚影片的留言，只想看那些網友留言了沒，回應什麼，然後再對著螢幕鬼吼鬼叫罵對方。

麥憂的焦躁狂熱攀升的趨勢顯然和百破樂體型愈變愈大有關，但儘管我不斷告訴麥憂「嘿我注意到你的百破樂愈來愈大隻而你的行為愈來愈不顧後果這之間想必有關聯我覺得我們需要好好面對並找到解決之道」——我曾經試圖和父親解釋我看到有隻怪物正在他身後吃他的影子，他的影子愈變愈小，但我父親只是又灌下一瓶酒，笑著說我應該去看醫生，這跟百破樂沒有關係。

你覺得麥憂那傢伙會對我說什麼？

坐在公園看著那兩隻狗狗跑來跑去，又跑回我面前要我摸摸牠們的脖子，摸了幾下又跑走去和其他狗狗打交道，我真的對這些動物一點兒也沒有好感。我搞不懂為什麼會有人願意浪費自己的生命來養這種根本沒有辦法幫助自己任何事情的東西。我嘆了氣，掏出手機滑起忘得讚動態，看看麥憂究竟在我出門之後又做了什麼誇張的發言。

麥憂在自己的影片下頭回應一個說他跟他男友「是變態會下地獄」的留言，罵對方的語言我就不重述了，反正就是些如果我講出口麥憂會打我頭的句子，其實沒有什麼新意，罵來罵去都差不多就是那幾種句法，但他開始加上一些更進階的版本，像是什麼「我要找到你家在哪裡，你到時候就知道了」之類這種完全超出他原本人設的句子。

麥憂根本不應該說出那種話，這完全不像是麥憂——就在我刷新頁面時，我看到麥憂在那一大串辱罵留言下頭又留了一句「我知道你是誰了」。

我看著手機螢幕，深呼吸了一口氣，試著打斷我此刻腦袋不斷旋轉的風扇聲和那些尖刺戳著我後腦杓的疼痛感（或許這都只存在我腦海，喔天啊，一不小心就說了一個雙關笑話，我真聰明）。我不懂為什麼麥憂要挑這時候來搗亂，我今天的任務原本應該只是把狗還給小朱，和小朱聊一聊最近她為什麼這麼不開心而已。結果現在我卻要面對麥憂在家裡胡搞瞎搞很可能真的跑到人家家裡去跟人家打架而麥憂雖然體脂低身材好看但根本弱雞到不行，一定會像個娘砲被打倒。

我才不想鳥他，那不是我的責任。

麥憂是個大人了，他不是我父親，他沒有什麼括號蝦困擾，跟著他生活的那隻怪物不像我父親的會拿湯匙挖我父親的影子吃，麥憂不是什麼需要被照顧的對象，他能夠照顧好自己。

我繼續滑著忘得讚，看著麥憂的頁面，和那些麥憂留下的留言。

小朱的黑柴犬正趴在我腳前的草皮上晃著尾巴，麥憂的黑㹴犬看來是跑累了現在回到我腳邊，牠跳到我腿上，蹭了幾下，最後翻過身來露出肚子，顯然是要我摸摸牠的肚子幫牠按摩。我對牠翻了個白眼，但牠看著我一副我一定會幫牠按摩的樣子，囂張的模樣根本和麥憂一模一樣。小朱的黑色柴犬站了起身，用鼻子蹭了蹭黑色㹴犬。

我抓了抓頭髮，把已經因為流汗而有些垂落的瀏海再次往後撥弄，我可是整個早上都在打理我現在的造型，我穿了之前從沒在小朱面前穿過的黃色外套，這件黃色為主體，但釦子跟袖口都是黑色，衣領跟下襬都以黑色為底，但手工縫上愛心圖騰的外套，是我高中畢業前排隊排了一整個下午才買到的。天知道我那天流了多少汗身體有多臭。那天麥憂也在，不斷抱怨太陽很大，一直說就是因為我這種人資本主義才會勝利我們才會被資本主義控制，但他還是陪著我排到最後。
呃、呃嗯——媽的。我為什麼要想起來？
我低下頭，雙手拉著自己的外衣兩側，看著兩側下襬上的手工縫製圖騰。
我不該穿這件外套的。
我真的，希望麥憂下地獄。

我牽著兩隻狗回到家，用力打開房門，看見麥憂只穿一件內褲，躺在床上滑手機。

地板上凌亂的衣服顯示麥憂大概把我整個衣櫃裡頭的衣服都翻出來試穿了，我不是很確定他究竟想做什麼。他甚至連我儲物櫃裡頭的東西都翻了出來，我深呼吸了幾回，試著忍住不要罵他，也試著不要去看裡頭父親留下來的東西。

我的視線就這樣掉到那一堆東西左側的一條黑色布條，那是高二白痴家政課堂老師（一看就知道是甲）邀請心理治療師來客座，要我們製作的誠實眼罩，好像是個什麼療程的方式，我當初沒認真聽所以不太確定，畢竟你不覺得這種課程的老師就是來騙薪水而且他們都超級笨嗎？

總之，誠實眼罩的執行方式是，兩人一組，製作一個眼罩，必要條件是必須把眼睛遮住。他要我們在課堂上戴上自己製作的眼罩，當一方戴著眼罩時，就要說出自己心裡在想的事情，而那個老師說眼罩的效果是「聽的人只要看到這個面具就不能因為對方說的話而生氣」，而他還說我們要相信這條眼罩是個能夠喚醒你們內心深藏、平常不願想起的記憶的道具，只要夠相信，就會實現——這到底是多白痴的人想出來的說法？

我當然覺得心理治療只是政府拿來騙有錢人的工具，但我們那時候年紀很小，沒什麼真正抵抗權威的能力，所以我們還是服從了那個白痴老師，製作了一條上頭有紅線圖樣的黑色布條來當眼罩，從無到有，一針一線都是我們一起縫上去的。紅色線條是麥憂和我的名字，是個沒什麼藝術氣質的東西，縫線甚至還差到現在看起來都斷線了——我幾乎都快忘記這個東西的存在，但它確實在高中時期常常被我和麥憂拿出來使用。

我彎下身撿起布條，趁麥憂還在滑手機用手指敲螢幕的時候，把它塞進我口袋裡頭。百破樂斜躺在床上，對我發出嘶嘶嘶的聲音，好像這樣能嚇唬我一樣，我對牠吐了舌頭比了中指。麥憂的黑狸犬一看到麥憂就衝到床上，麥憂翻過身讓牠躺在他肚子上，按摩著牠耳後的凹陷處。

「你在幹麼？」我看向床上的麥憂問道。

「你才在幹麼吧，不是要跟小朱約會嗎？」麥憂回話時加重了約會兩個字的聲音。

「我就說了，那不是約會，我對她沒興趣。」

我沉默了一會兒，看著麥憂，拍了拍他的頭，說道：「幫我抓頭髮。」

「啊？」麥憂側過頭皺眉看我。

「我跟小朱說我回來找你，讓她直接來這裡帶狗回去，李虎那個白痴等等會開車載她來。」我看著麥憂，把床沿的衣服拿起放到地板上，「我剛剛在公園待太久，頭髮都亂了。」

麥憂拍了拍躺在他肚子上的黑狿犬，牠就直接跳下床走到小朱的柴犬旁邊，兩隻狗一同走出房間。麥憂從床上爬起來，對我翻了白眼。

「你頭髮又不亂。」他指了指我的頭髮。

我愣了幾秒，左看右看，要麥憂等我一下，原本想進去房間內的浴室，但裡頭竟然滿是衣服鞋子。我轉身走出房間，到客廳旁的大浴室，一踏進去才意識到我好像很久沒有用這間浴室了，這裡現在主要是我媽在使用，在我爸那件爛事發生之後我根本不願意踏進來。這間浴室很乾淨，我媽的洗髮精沐浴乳都擺得整齊一致，牆壁純白，不像我房間的浴室不知道為什麼是四面黑牆。

麥憂跳下床跟在我後頭問我到底在幹麼。

我彎身拿起掛在浴缸上頭的蓮蓬頭，打開水就往我頭上淋下去——冷水淋到頭上時才想到我還沒有脫衣服，我全身的衣服都因此跟著溼透。跟在我後頭的麥憂是無所謂畢竟他原本就暴露狂沒穿衣服，但他的內褲也被水流給濺溼了。

我看著自己溼透的衣服，麥憂指著我，先是愣了幾秒，接著大笑起來。我翻了白眼，拿著蓮蓬頭往他頭上沖，他鬼吼鬼叫地掙扎，但我依然把水流對準他的臉。

沒多久我們兩個就都像剛被大雨蹂躪過一般。

在我關掉蓮蓬頭之後，麥憂拿起鐵架子上的毛巾，擦了擦臉和頭髮，然後將臉埋在毛巾裡頭，一副完全不想繼續動作、不想說話、不想做出任何反應的樣子。我先是敲了敲他左肩，又敲了敲他右肩，他都沒有反應，也沒拿開毛巾，我只好直接開始搔起他的腰際，他這才大動作一手抓著毛巾往我這邊揮。

我把誠實眼罩準備好，在麥憂將毛巾掛回架上時，馬上向前把黑色的誠實眼罩綁到他頭上遮住他的眼睛，麥憂在發現自己被遮住眼睛之後，先是喊了聲如果要蒙眼性愛至少先告訴他，但過了幾秒後他的手摸著眼罩發現上頭布料縫製的線條，才知道這究竟是什麼東西。他指著沐浴乳（當然我知道他是想指我），罵我是混帳。

我是不太知道我這麼捨命陪男同志，怎麼會是混帳啦。

我笑出了聲，對他說道：「這是有規矩的，你要遵守。」

麥憂低吼了聲，抓了抓頭髮，想了好一會兒，我幾乎都覺得他在籌劃怎樣謀殺我才能脫罪了。

「我想要阿特諾不要那麼娘砲。」麥憂話說到一半，笑了出來。

我搥了他一下，說道：「欸，你這樣才是歧視吧，你全家都歧視。」

麥憂扯下眼罩，很明顯想忍住笑意但根本忍不住：「我是男同志，我可以說別人是娘砲。」

「我不覺得有這條規則。」

麥憂把眼罩遞給我，我搖了搖頭，我的目的只是想讓麥憂說點話分心不要繼續和人網路吵架，我自己沒什麼特別在心裡想的事情——當麥憂把眼罩綁到我臉上遮住我的雙眼時，我忽然開始懷疑起自己的智商。這誠實眼罩根本沒什麼實際的規則限制，又不是說這東西有魔法還是怎樣，我不照著做就會三輩子被詛咒交不到女朋友之類，這就只是個請求，兩個人，對著一條愚蠢眼罩，定下的請求，根本比紙還不牢。

那我到底為什麼要照做？

我深呼吸，嘆了氣，原本真的是什麼話也都講不出來，但被麥憂一直提醒誠實眼罩的規則，最後吞了口水，勉強擠出一句話來。

「我不知道為什麼你不去動手術把百破樂除掉。」

我扯下誠實眼罩，視線飄移開來，我不是很想看向麥憂，首先是現在我全身穿著的衣服都是溼的我的感官非常怪異，再來是我當然知道麥憂不會喜歡我說的這句話，我根本不該被那一點都不科學的誠實眼罩影響，我應該要說個什麼我也希望成為忘得讚網紅請你教我怎麼剪片，或者說我不覺得他應該從忘得窩領養狗，那些狗原本是人類，難道這不像是恐怖故事嗎怎麼你們都一副這很正常的樣子？我稍微抬起頭看向麥憂，才剛開口想要改變我剛剛的說詞，麥憂就聳了聳肩，沒有我預期的衝來打我之類的行為。

麥憂從我手中拿走誠實眼罩，自己戴上後，回了我，「我不知道。」

麥憂停了一下，顯然是在思考，「但我覺得這就是我吧，牠就是我的一部分，我不知道沒有牠的話我會是誰。我——呃，我也不知道啦，但搞不好就，呃，有點像是，那種從小就蓋的小毯子，布都脫線又髒到怎樣洗都沒用，但就是不想丟。就像有些人你真的，不知道他到底為什麼重要，你可以說出一大堆你討厭他的原因，但他就還是，很重要。」

說完後，麥憂拿下眼罩，盯著我看，我嘴巴微開原本想回嗆他什麼，但卻什麼話也沒有說出來，我腦海裡面一片空白。麥憂走向前，硬要幫我戴上眼罩，我掙扎了幾下但最後還是讓他得逞，我實在有點對這個計畫後悔了，我到底怎麼會覺得這個東西能替我解決任何事情？結果麥憂剛剛回的那是什麼鬼東西，我現在腦子亂糟糟的。

一戴上眼罩，明明理智上知道它沒有任何真正「讓人誠實的功能」，但我還是沒辦法隨便說些什麼「今天天氣真好」之類的話來搪塞，我不知道到底是為什麼。我想著剛剛麥憂說的話，腦海裡莫名其妙閃現父親開著電視放到最大聲一邊喝酒而我母親就在旁邊看著他一臉哀傷的畫面，想到百破樂不斷爆炸的畫面，想到小朱想到我和麥憂當初親吻的畫面——我深呼吸，試著壓下那些不斷像是跑馬燈的資訊，我又不是要死了，現在是在回顧這些幹麼。

我真的很後悔把誠實眼罩拿出來——實際上，每一個你想問出口的問題，最好都不要問，那可能只會開啟更多支線，讓你遠離原本應該前進的主線。有些支線你走到底了，才發現這條路不通往任何地方，回頭走的時候你已經忘記當初是怎麼走到那裡的了。我當然想直接問麥憂他到底怎麼了，但我怎麼知道麥憂的那條支線不會讓我走向死路？像我問我父親，他到底怎麼了，最後也沒有改變。是不是我做得太少了？我到底哪裡做錯了？

如果麥憂最近的情緒問題是我沒有辦法解決的呢？那我知道了又有什麼意義？

我大口氣深呼吸了一次。

麥憂的聲音傳來，他說我必須遵守規則，我要把想法說出來。

我清了清喉嚨。

09

我真的搞不懂為什麼麥憂不動手術把百破樂除掉就好。

百破樂就是個麻煩的東西——雖然說忘得窩研究過百破樂這個寄生體，並且得出了確定的數據證明百破樂不會損害人類宿主。但當你親眼看著那東西咬食你父親的影子，愈變愈大，而你的父親狂喝著酒，電視播放到最大聲像是他想要迴避任何沉默的聲音，對你所有的關心都是拿著玻璃瓶砸你，你再笨也該做出合理的推論：百破樂一定造成了被寄生者某部分的問題。

上週麥憂和我解釋了他的精神問題，大致上是醫生診斷他會有某種週期性的情緒震盪，嚴重時候有兩種傾向，一種是以為自己無堅不摧根本就是超級英雄，一種是讓他躺在床上連下床都有困難，這解釋了這八週我重新認識麥憂後他有時候在我家裡就只是趴在床上一動也不動連飯也不吃，多話又囉嗦的他一句話也不想講，有時候又一口氣講了整個晚上不讓我睡。

醫生是說麥憂的問題還不需要到固定服用藥物，只有提供一些很基本的治療方式，像是偶爾真的無法生活的時候吃個忘得糖，其餘時刻盡量以行為治療為主，就是面對面與忘得窩心理師諮商對話，進行心靈排毒——這些一點意義也沒有的垃圾話真虧那些「專業人士」說得出口，他們根本不在乎麥憂的心靈健康。

我看著百破樂整個形體變成了蛇的形狀，全紅的百破樂甚至模仿出蛇的鱗片，看上去幾乎就像是麥憂肩膀上纏了一隻紅王蛇——今天麥憂臨時起意，要我們參加本週括號蝦照護機構的兒童參訪說故事時間。到底誰會在跟別人說自己腦袋精神有問題之後，馬上說想進行什麼兒童參訪活動，明明我們可以都不參加的，我覺得這跟百破樂愈來愈活躍脫不了關係。

當我們到括號蝦照護機構時，小朱和麥憂男友已經在裡頭和小朋友圍成一圈了。我看到麥憂男友帶了整組設備，事實上我到現在還是有點懷疑他是不是其實也有百破樂只是被藏起來，因為他常常做一些跟麥憂一樣莫名其妙的事情，像是在這種根本不用做什麼事情的服務學習課程裡自願做更多事情。麥憂男友現在正在彈電子琴，一手還壓著筆電鍵盤，不知道是在幹麼，但琴聲一直變化，他背後還有一架我根本不知道那是什麼東西的樂器，沒有琴弦，只有主機和天線。

麥憂拉著我一臉興奮地坐到其中的空位——麥憂坐在我的正對面，他男友的旁邊，我實在不太明白他男友，他到底怎麼會讓麥憂這樣被百破樂寄生到處跑而即使診斷出精神有問題了也不去做點什麼處理？

我知道，我當然知道，沒有明確證明百破樂對寄宿主有任何健康影響，我不是白痴，我當然看過忘得窩的說明——但如果他真的在乎麥憂，他就會去做點什麼，努力改善這問題，而不是聽醫生的話說什麼「只要多聊聊天就好了」（當然他是比手畫腳告訴我這些的，我還要用手語翻譯系統才能聽懂他想說的話，我真的搞不懂為什麼不是他去裝個發音工具在他聲帶上就好）。

坐在我一旁的小朱對我露出了個微笑，我點點頭，不知道該怎麼跟她對話。上星期她來我家和我拿回她的狗時，她說什麼我是麥憂的好朋友，我是好人之類的那種真的跟她一點關係也沒有的評論。我沒有反駁她因為那也是事實，但更主要的原因是她看起來一臉悲傷。我不知道她到底在難過什麼，忘得讚上的動態也明顯變少，甚至沒什麼自拍說話的短影片了，只剩下一堆黑白照片——我有詢問過，但她都沒有正面回應我，麥憂還嫌我不夠關心她但我到底是應該關心什麼？

關注麥憂的問題就夠讓人困擾了，小朱真的可以不用來火上加油。

很快地大家就開始分享故事，長官分享自己懷孕生子後在家裡育兒的事情給小孩子聽，我真的搞不懂他們怎麼會以為這種話題是小朋友感興趣的。麥憂男友則是比手畫腳起來，但當然沒有一個小朋友的手語能力優異到能夠理解他說的話，麥憂在旁邊幫忙補充說明他在講些什麼。麥憂男友分享的是他小時候在路邊撿到一顆石頭以為是恐龍蛋就撿回家裡最後意外發現那不過就是一顆什麼用途也沒有的石頭，還被家人嘲笑了一番。

他又加碼說了自己小時候養火蠶的時候，有次走在路上沒注意到前方的電線杆，就直接撞了上去，結果盒子裡面的火蠶都飛了出來黏在電線杆上，他還來不及一一抓回，就有隻他不知道是什麼品種的蜘蛛跳了出來，一口就咬掉其中兩隻靠在一起火蠶的頭，火蠶體內褐綠色濃稠的汁液就這樣噴到他臉上，燙傷他的臉，在他臉上留下很久的傷痕。他一邊比手畫腳，麥憂一邊替他說故事，還摸了摸他已經看不出什麼痕跡的臉頰，一副很心疼他的樣子。

到底是有什麼好心疼的？

小朱分享了她小時候的一個故事，說故事的時候麥憂男友在後頭彈奏著他那個奇怪、根本沒有琴弦的樂器，整個大廳傳來像是什麼恐怖故事會有的音樂。小朱的故事，大致上是在講她一直以來都覺得自己哪裡怪怪的，但說不上來，也不是說非常討厭自己的身體，但就是覺得好像自己不在這個身體裡頭，而這讓她一直都感到莫名其妙的悲傷。她說那種狀況很像「靈魂困在不屬於自己的身體」，也導致她在小時候開始自殘——其中有個小朋友，舉手說他在學校也有聽過老師講這些，他的老師就跟小朱一樣。小朱笑了起來。我其實真的不太確定講這些「故事」給這種十歲小孩聽到底好不好，雖然我們小時候學校課程就固定有這堂課，但我還記得當時我聽講臺上那個明顯就不是女人的「女人」分享自己的生命經驗，只覺得像在聽恐怖故事。

小朱繼續分享自己的「故事」，說自己小時候曾經因為一些「過激行為」而被家人帶去忘得窩精神病院管束治療，小朱沒有詳細說明自己的「過激行為」到底有哪些，但根據我在她忘得讚上看過的限時動態，有次是她直接爬到她家屋頂上跳下去，因為她穿了母親的裙子但母親不讓她穿要她馬上脫下來。這大概足夠說明她的激動程度了。她說自己在忘得窩精神病院住了一個月，前兩週是被綁在床上不能移動連餵食都是插管，因為在入院之前她已經嚴重厭食，吃什麼都只會嘔吐。接著她說自己是在十二歲左右開始進行荷爾蒙治療，至今還沒有完全把男性性器割除是因為她還在思考一些問題。她說到這裡的時候表情變得有些怪怪的，在我對面的麥憂皺起眉頭對我使了眼神，纏在麥憂脖子上像是蛇的百破樂對我吐出我非常確定是蛇信的舌頭。我瞪著麥憂。

我怎麼會知道她怎麼了？

麥憂對我比了個中指，我翻了白眼，不是很想理他，而且現在我知道他精神狀況有問題，我根本也不能對他怎樣，我能凶他嗎？

我原本想了想應該講些什麼故事，但我真的沒有什麼好說的——我當然是可以說說從我高三開始，我父親括號蝦的症狀愈來愈嚴重，嚴重到必須從居家照護改送到括號蝦照護機構，而這件事情讓我總感覺自己是個沒用的垃圾。父親去機構後我幾乎就沒有去看過他，他的症狀愈來愈嚴重，而我根本沒有心力踏上白跡村山上的括號蝦照護機構。這幾年我每天都在下午的時候從山下跑到山上又跑到山下好幾趟，只有這樣才可以稍微減退我腦袋裡面那個自從父親進入照護機構居住後就偶爾會響起父親大吼大叫的雜訊和尖刺敲擊聲，但最近那些聲音愈來愈嚴重了。

喔，我甚至可以說一個好玩的故事，關於我怎麼被強制休學半年的——在我父親的手術失敗後回到括號蝦照護機構靜養——但這樣我就還得和這整群小朋友解釋，忘得窩提供括號蝦患者末期的最後治療手段就是變成動物手術，以此減緩患者的痛苦。而我父親執行後手術卻失敗了（根據忘得窩醫療手冊，百分之十三趴的人手術會失敗。通常不會有嚴重影響，但有非常少數的機率會變成半人半獸，而半人半獸通常異常狂暴需要就地射殺，因此忘得窩變成動物手術還有切結書說明受試者要自行負擔這層風險。講得好像他們有得選一樣）。父親是大多數沒有嚴重影響的手術失敗者，就只是被送回括號蝦照護機構照護而已，但他卻沒待多久就不知道怎麼逃了出去。

我當然可以說在我父親失蹤過後我一整個星期沒有睡覺到處在尋找他，忘得窩警局的報案系統一點兒用也沒有，明明有全國監視器卻什麼人影都沒找到，還怪罪到或許是變成動物手術失敗導致面部變異（儘管醫療系統中都已經寫明我父親沒有任何外型變化）——最終在一堂大學課堂，那堂是倫理學講課，教授當時把全班分成兩組，一組是支持忘得窩變成手術，一組是反對者，我被分到反對的那一方，而支持方不斷說著這是人類最人道的措施，能讓人類不再受苦，我當時聽著聽著只感覺後腦杓傳來的尖刺敲擊聲愈來愈大，我父親咒罵我是個垃圾的聲音已經變成雜訊在我腦海裡播放，我握緊拳頭再握緊，最後跳上教室中間的桌子，直接騎到那個正在高談闊論的法律系同學身上，用力敲擊他的臉直到我非常確定他鼻梁斷掉，牙齒可能也斷了幾顆。拳頭上滿滿的血，當然還有自己受傷的痕跡。

但這些根本沒什麼好說的，這些小朋友根本沒必要知道我過去發生了什麼事情——那個單一事件完全不能代表我，都已經過去了，這和現在的我一點兒都沒有關聯。

況且講真的，說故事根本就是沒有用的娘砲活動，到底有什麼好說的？他們不需要故事，他們需要現實，說故事本身就是一種沉溺在回憶裡面的垃圾行為，只有麥憂，只有被百破樂嚴重影響的麥憂才會想到這種垃圾活動。做為一個男人，不得不說，我父親或許說得沒錯——你只能活在此刻。不斷回顧，或者一直想往前跑，都是浪費。

我盯著麥憂，瞪著他沒有說話，麥憂皺起眉頭站起身，雙手扠腰。我當然知道他這樣子代表又生氣了，但到底有什麼好對我生氣的？我就真的沒什麼故事好說啊，不然我難道要講那個大家都聽過的四隻望得獸嗎？有一隻望得獸大哥蓋了一間茅草房子，二哥蓋了一間木頭房子，三哥——就在我還在心裡默念我們從小就一定聽過的童話故事時，我看到小朱一臉快哭的樣子，嘆了氣。我才剛要開口，想說隨便講一個什麼東西搪塞過去，以避免現在這種什麼聲音都沒有的尷尬繼續下去，小朋友都開始發出困擾的聲音了。

但麥憂忽然跳了起來，站在小朋友面前大吼了聲，把小朋友的視線全部都聚焦到他身上。他把自己的聲音和速度降低了些，比往常更沉穩一點，肩膀上的百破樂爬到他頭頂，伸開牠不知道何時冒出來的翅膀，一副自己是龍，剛飛到城堡頂端的模樣。麥憂男友見狀，連忙彈奏起符合這個情境的背景音樂，但我只覺得吵到不行。

「你們想聽聽一個鬼故事嗎？」麥憂開口。

小孩們驚喜地尖叫起來，我往旁邊瞄了一下，現在括號蝦機構的長官都不在，而照護人員因為都很喜歡麥憂（實際上多數人都喜歡麥憂）沒有打算阻止他。小朱從包包內拿出衛生紙，低著頭快速擦了自己的眼周，再抬起頭來時對探問她的小朋友露出微笑，摸了摸那個小女孩的頭，要她好好聽麥憂哥哥說故事——我從口袋掏出手機滑開忘得讚，上頭和小朱的對話訊息還是保持已讀的狀態，她顯然還是不覺得自己需要跟我解釋為什麼要寄養自己的黑色柴犬在我家裡。雖然麥憂胡亂領養的那隻黑色瘋狂㹴犬（跟主人一樣），好幾次都讓我以為牠就是百破樂了，但小朱的狗總是能很明確分辨變形成黑色㹴犬的百破樂和黑色㹴犬。我不知道為什麼，那可能是某種動物本能。而百破樂很討厭小朱的狗，黑色柴犬只要跑到麥憂身上，百破樂一定立刻飛得遠遠的，有幾次我確定牠飛太遠太久，可能是忘記怎麼回來。

我多希望牠就直接沒有回來。

這讓我上週整個星期都在思考，如果我能分清楚原因就好了，畢竟如果我搞清楚究竟百破樂跟人類的寄生現象是怎麼回事，那我就有可能替麥憂把他太心軟不願意狠下心的百破樂去掉了。那樣該有多美好？這才是個好故事：「天才少年替其死黨研發出不需經過手術也能移除百破樂的方式，造福萬千受百破樂寄生症狀所苦之人」，只不過下個頭條可能就會是「天才少年被其死黨所殺，死黨對其移除百破樂的方式不滿」之類的。

麥憂對著最靠近他的那個小孩伸出手指，摸了摸他的頭，說道：「好吧，那是發生在一座莊園，莊園在很高很高的山上，那是一座很大很大的城堡。」

像是想到什麼一樣，麥憂抬起頭，左顧右盼了一圈，忽然跑去大廳旁護理站拿了護理師的白板和紅色馬克筆，我看著護理師瞪他的模樣差點笑了出來。他用手指抹掉白板上的字，拿起麥克筆寫上「只看見紅色的國王」後，開始說起故事。才聽了前兩句就忍不住皺起眉頭，看著在他頭頂上正看著我一副挑釁的百破樂。

「有個小男孩一個人跑進了莊園，即使村民都告誡他莊園城堡裡的鬼會把他吃掉，但他一點兒也不害怕。」麥憂男友彈奏著很小聲很小聲的電子樂，我看著麥憂男友眼睛閉上的樣子，盤算如果我拿手機扔過去會不會直接命中他的頭。

「小男孩打開城堡大門，他以為城堡應該已經沒有人了，畢竟村民都告訴他那裡什麼也沒有，只有鬼魂，但他卻看見了一個跟自己年紀相仿的人。那是王子，雖然小男孩還不知道，因為他沒有認真聽村民說話，他總是沒有認真聽村民說話。在很久很久以前，莊園國王戴著巨大的紅色皇冠，總是披著紅色裙子，那件紅色裙子是王后死去時穿的衣物。曾經莊園國王擁有七隻巨大帕麒亞鰭獸，有一隻能預知未來，但國王需要付出代價。而當國王付出了代價得知莊園的未來之後，便把自己關在房間裡面再也不出來。有一天王子終於忍不住孤獨，拿石頭敲開了深鎖的大門，一打開一片灰塵撲了過來，王子擦擦眼睛看向原本應該有父親的房間，這裡卻什麼人也沒有——小男孩在這個房間，找到了那個應該早已經死去的王子，王子告訴他，這個城堡有魔法，只要進來了，你就永遠不能真正離開，要小男孩趁還沒有被詛咒之前快點滾出去。」

麥憂搖了搖頭，「但小男孩根本沒在怕，他對王子說他要留下，自己就住進去了，也沒理睬王子的咒罵。王子很討厭他，但沒有真的把他趕出去，暗自希望小男孩隔天就離開，但小男孩一直沒有離開。

「莊園的最高處有一座湖泊，湖裡面有很多水母。小男孩第一次見到水母時，王子告訴他，從前，當國王又開始詛咒村民，國王的影子會變成巨大的怪物，跑去街上吃掉村民，他就會躲到這座湖邊。這裡是唯一一個不會有任何聲音打擾他的地方，只要在這個地方，他後腦杓那種每一次只要想到國王就會響起的尖刺敲擊聲就不會出現，他就能享受一點點安寧。那是小男孩第一次牽了王子的手。」

麥憂說到這裡時，好幾個小孩發出驚叫聲和讚嘆聲，我是不知道他們對這虛構的故事怎麼會有任何情緒反應，他們難道是笨蛋嗎？我瞪著麥憂脖子上的百破槳，牠今天一直在挑釁我，視線都鎖定在我身上，不停吐舌。我握緊拳頭深呼吸，不想打擾麥憂說那明顯就是虛構的故事。

「小男孩原本以為會跟王子一直待在莊園裡，但有一天一切卻變調了，害怕國王和王子的村民們找了巫師下詛咒，巫師用村民的眼淚做成氣泡水飲料——」麥憂男友這時按了鍵盤，暴風雨的音效傳來，惹得小朋友驚叫起來。麥憂繼續說：「喝下氣泡水飲料的小男孩就被詛咒了。詛咒看似是一片紅色的影子，但小男孩嘴裡吐出來的卻全是黑色的血。那個紅色的怪物纏繞在小男孩手上，吸食小男孩的快樂過活。

「但小男孩沒有害怕，他覺得這沒什麼。他開始拆下自己的影子，一口一口餵給怪物，怪物不像巫師原先預期的那麼凶狠，最後怪物變形成小狗的外貌，待在小男孩的身邊，成為小男孩的專屬怪物——但王子希望小男孩把詛咒解除，他不喜歡小男孩被詛咒，而他記得所有故事裡頭親吻就能解除詛咒，所以他決定要這麼做。

「他把小男孩帶到莊園最高處的湖邊，在湖前親吻了小男孩——但詛咒沒有解除，王子不知道巫師在詛咒之中還藏了另一個詛咒。」麥憂男友彈奏起奇怪的音樂，他的手在空中旋轉，沒有琴弦的樂器卻發出奇異的聲響，我看過幾次他男友在麥憂的忘得讚影片中彈奏這個東西。「詛咒是，如果王子試圖以真愛之吻拯救小男孩，男孩就會死掉，永世不得超生。」

百破樂這時候張開翅膀，飛了起來，在空中盤旋了幾圈，讓小朋友指著牠喊來吼去。牠先是降落在我的頭頂，被我直接用力拍掉後咬了我手指，接著又飛向麥憂，停在麥憂的肩膀上。

「傷心欲絕的王子留在莊園城堡，這一輩子再也沒有離開。詛咒怪物應該在小男孩死後就消失，但牠沒有，牠就待在莊園裡和那個王子一起生活——現在的村民在夜半時分，有時候都會聽到王子喊著小男孩的名字，一次接著一次，整夜都不會停止。」

說到這裡，麥憂低下頭，他男友也彈奏完最後一個音節。沉默了好一會兒，小孩們面面相覷，小聲對話，最後推舉了一個小男孩舉起手。麥憂看到舉起手的小男孩，問他有什麼問題。這時候麥憂的百破樂又飛了起來，降落到小男孩頭頂，一副在等待小男孩回答的模樣。

「那、那個，王子是，同性戀嗎？」

我忍不住對這個問題翻了白眼——到底為什麼大家第一件事都要好奇對方的性向啊？

「不是喔。」麥憂笑起來摸了摸發問小男孩的頭。

「但王子不是愛小男孩嗎，如果是真愛之吻的話？」小男孩繼續問，伸手摸了摸百破樂。

「是啊，但比那更複雜一點。」麥憂抬起頭看著我，我握緊拳頭，看著他——精確地說，是看著已經爬回他脖子上睡覺的百破樂，我幾乎用盡全力握緊拳頭才忍下我想跳起來衝到前面把麥憂的百破樂打到死掉這件事情。

當然我知道那沒有意義，百破樂很快就會再生——但那至少能讓我快樂三秒鐘。

我站起身，麥憂正在和小孩說話。我指著他，看著正在和百破樂玩耍的小男孩，原本就要罵出聲來，最後還是把我想說的話全都吞了下去。我悶哼了聲，雙手握緊拳頭大叫了起來。我非常確定我嚇到幾個小孩了但誰管他們——我走出大廳，跑到括號蝦機構外頭，大口大口喘著氣。我用力搥擊外頭的石牆。

直到手敲擊在石牆上的痛覺傳來，我才稍微冷靜一點點——麥憂說的「故事」是錯誤的，完全跟現實情況不符，但一一去爭論這件事情根本沒有意義，虛構的情節就是虛構的，無論根據多少現實改造。畢竟如果你有認真在看的話就會知道我父親半年前才失蹤，那些細節我都早就跟你說了，雖然你可能太笨都沒注意到，只是這些並不是讓我想要把麥憂的百破樂砸到變成肉泥黏在牆壁上的原因。

我已經說了，故事真假不重要，麥憂有改編我們的過去並美化那些事情的資格，因為他參與了那些回憶，他是成員之一。但有一件事情我必須聲明絕對是錯誤的，而那幾乎是唯一重要的事情。那就是王子親吻小男孩的時候，完全不是因為小男孩說了什麼話讓王子想要吻他，也不是因為王子想起父親所以非常難過，更不是因為王子對自己的性向困惑（好吧我承認可能有一點點，但那很複雜，我也沒跟你解釋的打算），當然也不是因為什麼王子以為親吻他能解除什麼詛咒。

之所以會親他，是百破樂的緣故。我又不是男同志——但並不是什麼解除詛咒不解除詛咒那種愚蠢的理由，我當然知道百破樂不是靠親吻就能割除的東西，我又不是白痴。

麥憂從機構裡出來看我，他沒有說話，看起來的樣子跟之前一樣。我說的之前，是指高三時他的百破樂開始活躍的時候。我告訴他不用擔心，我沒有生氣他亂講故事。他解釋自己因為小朱看起來很難過又沒先準備好腦袋裡想到的只有我們高三畢業後在水母湖的事——我咬緊牙關，伸手按了按自己的太陽穴，要他不要緊張，我沒在生氣。抬頭才發現我的拳頭上都是血，不過應該是皮肉傷而已，骨頭沒有任何不舒服的感覺。

麥憂向前握住我的手，我想抽開，但還是讓他握著。他嘆了氣，把我拉回機構內，要我待在廁所，他自己去護理站拿了食鹽水跟人工皮。他用食鹽水沖洗我的傷口，些微刺痛感讓我覺得此刻的我格外清醒，接著他用紗布擦乾我的手，用剪刀剪開人工皮，一片一片貼到我手指關節受傷的地方，再套上一個伸縮棉套固定住以免人工皮一下子就脫落。

我看著麥憂，現在百破樂不在他身邊，我本來很想罵他，但看著他我什麼也說不出來——我也不可能告訴他我在想什麼，他不會喜歡我的想法。當然不是說他常常很喜歡我的想法，而是，這件事情，絕對會是他大力反對排斥、會討厭我的那種想法。

如果我能幫麥憂把百破樂除掉，那該有多好？

10

我當然不是壞人。

上星期手受傷的破皮已經差不多都好了，麥憂來我家過夜了兩次，硬是要幫我包紮。我和麥憂的百破樂最近打了幾次架，雖然每次牠都作弊在我要打牠的時候散開變成紅霧（有時候顏色深到像是黑色），再變成尖針戳我，而麥憂顯然覺得問題都在我身上，完全沒有打算理會我放在桌子上的忘得窩百破樂手術傳單和說明文件，只是一直要我快點去追小朱不要在那邊彆扭——我對小朱根本一點興趣也沒有，這如果不是百破樂灌輸在他腦海裡的想法，我真不知道他是怎麼推斷出來的。

我就說了麥憂應該要去動手術把百破樂移除——如果可以的話我會直接幫他移除，但我根本找不到解方。從前父親不願意移除百破樂的時候，我已經翻遍所有我能找到的資料了，相信我，我說我的翻遍，真的就是把所有資訊都翻過了。忘得窩圖書館中與百破樂的移除技術相關的說明中什麼都沒解釋，如同他們也完全沒有解釋變成動物手術的運作原理，我頂多只在幾本介紹百破樂的醫療書籍中看到某些以附錄照片形式記錄的奇異的符號，通常那些符號都被刻在石洞壁上，但忘得窩出版的書籍全部都沒有解釋這些符號（很多甚至殘缺不清）的意思。我還特地找了翻譯辭典來解讀，只能勉強拼湊出一些不成語句的零碎詞句，大多數是根本連辭典都沒有的字義，我還要自行把符號拆開來，分別推敲猜測。

我只能說，我浪費這些時間查詢這些東西，一點結果也沒有。這麼多無法確定意義的符號，即使詢問學校教授也沒有答案，全部都一副忘得窩百科中沒有寫明的話就是沒有必要知道的資訊的態度。

我敢肯定一定有什麼解決辦法是不需要透過忘得窩手術就能移除百破樂的，但我就是找不到。現在我只能到處放置移除手術的文件讓麥憂知道我是認真地希望他快點去解決這個問題。這真的不能怪我，我只要看到百破樂在麥憂身邊飛來飛去，就很難不去想起父親的百破樂狂吃豪飲他的影子——可以的話我真的不想理會現在這個樣子的麥憂，所以我也只能在他的飲料裡面丟幾顆忘得糖，希望能靠這個讓他的精神狀況稍微穩定一點。

我只是怕他受傷。

我提著手電筒，和小朱走進白跡村附近最近被政府下令停業關閉的超級市場，詳細的停業原因我也不太清楚。這裡在我大學復學前還是管制狀態，周遭拉起通電鐵網，出口二十四小時都有警衛站崗。但今天這裡解除封鎖，警衛都已經離開，我在服務學習課程結束後和小朱單獨前來這裡。這個超級市場計畫是麥憂不斷跟我耳提面命要去做的，說什麼我應該要學會關懷別人，就從關懷小朱開始，講得好像我是什麼狼心狗肺的傢伙一樣。

今天的服務學習課程出了一點意外，導致我們延遲了一小時才離開——那名總是想從機構偷跑出去的住民，被麥憂一時興起帶下橋，跑到溪邊兩個人在那裡翻找石頭，不知道在找什麼。

事情經過是這樣的：我在括號蝦照護機構提著水桶，才要從第一棟大樓經過石橋走往第二棟大樓時，注意到橋下溪邊的人影。我停下腳步專注看了幾秒，直到我確認那是麥憂和那個總是想逃跑下橋去溪邊的住民——我就知道，既然已經確定麥憂有問題，我就不該放麥憂這樣沒有管束到處亂跑，就算早上已經偷偷在他水瓶裡面丟了顆忘得糖，我也不該以為那樣就能穩定麥憂的精神狀況。

我看了看四周，沒有人發現，連忙先跑回一棟，找到正在一棟陪伴其他住民的小朱，把她拉到另一個空房間。我看著小朱，一手撐著牆喘著氣，小朱背靠著牆，微抬起頭看向我。我現在才注意到她今天穿了一雙白色球鞋，和我穿著牌子一模一樣，上頭的圖樣顯示這也是限量手工拓印版。

我和小朱好幾天沒有在忘得讚上聊天了，上上星期她來我家把狗拿走，看起來還是和今天差不多憂煩，一臉難過的樣子，我覺得我應該要做什麼讓她看起來開心一點，以免她的情緒影響到我們照護服務的品質。我可不想最後這堂課被當掉，我就快要可以畢業了。

在括號蝦照護機構的空房間內，我才剛要問她鞋子哪裡買的，就意識到此刻我們姿勢的問題——我連忙向後退開，尷尬地拉了拉襯衫，抓了抓頭髮，視線一時之間不知道該放去哪裡。

「怎麼了？」小朱一邊把自己的長髮綁成馬尾，一邊問道。

「麥憂把那個麻煩鬼帶下去了。」我低頭沒有看向小朱。

麻煩鬼是我替那位住民取的綽號，原本我還想取一些更醒目悅耳的，像是冥王在世、皇上駕到之類，但被麥憂瞪了幾眼那些選項就消失了。

麻煩鬼之所以被我稱呼為麻煩鬼，並不是因為我討厭他，而是因為我們的服務學習業務，每週都有很大量的時間是在安撫他不要大吼大叫。他總是喊著「在溪邊在溪邊」，沒人知道他究竟想說或想做什麼。醫生解釋或許是因為他在感染括號蝦之前，在那條溪邊曾經有過很好的回憶，而括號蝦感染的症狀之一就是患者會以為自己存在另外一個時空中。舉例來講，就是已經七、八十歲的人，可能誤以為自己只有四十歲，以為現在自己還活在四十歲的那個時空裡頭。

明明麻煩鬼就是很適合的稱號，也很好笑，我真的是搞不懂為什麼他們不跟我一起用這綽號。

小朱愣了幾秒，看了看手上的手錶，我不用看手錶也知道現在距離照護人員準備集合住民到中間大廳進行活動的時間非常接近。小朱深吸一口氣，把馬尾往後撥弄，傳訊息把麥憂男友叫來。我們三人小心翼翼避開走廊的攝影機，走進麻煩鬼的房間。接著，小朱把麥憂男友推到浴室裡，朝裡面扔了毛巾，要他從內關緊門。

當照護人員們來房間找住民時，浴室裡頭傳出低沉沙啞、語調有點卡卡的「廁所」，還用拐杖敲了敲門口的聲音，照護人員沒有多作懷疑，就轉身走去其他房間了。

麥憂男友待在廁所假扮麻煩鬼，而我和小朱則是趕緊跑去第一棟大樓石橋，從一旁的階梯抵達溪邊，而這時麥憂和麻煩鬼卻不知道繞去了哪裡——要說這不是百破樂造成的問題，我真的是不太相信。到底為什麼不強迫他去做手術？自由意志很重要嗎？

我真的很想把百破樂直接殺掉，這樣會太暴力嗎？但適當的暴力是好事吧，如果這樣能夠拯救一個人？括號蝦患者的變成動物手術，不就是一種太不暴力反而更恐怖的事情嗎？直接死掉也就算了，但把人變成動物，把人的意識抹除，讓他們不再感到痛苦，這樣有比較溫柔嗎？

為了避免喊叫聲被照護人員聽到，我和小朱決定分頭尋找。她往上游方向，而我則往下游前去。我們沒有大聲叫喊，維持中等的音量——我邊走邊想著等找到麥憂我要叫他拿吹風機吹乾我現在被溪水弄溼的球鞋。

才沒幾步路，我便聽到有人在說話的聲音。我快步向前，淺溪間石頭上的青苔差點讓我踩滑，沒多久我就看到麥憂和那個麻煩鬼在翻找石頭，我喊了麥憂幾聲，他看著我，一臉我幹麼跟下來的樣子。我深呼吸了幾回，告訴他我們要把麻煩鬼帶回去，他男友還躲在廁所假扮成麻煩鬼，他不應該這樣給大家添麻煩。他肩膀上的百破樂對我張嘴嘶吼，我用力伸手要拍掉牠，但牠又變成紅煙讓我直接打到麥憂的肩膀，麥憂搥了我一下。

「可是他需要幫忙，我們應該幫他，我們是唯一可以幫他的人了。」麥憂抗議道，「如果你可以幫忙的時候不幫，那什麼時候要幫？當個好人就意味著要替那些人做一些別人都不敢做的事情。」

我看著那一臉慌張的住民，嘆了氣，還想繼續指責麥憂，就不小心瞄到他背著的水壺——我原本都想好一大堆可以教訓麥憂，管教麥憂讓他腦袋稍微正常一些的演講稿了，不知道他現在一臉焦急的忽然在那邊說什麼好人不好人是安怎，害我一時之間忘詞什麼話都講不出來。到底誰在跟他討論好人壞人而且他看起來快哭了到底是怎樣？忘得糖不是應該可以讓他遺忘煩惱的嗎？難道醫生開給我的藥是安慰劑？

我和小朱（麥憂跟著，但非常不情不願）偷偷將麻煩鬼運回他自己的房間，麥憂坐在麻煩鬼床邊告訴麻煩鬼他會幫他找到東西的，我在一旁盯著麥憂以免他又做了什麼奇怪的舉動。小朱靠著牆壁，小聲問了我麥憂的狀況，我只是聳了聳肩，告訴她我和麥憂談過了。

麥憂有點問題——這麼講好像不太好，但我當下確實很想這樣回答小朱。

我看著和麻煩鬼聊天，一臉誠懇，百破樂不見蹤影的麥憂，嘆了氣。

關於麥憂的狀況，從上上星期問完麥憂他自己後，我基本上簡單的理解是，忘得窩心理師認為麥憂並沒有問題，不需要服用藥物，只要求定期回診和她「聊天」。

但麥憂最近顯然都沒有回診。

百破樂也愈來愈猖狂了，最近到處飛來跑去，體型愈變愈大。我真的不明白他們怎麼都可以把百破樂當成是麥憂養的什麼新奇寵物。

麥憂的心理師應該替他開藥才對，他又不像我父親腦內那該死的活躍括號蝦，什麼藥物都沒有幫助，麥憂很可能吞幾顆忘得糖就能變回原本的麥憂了——對，我自己都不吃忘得糖，但我拿了一堆忘得糖，現在總是可以嘗試看看。早上我丟了一顆到麥憂的水瓶裡，以免麥憂一不小心被什麼事情惹到就精神崩潰，畢竟忘得糖標榜能夠解除煩惱，讓人不再痛苦，麥憂如果有任何心理問題，都應該能夠靠這個解決才對。

況且這又不是毒品，這每個人都能買，根本沒什麼問題。

原本今天在括號蝦照護服務活動結束後，應該是我要陪麥憂去白跡村附近的忘得窩精神診療室報到，但白跡村附近廢棄的超級市場剛好也正式「開幕」——先前因為內有「危險元素」而被政府下令停業的超級市場停止管制，不再有出入限制了，而我知道小朱一直都很想要去那裡看看，麥憂也不斷要求我帶小朱去超級市場晃晃因為小朱心情不好。在麥憂的百破樂又一次咬傷我時，我終於放棄掙扎，答應麥憂我會帶小朱去廢棄超級市場晃晃。

反正麥憂有他男友，他的男友會盡責陪伴麥憂去看診。

況且我根本就不相信那三小鬼扯心理治療診斷，那就只是聊天而已好嗎！

難道沒有人覺得心理治療這件事情很像在建造觀光景點嗎？你就坐在沙發上，把自己的拉鍊拉開，挖出裡面的東西一個一個擺在桌子上讓「心理師」或者其他任何治療人員看著你的所有缺陷，還幫你評分，排序你的缺陷是不是真的值得那麼多的關切。

就像動物園的動物一樣，在那裡被觀看，讓人享受我的痛苦。

不是我不想陪麥憂去精神診療，當然我不否認有小部分原因是我自己已經延後好幾次我的複診，我並不想在陪伴麥憂到那裡的時候自己也被迫留下來和心理診療師「分享」我的精神狀況——更重要的是，麥憂顯然覺得我應該拯救小朱，小朱沒有辦法離開那個我還不知道原因的情緒谷底，雖然她應該可以去找李虎那個垃圾才是，但看來李虎沒有任何用途。做為團隊中唯一一個正常人，我不照做似乎說不過去。

麥憂有他的男朋友，他已經有人陪了——而且是他要我帶小朱出去的。

當我踏進這間廢棄的超級市場時，我看到小朱露出難得的笑臉。

我知道我不是個壞人。

廢棄超級市場內部凌亂不堪，商品架東倒西歪，好幾個鐵架都已經歪斜斷裂，地板上都是掉落下來的零食罐頭。第一條商品走道的盡頭有一塊積水處，距離出口不遠，積水周圍長滿雜草，開出血紅色的花朵，在積水周圍繞成一圈，看起來就像是血盆大口。

我口袋的手機震動了幾下，看了訊息通知，是麥憂說他正準備和男友前往忘得窩診療室，順便問要不要替我預約回診因為他知道我很久沒有回診了——我沒有點開訊息，將手機收回口袋。

抬起頭看向眼前的環境，滿是雜貨的超級市場走廊上，有些罐頭似乎被打開過，裡頭都是空的，只剩一些殘汙，奇異的是附近都沒有果蠅蟑螂螞蟻老鼠等這種環境常常會出現的生物——照遊戲邏輯來說，這應該代表這裡的空氣很毒，或者有什麼更恐怖的生物吃掉了那些東西。

但看來看去都沒什麼其他生物存在的跡象，加上政府才剛結束管制，應該暗示這裡是安全的——我打消了建議小朱快點離開的想法，畢竟我可不想成為那個膽小怕事的傢伙，那樣子超糗。

小朱看著廢棄超級市場內部的時候，眼睛像在發光一樣，笑容綻放開來，不像她最近在忘得讚直播上心不在焉的模樣。她拍了幾張廢墟超級市場的照片，最後把我也拉入鏡，她的臉貼著我的臉，頭髮聞起來像是海洋的味道（雖然我也不知道海洋聞起來到底是怎樣），我們第一張合照就這樣被上傳到她的個人帳號。

我覺得一定會有很多人在下面發愛心訊息誤會我們是情侶之類的。

雖然說我還是不知道小朱究竟在難過什麼，只希望她和麥憂不同。麥憂正在經歷的是某種情緒轉換的階段，他說那是一種有一陣子會低潮到不行什麼事情也不想做只想躺在床上連話都不想說，但又有一陣子會覺得自己像超級英雄一樣無所不能（而且他還補充說明很多隨之而來的性慾，那些我根本不想聽的男同志活動，當然他根本不管我想不想聽，繼續說了一大堆）。

話是這樣說，但我還是覺得這跟百破樂一定脫不了關係。

麥憂還說，最近偶爾站在括號蝦照護機構的石橋上，就會很想跳下去，因為他覺得自己一定能夠存活。

我是不懂這種邏輯啦畢竟我偶爾也是很想乾脆跳下去，但我完全不希望跳下去後自己還能活著。休學這半年期間我幾乎必須避開所有橋梁頂樓之類的場所，只因為我只要經過就會覺得如果可以直接跳下去結束這一切就太好了——當然我沒有這麼做，男人是不應該逃跑的，我沒有資格逃跑。

小心翼翼地和小朱在到處都是雜貨的走道上行走，手電筒暫時沒有發揮作用，因為內部的燈雖然破了好幾盞，有些仍然能完好發亮。我將手電筒收進後背包，發現前方不遠處的地板上有隻斷了手的泰迪熊，我走到它旁邊，從地板上撿起它。

我把泰迪熊放到自己臉前，用著殘存的一隻熊手，朝小朱揮動。說道：「啊啊啊好痛好痛我的手斷斷斷斷斷斷掉啦啦啦啊啊啊救命——」

小朱笑了出聲，我稍微移開泰迪熊，露出自己的眼睛，問道：「泰迪熊想問妳心情好不好。」

小朱伸手將自己的長髮往後撥弄了幾下，回道：「比一開始還好。」

天啊，我真佩服我自己。

忽然，我注意到走廊上似乎傳來東西在跳動的聲音，有些玻璃罐子被踢開滾動——小朱原先想探頭察看，但當然這種危險的動作只能由身為異性戀男性的我來做。我探出頭看向走廊的遠處，發現有個人影在那裡，以很不協調的姿勢左右前後移動，頭低得很低，那姿勢幾乎讓我光是用看的都覺得生理疼痛，但也有種莫名的熟悉感。

有隻純白毛茸茸的長腳兔從走廊左側跑了出來，剛剛聽到的跳動聲音應該是那隻長腳兔發出的，小朱也探出頭來看向聲音來源，低聲說著很久沒有看到野生的長腳兔了好可愛（她顯然不知道這些長腿兔都不是野生的，一看那毛色就知道是忘得窩製造後野放的，但我想現在最好不要破壞她的美夢比較好，如果是麥憂我就直接教訓他了）。長腳兔跳到那人腳邊，而那人停下了行走，看向長腳兔。

「我們去找他，他感覺好像迷路了。」小朱低聲說道。

我看著小朱，實在很想跟她說那個傢伙看起來怪怪的，讓他自己找到出口就好了，不理會他不代表我們是壞人或者該下地獄之類的——但小朱一臉誠懇的模樣，我實在說不出這些話，說出來彷彿我就是壞人一樣。

如果是麥憂就會馬上發現我的想法，然後指著我的鼻子罵我是壞人，接著拉著我跑去跟那傢伙打招呼。

就在我們打算離開走廊和走向那人時，他忽然彎下身子用力咬住長腳兔的脖子，才一眨眼，長腳兔的脖子就斷了。

我忍不住叫出聲。

那個怪人停止咀嚼，轉頭看向我們這，小朱馬上捂住我的嘴巴把我往後一拉，我被小朱巨大的怪力拖到走道的盡頭，躲在層架的轉角處。

雖然這裡光線不佳，但我非常確定那個怪人剛剛雙眼是全紅的，難怪他的走路姿勢讓我有股熟悉感，那跟我父親最後幾個月時走路的姿勢幾乎一模一樣。

怪人的腳步聲愈來愈近，小朱拉著我往左側移動，在那怪人走到我們原本待的那條走廊時，我們已經往前繞了兩個層架。小朱一點兒也不緊張的樣子，我不知道為什麼她可以這麼冷靜——不是應該我才是拯救她的人嗎？雖然現在其實可能沒什麼好拯救的，小嬰兒都能順利逃出這裡。

原本還以為自己要死在這裡了，如果麥憂在新聞上看到我被四分五裂的死訊，可能會笑笑說這是我拋棄他的報應，然後撒泡尿在我的墳上之類的——我當然知道他不會這樣，他可能會哭個三十年，把自己領養的小孩取名叫做阿特諾，告訴自己的小孩他的名字取自一個很沒用的死在超級市場的男人。

我和小朱緩慢小聲地移動，繞過層架，回頭往我們進來的方向快步走去，我們周圍又跑出幾隻長腳兔——牠們奔跑的聲音引來怪人的注意力，後頭傳來快速移動的腳步聲。

雖然已經知道怪人的狀況不必太過擔憂了，但他的快速動作和扭曲的骨架乍看還是恐怖到讓我差點娘砲式尖叫——我拉著小朱（精準的說法是小朱拉著我，因為她跑得比我還快），快步往我們走來的方向奔跑，而顯然長腳兔有自殺心願，那幾隻長腳兔都往怪人的方向跳去，剛好減緩了他追趕我們的動作。

就在我們看到出口，即將繞過最後一條走廊奔向前去時，我回頭看到那怪人又扯掉一隻長腳兔的頭，咬著兔子肉，滿臉鮮血地看向我們這裡——接著他又低下頭繼續吃那幾隻送上門的長腳兔。那雙通紅的雙眼和扭曲定格般的動作，我基本上能確定他是括號蝦感染的末期患者了。末期患者幾乎只是括號蝦的代理人而已，就像那種會寄生在昆蟲體內控制昆蟲生理行動的真菌，括號蝦最終也會控制受到他們寄生的人，而括號蝦是肉食性動物——這些都是先前帶父親去醫院看診時醫師說明的，若不以藥物控制、降低括號蝦的活性，患者很可能就會變成怪物，擁有怪力，和永遠不會飽足的胃。

聽起來很恐怖，但反正括號蝦感染的末期狀況我很熟悉，根本不需要那麼擔心，只有資訊不足的人才會害怕，而這讓我有了天才想法，果然我就是個天才——雖然這想法讓我覺得自己真的是個壞人。

麥憂如果在旁邊，一定會馬上看穿我，說我就是個壞蛋之類的（有時候麥憂罵人的詞彙會讓我以為他在對我撒嬌，但這也不能怪他，畢竟他本來就娘砲）——我決定勇敢地告訴小朱拋下我先離開，我要一個人努力解決那個怪人。

「這不是什麼冒險遊戲，你們這些男生腦袋到底有什麼問題。」小朱嘖了聲，「到底憑什麼一直覺得自己可以拯救別人啊？」

「啊？」我不明所以地問道，完全搞不懂她在說什麼。

小朱搖了搖頭，繼續拉著我，往出口處去。「沒事。」

雖然小朱的回應不如我所預料，我根本不明白她在說什麼，但這不影響我原本的計畫，只要稍微變通一下即可。我停下步伐，說道：「妳不講清楚的話，我就不繼續走了。」

「你認真？那個人等等就要追上來了。」小朱提高音量。

「精準地說，那是括號蝦感染的末期患者，他只想吃肉，尤其是生的肉。」我聳了聳左肩，趁現在時勢緊湊，追問：「所以妳最近到底怎麼了？」

小朱回過頭看向還在和長腳兔「搏鬥」的怪人，掙扎了幾秒，抓了抓自己的頭髮，悶哼了幾聲，嘆了一口長氣後終於開口：「我和李虎去逛街買衣服，店員喊了我先生，我一時反應不過來也沒有糾正他，但李虎揍了他。」

「我知道這很蠢，但我拿刀割了自己，因為我太難過了不知道該怎麼做比較好。」小朱稍微把自己的褲子往上拉了些，上頭有幾道刀痕，「我並不是想要被看到或者讓自己痛，我很久沒這樣了，我原本也以為被認錯性別對我來說已經沒感覺了，但可能還是比我想像的要嚴重吧。」

小朱看著我苦笑了起來。

我愣在原地，完全沒想到這是小朱這幾天都看起來這麼難過的原因。

我思考過很多可能性，像是她媽媽死掉，她爸爸死掉，她親戚死掉（對，我不知道為什麼都在幻想家屬死亡），或者她的作業做不出來（這很簡單我幫她做就好），我甚至想過她可能量體重胖了一公斤，覺得世界末日就要降臨，或者被外星人掉包了。我不是沒有想過小朱說的情境會發生在她身上，我非常確定很多人都能看出來，只要你仔細看，只要你夠聰明，很難忽略掉那些小細節的。而我並不覺得那間服飾店的店員有講錯話，畢竟小朱生下來的時候身體就是男的，我並不認為這是「被認錯性別」——我沒有想過的是，這件事情，會對小朱造成這麼大的影響。

雖然這不是我的錯，也不是我的問題，我也不覺得店員有講錯話，但為什麼這讓我這麼，是難過嗎？我不知道這是什麼樣的情緒。

我一時之間想不到任何安慰小朱的話——當然不能忽視後頭有個怪人（雖然已經不構成性命威脅）讓我分心，但我真的是想不到任何可以回應的句子。我當然很想跟小朱說妳這麼好看、看起來一點也不像是先生、根本沒什麼需要擔心的、那些人是智障，我甚至理智上知道李虎的行為是錯誤的但情緒上在替李虎歡呼，至少他做了應該要做的事情，捍衛了應該要捍衛的人。

當然我不可能告訴小朱這些，沒有一句話對小朱有幫助。

況且難道店員真的做錯了嗎？小朱確實不是女人吧？

小朱看著我，用力深呼吸，屏住氣，過了幾秒後問：「可以繼續走了嗎？」

我說不出任何話來，只好用力點了點頭。

逃出超級市場的我們，合力將鐵門拉下來，扣上原本就掛在欄上的鎖。就在我們大口喘氣沒幾下後，怪人忽然伸手握住鐵門，通紅的雙眼盯著我們，小朱嚇得往後退了好幾步，而我則是因為已經知道他的狀況表現得很平淡，甚至可以說因為剛剛得知小朱發生的事讓我太分心了，我還不小心把手放在怪人的嘴前。

小朱看了我一眼皺起眉頭，但很快就拿出手機打電話通報，在說完地點後，我和小朱按照電話指示，待在原地等待醫療人員前來將這名末期患者帶走——沒多久一輛救護車就來了，只穿制服的救護人員下了車，小朱連忙跟他們說這很危險應該要穿防護服或什麼，而我在一旁低頭不敢看向小朱。

救護人員告訴小朱，括號蝦感染末期的患者對人類沒有威脅，接著便打開鐵門，朝怪人注射了鎮定劑後便把他放到擔架上運回救護車，過程不過幾分鐘而已。

在救護人員移動那個怪人的過程中，我走到超市外圍左側的空地，那裡有個廢棄的巨大霓虹燈管鐵招牌，鐵招牌插在滿是雜草的土地，像是超級市場的墓碑一樣。我繼續低頭，努力深呼吸，試著把笑意吞下去。

小朱跟在我後頭，雙手交疊胸前。我跳上那個霓虹燈管鐵招牌上坐好，小朱就在我面前瞪著我，我試著忍住笑，但最後還是笑了出來。

糟糕，這樣小朱會不會覺得我是個壞人？

但我到底幹麼在乎她覺得我怎樣？

小朱走向我，用力搥了我胸口一下，我哀號了聲——笑到幾乎快喘不過氣，一會兒後深呼吸了幾下，才找回氧氣。我看著小朱，試著不要又笑出聲，我告訴她，沒人知道原因，只能說可能是因為括號蝦寄生在人體後首先吃光被寄生者的大腦，這過程可能讓人類的某些特質轉移到牠們身上，總之雖然不清楚原因，但牠們就是不會攻擊人類。

當我講完後，小朱氣得又用力搥了我一下，我揉揉肩膀，說這下子要瘀青了。

小朱扶著鐵招牌，跳跨到上頭，坐到我旁邊。我們兩個現在都坐在這座超級市場的墓碑上。我拿出手機，看著裡頭好幾則新的訊息通知，都是麥憂傳給我的，最新的訊息是告訴我他們看完診了，很安全不用擔心，問我約會約得怎樣，一連傳了好幾個愛心和白痴的小黃瓜跟水蜜桃表情符號。在那一整串噁心的表情符號下面，麥憂還補充了一句「當個好人」，還說他把我今天早上倒給他的水瓶裡的水全喝完了，覺得喝起來很奇怪好像比以前都還要甜，要我稱讚他。

就跟他說這不是約會了，而且他到底幹麼一直想把我跟小朱湊做堆？

我抬起頭深呼吸了一回，享受這區域其實算是滿新鮮的空氣，看向一旁的小朱，發現小朱正在發布她剛剛偷偷拍的我們的自拍，照片裡的我正低著頭看著手機，而她則是露出許久不見的小朱笑容——小朱現在很開心，或許今天陪小朱是正確的，我也得到了困惑許久的答案，雖然是被麥憂強迫參與。

我低頭看了小朱的褲子，隱約露出的刀痕讓我覺得後腦杓那針刺感又重新席捲而來。敲敲敲，敲敲敲，父親大喊著不要當個娘砲的聲音也跟著響起。父親的百破樂在吃他的影子，和麥憂的百破樂幾乎長得一模一樣，可以的話我是真的再也不想靠近那種寄生蟲了。

但為什麼我還是覺得自己應該跟麥憂去看診，而不是在這裡？

媽的，頭有夠痛。

我真的不覺得我是個壞人，今天所有事情都圓滿落幕了。

只是為什麼我現在的感覺這麼糟？

11

我到底幹麼鳥小朱那個不男不女的傢伙。

好啦我知道這樣很沒禮貌，也不是說我真的當著她的面說她不男不女，我理智上當然知道不能那樣對任何人講話，但我還是沒辦法覺得她就是個女人——況且她今天還搞砸我美好的一天。天知道自從麥憂回到我生活之後我多難得能有個平靜的日子。

我從冰箱拿了瓶可樂，咬開一隻迷思粹的頭，咀嚼的動作讓我的眼窩又痛了起來，下意識想要去摸，而一摸到就讓我悶哼。我把手機甩到沙發旁，不想去理會小朱的訊息。我看著沙發前方的大面牆壁，視線裡只有白牆讓我稍微放鬆了一點——我記得父親在執行忘得窩變成動物手術後失敗，被推出手術室時連叫也沒叫。他總是說男人就算再痛也不該喊出聲來，不能被發現自己的弱點，會被吃掉（他說得很認真，因為那時候父親的百破樂已經在咬他的影子了）。

我只是不希望麥憂也變成那個樣子。

今天原本應該是個很好的日子，下午服務學習的時候，麥憂沒有做什麼蠢事——當然是我的功勞，我阻止了他試圖偷跑到橋下溪邊又要找那個麻煩鬼住民的「重要的東西」。畢竟那根本不可能找得到，溪水早應該把那東西都沖走了，就算沒沖走也會腐爛壞掉。我是真的搞不懂麥憂這麼擔心這件事情有什麼意義，這些住民又不會真的記得他或者記得他有多努力想幫他們找到一些根本不再存在的東西。

而且我把百破樂關在掃除間，牠撞了幾下門發現撞不開後就放棄了，所以我好一段時間都沒看到牠。原本想說牠會化成紅霧飄出來結果卻沒有，我得說關於百破樂的資料我能夠查閱到的真的有限，是不是有人把那些知識都藏起來不給大家知道？

說到我的功勞，我也不是要炫耀，但今天麥憂才來沒多久，和男友感覺又像是彼此不熟對話有些尷尬的樣子，連他男友的手語都已經比到讓我有點懷疑他是不是忘記吃東西或者骨質疏鬆，怎麼這麼沒力誰看得清楚。我在前幾週私底下調查了一下麥憂男友的家境，確認他家族根本就是那種你拿棒子打他會吐出金幣的等級。這種什麼都有的人幹麼來打擾麥憂，還和他拍那些忘得讚同志情侶日常生活影片？他又不缺錢。

麥憂在小朱和他男友分別前去自己的服務區域後，看著我，皺起眉頭，才稍微想離開椅子起身，我就跨一大步到他面前用鞋頭抵住他的鞋。天知道我這鞋子限量款有多貴竟然就浪費在阻止麥憂又幹蠢事上了——麥憂戳了一下我的眼窩，嘲笑我連在夜店都能惹事，我真的很想把他打到牆壁上，也不想想我到底是為了誰才受到這種對待的。

但至少這週在括號蝦機構沒發生什麼事情，應該是要慶祝的。

不過小朱那傢伙就是硬要在這原本無事的一天找我麻煩。在機構掃地的時候，她一直欲言又止地看著我，當然我知道自己今天穿得很好看，但她一臉就不是在欣賞我的穿著打扮的表情。她一身淺藍色洋裝盯著我瞧，就像是頭剛從鬼屋跑出來想要追殺我的鯨魚。

剛剛她又傳那三小訊息給我，我真的不知道她到底希望我做什麼？

我原本要打開可樂，但覺得太冷了就把可樂放到沙發旁邊。我看了手機訊息，到底這時候誰還會傳這麼大量的文字訊息給別人，是以為別人有熱情看他們寫作文嗎？訊息內容簡單來說就是覺得我昨天在酒吧做的事情雖然她沒有打算跟麥憂講，但她認為我應該要告訴麥憂——奇怪了，到底她什麼時候自以為跟我和麥憂這麼熟了？明明她根本就不知道麥憂的狀況。

麥憂領養的小狽犬在我腿邊跑來跑去，我摸了摸牠的頭，牠蹭了幾下我的腳踝就跑走了——你看，麥憂一時興起領養了忘得窩改造人類後變成的狗，現在卻變成是我在養，難道我還需要負擔更多麥憂的一時興起嗎？我當然不可能責怪麥憂，畢竟他有他的問題。雖然我仍然百思不得其解，甚至打電話去忘得窩確認他們給我的忘得糖有沒有過期。照理來講應該把一切悲傷都停止的忘得糖在麥憂身上一點用途也沒有，他明明有乖乖喝完我替他準備的飲料，藥效應該早就發揮了才是。

麥憂還是那麼浮躁，真的不能怪我覺得百破樂是我們的敵人。

原本我不知道麥憂有病，我不能做什麼事情幫助他，但有賴於誠實眼罩的幫助（我知道這很蠢，我到現在還是覺得誠實眼罩是個很誇張的設計，到底為什麼這會有用我還是不清楚），麥憂告訴我他的精神狀況了。我確定（原本有百破樂寄生的人多半都有病所以這資訊並不是什麼太意外的訊息）麥憂生病了，雖然忘得窩精神診療或者他周遭的其他人類很顯然都覺得他不過需要固定和心理師「聊天」就好——只有我一個人真正在乎他的心靈健康，為什麼我還要被小朱那不男不女的傢伙羞辱？

我到底幹麼理她說的話？

偷餵忘得糖給麥憂是為了他好，我才不管小朱那連自己性別都能搞混的人告訴我的其他說法。

昨天麥憂硬是把我拉到一間夜店——說有個很有名的變裝皇后要來表演，完全不在乎我這個異男對那種什麼男人扮成的女人一點兒興趣也沒有，而他和自己男友現在又明顯感情疏離，講真的我是也不覺得他跟他男友有多親密，畢竟我一直有點懷疑麥憂是為了點擊率才跟一個瘖啞人士交往，一直拍照上網秀給大家看我真的不太知道算什麼親密關係。

麥憂另外還找了小朱來，不是說我有多驚訝，畢竟小朱可能跟變裝皇后沒差太多——這我當然不可能講出來，麥憂一定會拿所有他能碰到的東西砸我說我歧視變性人。但到底怎麼變性？我不是說我不懂醫學上的變性手術是怎麼執行的，我跟你不一樣我不是笨蛋。我的疑問是，難道真的有那種什麼女生的靈魂住在男生的身體裡，這種事情嗎？

忘得窩通常建議要在青春期之前實施變性手術，對小朋友的生理適應改變也會最小，這也是為什麼像小朱這樣子到了大學還沒有完整通過手術的人數非常稀少，少到就像是麥憂那種明明被百破樂寄生卻沒有去處理掉的笨蛋一樣少——但至少麥憂是真的有病，國家應該要強制要求所有人都執行手術。

在進夜店之前，我看到夜店外頭牆上貼了許多海報，大致上都是在宣傳忘得窩的變性手術，裡頭有年齡比例的相關介紹。目前我們大概有不到十萬人口進行過忘得窩變性手術，平均年齡約十八歲上下，像小朱這種還沒有完成全部手術流程，又大於二十歲的人是很少的，而海報也寫了二十歲以上還未完成手術流程者，服用忘得糖的比例遠高於十八歲之前就完成手術的人——講真的這根本一點兒也不重要，誰在乎到底有多少人做這些手術，而且到底靈魂要怎樣住錯身體？先是有靈魂住錯性別，接下來就變成有靈魂住錯物種，但到底人們怎麼能確認自己的靈魂是存在的？

夜店內大致上和我預期的差不多，很暗、幾乎可以說是暗紅色的燈光照著全店，每個人此刻看起來都長得一模一樣，一進來就看到一些人在一旁接吻，我真的是搞不懂接吻這種充滿細菌交流的活動怎麼這麼多人喜歡，而且還要在大家面前吻來吻去好像怕沒人知道他們有嘴巴一樣。

麥憂拉著我到吧檯，在我還來不及阻止他時就點了兩杯水母調酒，酒保很快就弄了兩杯過來。我看著麥憂一口喝掉發著藍色夜光的調酒，一邊和酒保調情，我戳了麥憂的腰際，麥憂叫了聲，我捏了他的鼻子要他想想自己還有男朋友，他對我吐了舌頭表示又沒什麼關係。

酒保指了指我們，問說我們是在交往嗎，我和麥憂同聲咂舌搖頭。

小朱大概在麥憂喝了第三杯調酒後來到酒吧，她一來我就發現她了——不是我在特別等她，而是她的出場很醒目。她穿了一件淺黃色無袖背心，搭了高腰的粉紅窄裙，綁了高馬尾，穿著一雙淺粉色長皮靴，頭髮全都是粉紅色的。一直到她走到我面前好幾秒後我才意識到她今天戴了假髮。

麥憂指著小朱今天戴的黑色項圈，說自己也想要一個，小朱直接把項圈拿下來遞給麥憂，在麥憂接過之前我就先從小朱手上把項圈拿走，避免麥憂這傢伙真的沒禮貌到直接拿走人家的東西。我把項圈還給小朱，小朱指著自己的脖子，稍微向右側了些，顯然是要我幫她把項圈戴上。

我吞了口口水，原本想要拒絕，但麥憂在旁邊鬼吼鬼叫，引來一些路人的目光，加上我非常確定再不久就會有麥憂的忘得讚粉絲來要求和他合照簽名或者勾引之類的了——我拿起項圈，雙手環繞小朱的脖子，小心翼翼不要碰到她的身體，將項圈扣了起來。她的身上有種很淡很淡卻很明顯的氣味，像是李子還是水蜜桃，我有點分不清楚。

小朱和我的臉因為戴上項圈的動作而靠得很近，她今天的妝非常女生，我也沒多在意她化不化，畢竟我對她根本沒有興趣——但她這樣的裝扮，有好幾秒幾乎讓我忘了她還沒有真正去執行完忘得窩變性手術的最後一個大步驟。事實上，那個步驟或許是最重要的步驟，畢竟那關係到妳有沒有把男性器官整組移除和製造出女性構造。

「我覺得我的靈魂住進了錯的身體」，但到底誰能證明靈魂在哪？怎樣的靈魂才適合怎樣的身體？那才是我在意的，那才是整件事情讓我想要尖叫不爽的。

但此刻小朱的模樣讓我氣不起來，她看起來真的完全就是女生——或許真的有什麼靈魂住錯身體之類的吧。

小朱轉身看向酒保，點了一杯水母調酒，麥憂也跟著點了一杯，這已經是第四杯了，他繼續喝下去一定又要發酒瘋——我搶走麥憂的酒杯，和小朱乾杯喝下這夜光調酒——忘得窩特製的水母酒，裡頭都有小水母存在，這些小水母的溫度幾乎就像冰塊一樣冷，調酒聞起來還有一點點水草氣味。

我替一旁因為酒被我搶走而扠腰生悶氣的麥憂點了杯蘇打水，百破樂在他後頭飛啊飛，一直在變化形體，彷彿在求偶般，我想沒有什麼是比這更迫切需要解決的事情了。

趁麥憂不注意，我朝蘇打水杯內丟了三顆忘得糖，透明的忘得糖一碰到液體就融化消失——早上出門前，我還將一顆忘得糖磨碎灑到他早餐的沙拉醬裡頭，我本來想先出去替我媽買點日常用品，但最後還是待著親眼確保麥憂有將所有忘得糖都吃光（麥憂在忽然興起開始玩起俄羅斯方塊半小時後，才把沙拉醬全都用到生菜上吃完）。

我搞不懂為什麼忘得糖對麥憂完全沒有作用——明明忘得糖就是標榜讓人忘卻煩惱每天都很愉快的。

小朱拍了拍我的肩膀，指了指夜店的舞臺，這時候原本紅色的打光忽然變成藍色的，舞臺中央一道紅光打了過去，從盡頭走來一個變裝皇后（我在來沒多久後快速用手機查了一下變裝皇后的定義，大概就是男人設定一個女性角色給她一個名字和人格並且表演誇張的女性形象。好啦我承認我沒很認真察看定義，我猜大概就是這樣吧），她全身紅髮，把自己的臉化成像是貓咪一樣，還戴著貓耳貓尾出場。她一身緊身肉胎衣（好像是變裝皇后用來把自己男性器官藏好和讓身體比較好看的，反正我真的是搞不懂這些東西），上頭貼滿貓咪玩偶，整個人就像沾滿膠水後被扔進貓咪玩具二手店黏一圈再拉出來之後的裝扮。

我看著一旁硬是拉著我來夜店，結果此時肩膀上大大的百破樂在和另一個百破樂牽手旋轉的麥憂——他完全沒在看舞臺上的變裝皇后對嘴唱歌表演，只和另一個不知道從哪裡跑出來的，穿著無袖背心（基本上袖口大到簡直是沒穿衣服全都露出來般，為什麼不乾脆直接上空算了）的男人聊天。他一隻手搭著麥憂的肩膀，我看著麥憂和他聊天笑得很誇張，發現麥憂已經喝完蘇打水了，便替他再叫了一杯，順便加了一顆忘得糖到裡面。

在我才要拿給麥憂時，那個男人把杯子搶走，說看到我剛剛丟了東西在杯子裡面，我是不是想對麥憂下藥——我真的是搞不懂這莫名其妙跑出來的傢伙自以為是麥憂的誰？況且我又不想和麥憂上床是有什麼好下藥的。忘得糖根本算是健康保健食品，也不是什麼很難取得的東西，我是在關心他的身體健康，而且這男的也有百破樂還沒去動手術拿掉，顯然也不是什麼太正常的東西。

麥憂說我們是死黨，但那男人堅持不讓麥憂喝下蘇打水，還遞給我要我自己喝。我當然不肯，我又不渴。我瞪著那男人，一時半刻不知道該怎麼處理他，那傢伙的百破樂衝過來在我面前一副要咬我的樣子，我瞪著牠沒有動作。但在一旁的小朱搶過他手中的杯子，一口就把蘇打水喝下，聳了聳肩表示這根本沒什麼，我愣了幾秒，看著小朱，小朱看著我笑了起來。

在那男人繼續堅持跟麥憂說我剛剛確實偷偷放了東西到水裡時，小朱拉了我的手，低聲告訴我說她有看到我剛剛做了什麼——我深呼吸了一口氣，覺得後腦杓開始有細微的尖刺感，那個敲打的聲音又跑出來了，我整個腦袋都被那個聲音占滿，我不太確定小朱跟我說這話的用意。我握緊拳頭，試著要冷靜下來，我沒做錯什麼事情，不需要憤怒，憤怒是惡魔，憤怒只會讓我變得像我父親，憤怒是毒癮，我不是個憤怒的人。

男人和麥憂開始吵了起來，麥憂用力推了他的肩膀，要他閉嘴不要繼續說我的壞話。那男人拿出手機，顯然是在錄影，對著手機說什麼忘得讚紅人搞不清楚狀況差點被下藥還怪我救他——麥憂跑向前要搶走他的手機，那人只是繼續叫囂，說什麼果然長得好看的都是笨蛋根本不像影片上的聰明可愛。

我看著半空中兩隻正在打架的百破樂，深吸了一口氣。

小朱盯著我，顯然是注意到我握緊的拳頭，她要我深呼吸，她沒有要跟麥憂說什麼，但小朱根本完全搞錯重點，我才不在乎她說什麼——那男人嘲笑麥憂的聲音愈來愈大，麥憂的百破樂被那男人的百破樂打到地板上趴著翻滾，小朱在這裡就像是硬插入的配角，整件事跟她一點關係也沒有，況且我也沒做錯任何事情，我唯一的錯誤或許就是試圖想要拯救麥憂。

我轉過身想阻止那男人的鬼吼鬼叫，但小朱先一步跑到我面前攔住我，要我冷靜一點。

我推開她，看到那傢伙的百破樂在咬麥憂的百破樂，我把抓住那男人衣領的麥憂拉開，直接朝男人的鼻子揮出一拳。

如果你覺得我眼窩的傷很礙眼，你該看看那男人被我打成怎樣。

吃完第二根迷思粹肉乾，我眼窩的疼痛才稍微減退一些。我要找手機的時候發現原本放在沙發枕頭上的手機因為不斷震動而掉進沙發縫隙了。把那男人打倒在地的代價就是我的手又破皮了，還不小心在沙發邊邊留下一點點血漬。我連忙去廚房拿出清潔海綿清理，一手滑起手機看起訊息通知。

訊息內容大多都是麥憂傳了一堆憤怒管理課程或什麼心靈治療手冊之類的白痴資訊還有大量表情符號，我回了他一個白眼的符號，他就接著回了小黃瓜和刀和汗水的，我輕笑了出來，笑的時候又扯到眼周肌肉，痛感再次湧上。

我受傷的右手拿著冰可樂壓在眼窩上，左手滑了滑手機訊息——我看到小朱稍早傳的那些訊息，全都是在講昨天的事情。我真的不知道昨天的事是有什麼好長篇大論的？就是有個甲甲在騷擾麥憂，我做為一個好朋友，替麥憂解決問題而已，從頭到尾都跟小朱沒有任何關係，她和麥憂甚至不是朋友，她和我算是朋友嗎？我都可以想到我父親如果發現的話會用什麼話嘲諷我了。

我看著忘得讚上小朱傳來的訊息，深呼吸了幾回，回了一句：「我不覺得我需要告訴他，他不需要知道我做了什麼，我是為他好，隱瞞不算是說謊。」

過幾秒小朱就已讀了，點點點的符號在訊息框中跑來跑去。

「嗯。」小朱的訊息寫道。

看到這種訊息我火都上來了——明明就是她先傳訊息騷擾我想讓我愧疚的，這根本是情緒勒索。我把冰可樂放到旁邊沙發上，左手快速輸入訊息。我先是打了一大段話，大意是妳這個假裝自己是女生的人憑什麼妳以為妳是誰妳又不知道我跟麥憂的關係也不知道麥憂只要稍微正常一點人生會有多順遂妳這種一樣不正常甚至更不正常的人怎麼會知道百破樂有多恐怖妳是有看過百破樂在吃妳父親的影子時那種可怕的模樣嗎？但我把這些全都刪掉了。

「妳這是什麼意思？」我最後這麼寫。

「我說了，我覺得你應該告訴他你在擔心什麼和你做了什麼。我也說了我不會跟他說，既然你覺得你不用告訴他，那就不用告訴他，不是嗎？」

「我搞不懂我跟妳講這幹麼。」

訊息停了一會兒，忽然小朱打了視訊過來，我嚇到手機掉到地板上，把頭髮隨便往後撥弄不要遮住我額頭，拉整一下衣服，把手邊的清潔海綿扔到鏡頭照不到的地方，撿起手機按了接通。訊息那端的小朱穿著今天在括號蝦照護機構服務時一樣的淺藍色洋裝，她的頭髮全部往後綁起，看著我沒有說話。

我清了清喉嚨，問道：「怎麼？」

「因為你想要良心不安。」她說道。

我深呼吸了一口氣，她到底是要多自以為是？

「啊？」

她笑了起來，很明顯故意提高音量，又說了一次我想要良心不安。

我看著她，抓了抓頭髮，回道：「誰會想要良心不安啊。」

「你大可以什麼都不說，我也保證了我不會講，但你知道自己在做的事情是不對的，你想被阻止，你想要有人告訴你你做錯了，就算你不想聽。所以你才會傳訊息給我。你根本不是想要我來告訴你就照自己想做的做吧，你是想要我來提醒自己不該那麼做，因為你想覺得愧疚，你想覺得丟臉，你想要當更好的人。」

我看著手機螢幕中小朱囂張的笑臉，吞了吞口水，原本要擠出一些話，像是丟臉的是像妳這樣不知道性別搞不好是想假裝成女生好騷擾女生的人男生女生是生理的特徵哪有辦法從一個性別換成另外一個性別搞混界線我當然知道性別可以流動性向也是光譜我不是笨蛋我有讀書但怎麼可能會有這種事情難道妳爸沒教妳怎樣成為一個正常人嗎？這些話我當然都沒有說出口。

我呃了幾聲，看著小朱那莫名其妙好像她跟我很熟的笑臉。奇怪，明明我們從認識到現在兩個多月，只不過常常傳訊息聊天偶爾在括號蝦機構見面而已——我直接把電話給掛掉，在掛掉電話之前小朱露出一個討人厭的微笑。

我抓起一旁沙發上的可樂，原本要拉開瓶蓋，但一想到剛剛小朱的笑臉，就把整個可樂罐砸到牆壁上。可樂罐被撞破了個缺口，裡頭滿是氣體的可樂噴發而出，把牆壁都染了色。

我抓起沙發上的枕頭抵住嘴巴大叫出聲。

12

我到底在這裡幹麼？

衣服全都溼了，這款皮靴根本不應該這樣浸在水裡，當初我排隊——不對這是麥憂去排隊的我記錯了。麥憂排了兩個小時，替我搶到的那雙全黑色上頭有個黃色尖牙笑臉手縫圖樣的限定皮靴。當然你可以說我穿得太隆重，但男人不打扮實在有點丟人現眼。不過我不是為了給人看的，我只是因為我必須表現出我不在乎上週小朱和我的對話。幹，都是麥憂，都是麥憂的錯（雖然更精準的來說，應該是他男友的錯，當然還有那該死的百破樂）。

大夥兒在找括號蝦麻煩鬼，說著一定又有照護人員沒把大樓之間的門鎖給鎖好，才讓他有機會跑走。我和小朱在後頭尋找，前面不遠處的麥憂和他男友看起來在爭執些什麼，我實在很想丟下小朱過去處理這件事。麥憂的百破樂一直一副爆炸模樣（我說的是真的牠已經整個形體散開又重組回原樣又散開又重組回原樣，最後都成為愛心的形狀。那顆紅色愛心在麥憂頭頂沒人覺得很恐怖嗎），我不太認為他們是在幸福聊天。

麥憂男友手語比的速度實在有點太快，我瞇著眼睛試圖看出他們在說什麼，一旁的小朱卻忽然彎下身用水潑我臉，我的臉全都溼了。

我抹了抹臉，把溼掉的瀏海往後撥弄一下，瞪了小朱一眼，小朱聳聳肩，一副她沒做什麼壞事的樣子——我對她吐了吐舌，跟她說，她今天穿的粉色洋裝讓她看起來像是海蝸牛。雖然這只是聽起來像是攻擊而已，畢竟我覺得海蝸牛滿漂亮的，但她沒必要知道我的想法。

我嘆了氣，抬頭看著前方的麥憂。

稍早，在括號蝦機構剛發現麻煩鬼住民跑不見的時候，大家都急著要下溪尋找，打斷了原先麥憂男友今日的計畫。我拉著麥憂走下橋，說要去找那個麻煩鬼，麥憂不停聲明自己沒有把人家放出來之類的——我必須說，我相信他，不是因為他是我的朋友所以相信他，你以為我跟你一樣這麼沒原則嗎？是因為是我把麻煩鬼放出去的。

在你責怪我之前，我得聲明，我有個完美的理由：今天麥憂男友要跟他求婚，而如果我不阻止的話，麥憂就會犯下他這輩子最大的錯誤，僅次於沒有快點去動手術移除百破樂。而我這麼說不是因為麥憂總是說什麼如果他要結婚的話我要跟他一起穿紅裙因為那象徵了什麼三小性別的緣故，我才不在乎我要穿什麼，而是麥憂男友根本跟他完全不適合。

麥憂的男友真的懂他嗎？

我拉著麥憂走下橋到了溪邊，才沒幾步路，在我們前面不遠處的小朱就跑了過來，打斷我原本要勸麥憂不應該接受他男友的求婚。小朱指了指前方，告訴麥憂他男友在找他，他應該去和他說一下，畢竟剛剛他才跟你求婚之類的，我看著百破樂在麥憂男友身邊飄來飄去，都是呈現愛心形狀——我搞不懂這到底關小朱屁事，她什麼時候變成我和麥憂的朋友？我們不過是被一起塞在括號蝦機構做服務學習的陌生人罷了。

我都已經安排好今天的流程了，先打斷麥憂男友的求婚，不讓麥憂被一直爆炸成愛心形狀的百破樂影響，畢竟麥憂就是個腦袋很容易想不清楚的人。這不是我歧視他，是他自己的精神疾病問題，而這精神問題（包括百破樂）很有可能會影響他的任何決定，就像我父親腦袋裡面有括號蝦一樣。

麥憂點點頭，拍了拍我的肩膀，接著就往他男友的方向走去，我瞪著他的背影，側過頭看了看小朱，忍不住翻了個白眼。小朱走近我身旁，一副我和她很熟似的，像知道我在想什麼一樣。

就這樣我的計畫被她臨時打壞，麥憂還是跟他男友獨處了，甚至是涉溪之旅，這麼浪漫的情節根本不應該發生，要是麥憂男友在這個時候又求婚一次，讓麥憂一時腦袋壞掉（他原本就常常腦袋壞掉）答應了怎麼辦？我握緊拳頭，思考著如何擺脫在我一旁的小朱。

我瞪著前方不遠處的麥憂男友。

今天我和麥憂一踏入括號蝦機構，麥憂男友就跳了出來，大廳甚至已經布置好了，一堆括號蝦的住民都被推到大廳一同拍手鼓掌，麥憂男友則是拿著大大的牌子上頭寫了「和我結婚吧」。我看著他在我面前向麥憂單膝下跪彷彿現在是什麼中古世紀一樣，難道這不父權嗎？

麥憂的百破樂忽然大爆炸，整個散開發出巨大聲響，大廳全是紅霧，最後又聚合起來，如此重複了好幾次，直到牠變成一顆愛心。巨大的紅色愛心，飄到麥憂男友頭頂。我看著百破樂，想著我早該迷昏麥憂讓他去忘得窩做移除手術。好像他們剛吵架幾乎快要分手不是事實一樣——才剛復合，就想著要把麥憂娶回家？到底憑什麼把麥憂娶回家啊也沒想過麥憂到底需不需要被娶，況且麥憂家裡也很有錢，他男友又不是什麼從童話故事走出來的王子要來拯救落難村民把村民變成公主，麥憂不需要騎著白馬的人來拯救他好嗎，他會不會想太多了？

相對於麥憂一臉驚訝看起來像快哭出來似的，我在意識到小朱盯著我瞧並且一臉狐疑的時候，才想起自己應該要表現出驚訝的表情，連忙啊了幾聲——我避開小朱的視線，以免被她發現我早就知道這件事情要發生了。自從上星期掛掉小朱打給我的視訊電話之後，小朱和我就沒有在忘得讚上傳訊息聊天了，我有好幾次想要傳訊息告訴她說她必須站在我的立場替我想想，但每次都花了半小時打了落落長的訊息最後又刪掉。

我之所以會知道麥憂男友打算求婚，不是因為我跟他很熟……呃，嚴格來說我確實算是熟悉他？但不是你們想像的那種齷齪熟悉，我是鋼鐵直男——我和他雖然平常沒有太多接觸，但我們都有玩同一個製造迷宮的網路互動遊戲。遊戲中你可以建造迷宮，如果你加了其他人好友，就可以在對方開放的時刻前往對方的迷宮，交換只有在自己迷宮才有的資源。像是我的社區有一種生物叫眠婦，是種表皮有條紋的陸生甲殼類，那是一種叫醒父的八嘴長條狀怪物最愛吃的食物。可能你的迷宮有眠婦但沒有醒父，你就可以蒐集眠婦賣給迷宮有醒父的玩家。反正大概就是這種概念的遊戲。

麥憂男友的帳號名稱有次在他們忘得讚的影片中顯示出來，雖然需要把影片停格才能看清楚，而我就是剛好把影片停格的時候看到了，於是便加了他男友的帳號——為了不讓自己看起來像什麼笨蛋假帳號，我還提前建造了一個超漂亮的迷宮才加他。迷宮裡面每一格地板的顏色都是按照色票順序排出來的，不是我在說，真的是漂亮到不行。但這些都不是重點。

總之，我和麥憂男友是遊戲網友，雖然他不知道那是我。

不是說我想特別隱藏或怎樣，雖然我選了女角，但那只是單純因為女角的衣服比較漂亮而已。我只是單純沒有告訴他我的真實身分，隱瞞並不算說謊，畢竟他根本也沒有問我是不是我——我們目前已經互為好友九週，大概在第四週開始他會和我說一些他跟麥憂交往的事情，像是他們又去約會之類的。說真的到底為什麼要跟網友分享自己的人生啊，他是多寂寞？

昨天我上線，我在我的迷宮第三層餵食我飼養在這裡的迷思龍（遊戲內的迷思龍是藍色的，和忘得窩製造出來的紅色迷思龍不一樣）。最近我的迷宮被一種躲在牆裡面的平面怪物入侵，那些怪物平常長在牆上，就像塗鴉一樣，大概是上個月開始我發現我的迷宮牆壁上忽然跑出這些東西，原本以為只是更新系統之後的問題，但後來在我放養在迷宮第一層的小雞小羊小鴨都被吃光之後（遊戲中被怪物吃掉的動物會留下一根羽毛在地板上），我才發現這是那些牆上的平面怪物搞的——論壇上很多人都在討論這種怪物，目前似乎沒有人找到消除牠們的方法，有人說只要把迷宮重建就會消失了，但白痴才要把自己好不容易打造好的迷宮給拆掉。拜託，東西都蓋好了還拆是怎樣？

當我把羊扔給迷思龍，迷思龍張大嘴向前咬下羊頭，血都噴到我身上了，這時麥憂男友打開了迷宮通道，一道牆就從我的左側迷宮牆上長了出來。麥憂男友（遊戲角色）走出那道門，他的遊戲角色形象和他本人差不多，只不過耳朵被砍掉了，他說那是戰爭的結果（人物設定）——麥憂男友後頭跟了一堆人，那些人我偶爾在遊戲上打過照面，去他們的迷宮偷一些食材回來煮或者升級用，幾乎應該也都是麥憂男友沒實際見過面的網友。

那些人抱著一堆有的沒的東西出現，我看了看內容，大概是什麼蛋糕、酒、烤乳豬、烤迷思龍、炒迷思粹還有各式各樣的帶骨肉——我搞不清楚發生了什麼事情，就有兩個人左右拉開一個捲軸，捲軸上寫了「他明天要求婚啦」還打了六個驚嘆號，好像笨到不知道驚嘆號只要一個就足夠表達驚嘆了。

是的，我就是這樣，被強迫地提前知道了麥憂男友要求婚的計畫。

只有我知道麥憂男友求婚的舉動有多恐怖，沒、有、人、知、道！在場的那些住民不列入考量因為他們是括號蝦患者，他們根本沒辦法正常思考，那些照護人員和機構上司也都一副很感動的樣子在那邊拍手叫好，麥憂就這樣一個人站在這些基本上根本就可以說是陌生人們的面前，看著單膝下跪的男友，百破樂甚至直接變成愛心卡通圖案——麥憂男友開始說起一長串感人肺腑的語言，反正大概就是多喜歡他多在乎他麥憂是他遇過最美好的人，當然這些話都是用手語比出來的（我終於也被迫學習了一點手語，我說過我很聰明，就算不願意學也會因為這樣看著看著就學會），所以現場聲音最大的可能是其中幾個住民搞不清楚狀況的鬼吼鬼叫。

就是因為早就預料到這種事情，我今天早上（事實上是超級清晨），我先到了機構辦公室把監視器功能全都改成顯示影像，才不會被發現其實今天監視器完全沒在作用，並且把二棟連接一棟、三棟的橋鐵門鎖打開，我還直接把門推開，就怕那個麻煩鬼沒有馬上發現這裡沒鎖。

在麥憂男友誇張的求婚情境下，我先是四處張望，皺眉露出狐疑的眼神。為了讓大家、更主要是讓小朱知道我不是在自導自演。小朱那個懷疑的眼神我實在是有點迴避不掉，我不知道她到底希望用那種眼神讓我怎樣，馬上跪下來舔她的腳希望她成為我的女人嗎？到底可不可以不要繼續那樣看我了啊。

我和長官說麻煩鬼住民是不是不見了。長官四處看了看，連忙叫照護人員去房間尋找。沒多久的時間，照護人員發現麻煩鬼不在房內也不在其他房間，並且發現橋的鐵門又被打開了——麥憂男友的求婚大戲被迫停止，我們此刻的任務更改成找到那個麻煩鬼住民。

拉著麥憂走下橋到溪邊找那個麻煩鬼住民的時候，雖然麥憂一直在碎碎念，但我真的希望他能知道我替他做了什麼——我知道他不會想要接受求婚。不要問我怎麼知道，我就是知道。我一直都知道麥憂會怎樣想。他們不會幸福的，麥憂沒有辦法從他現在這個男朋友身上得到幸福。

加上百破樂變成愛心的事實，根本就直接證實了我的想法——你怎麼能相信怪物呢？

這麼說完全不是因為我自己想要當他的男朋友。我說過了，我是非常純的異性戀男性，我是有證明的（和跟女性做愛無關我不喜歡性愛），但我不想告訴你那些，我只想告訴你——我現在所做的一切都是為了保護麥憂，只是為了麥憂的幸福著想而已。

你必須相信我，雖然我知道小朱不相信我。

小朱站在溪邊前側，雙手扠腰，她的連身粉色洋裝都濺到水溼掉了，更不用提她的紅色長靴——她站在我們前方不太遠，伸出雙手把自己的長髮綁成馬尾，她沒有近到我能聞到她身上那總是好聞的氣息，但也沒有遠到我能忽略她眼睛裡對我的質疑。

她到底憑什麼懷疑我？

「你不贊同？」

破壞了我的拆散計畫，小朱對此完全沒有任何愧疚的樣子，麥憂和他男友在我們前方，兩人快速地比手畫腳，百破樂愛心在麥憂男友上頭旋轉。為了看清楚他們到底在講什麼，我沿路一直不小心踢到溪石差點跌倒，左手握著的樹枝搞不好等等就要直接插穿我的眼珠從後腦杓跑出來——搞不好這樣才是好結果？

麻煩鬼住民很快就在接近下游處被找到了，他每一次都在那裡被發現。長官找到他之後一臉釋懷，碎念著自己又要寫一堆公文說明這次的問題了，還要開檢討會什麼的，我真的是搞不懂大家緊張成這樣幹麼——講真的，最嚴重的情況不過就是麻煩鬼真的不見了，那真的有什麼損害嗎？又不是說這些人還有什麼未來，他們基本上來這邊不就是在等死嗎？

麥憂扶著麻煩鬼住民，我們還是停留在找到他的溪邊下游附近，因為他一直想逃跑，而麥憂花了很多時間安撫他。我就這樣在後頭看著麥憂牽著他的手，和他說一堆有的沒的沒意義的話來讓他冷靜。我自己是很想直接拿樹幹把他打昏扛回括號蝦機構就好。

我們必須從這裡一路走回山上——真美好，全身溼透，妝髮都亂了，犧牲這麼多，麥憂卻不會知道。我真他媽需要有個獎牌，最好是鑲金字「最佳好友」之類的。我都為他赴湯蹈火了，現在還要在這裡被小朱騷擾。

小朱彎腰避開一棵樹的大樹枝，問了我那個蠢問題。

我真希望小朱可以被樹幹撞到腦震盪。我拿著樹枝在周邊揮舞，什麼都沒揮到——我根本不知道我在做什麼，搞到自己全身行頭都溼透了不說，小朱還三不五時就像是來這裡玩水一樣潑水到我身上，這麼想看我的身體也不用這樣飢渴吧？

「啊？」我當然知道小朱想問什麼，我又不是笨蛋，但我可不想像是做賊心虛一樣。如果對象很適合，我才不會有這種反應——我是不知道小朱在幻想什麼，但我對麥憂結婚沒有意見，我是對他的結婚對象有意見。看著小朱一副懂我明白她知道什麼的表情（說真的要我怎麼跟你解釋這種表情我也不知道反正就是這種表情），我白了她一眼。

我聳了聳肩，甩了下手中的木棍，滑過溪水。「同性伴侶有結婚的權利，我那時候是投同意票。」

小朱笑了聲，伸手想輕推我的肩膀，被我避開。「我不是問你這個。」

「我不知道妳想要我說什麼。」

我看了小朱一眼，又看了看前方正在大喊著，要麻煩鬼不要亂跑的麥憂。我真的不知道他心是有多大，那個麻煩鬼住民到底有什麼好這麼讓他在乎？但小朱的回應打斷了我的困擾，我側過頭看著小朱。

「為什麼？」

我皺起眉頭，「啊？」

小朱指著前方的麥憂和他男友，她的手指細長，幾乎都要和我一樣大了，但看起來還是好漂亮。「為什麼你不贊同？」

我吞了口口水，「妳為什麼想知道？」

「好奇。」

小朱聳聳肩，低頭側臉笑得好像很囂張一樣，這時候我覺得她看起來跟麥憂好像——我不是說她和麥憂的外表有多像，畢竟小朱幾乎看起來完全就是女人甚至比女人還女人，我不會在超級市場把她和麥憂兩人誤認。但他們這個樣子，看起來真的好像，這讓我有點想放棄掙扎。

「妳好奇寶寶？」

小朱看著我，指了指自己的臉，「就當作做善事，告訴我，讓我開心？」

「我不覺得我們有熟到需要跟妳說這些，而且為什麼妳覺得我會想讓妳開心？」

我翻了白眼，想努力不理會她，卻忍不住笑了出來。我把溼掉的瀏海往後撥了一下，抬頭看著前方麥憂和他男友又恢復成濃情蜜意的牽手模式——我丟下手中的木棍，原本想把這條木棍帶回水母湖去做個什麼裝飾。

不可否認麥憂和他男友看起來很登對，他們有一切在「這個時代」男同志情侶應該有的元素（雖然麥憂常常忘記洗澡因為他忙著做一些瘋狂的事情），他的男友斯文但精壯身材高䠷，甚至還是瘖啞人士，根本超級加分。而麥憂就是好看，好看到會讓所有人本能想要關心在乎他的那種好看。

我是以一個非常異性戀男性的角度在觀看他們的——畢竟難道我們不是他們的觀眾嗎？這些非異性戀、非生理性別、非正常的，那些流動的——媽的我也不知道我到底想講什麼，或許我該把這些大吼出來，這樣麥憂就會停下和他男友幾乎像在戲水的舉動，跑過來拿石頭打我之類的，我就成功阻止他們兩個人結婚了。

我看著麥憂和他男友這時上演的劇情：他男友伸手捏了麥憂的鼻子，麥憂先是笑了起來，接著向前傾了些，雙手扶在他男友腰際，他男友彎下腰親吻他的額際，而麻煩鬼住民在旁邊跑來跑去，踢水玩耍，照護人員則在旁邊大叫要他停下來聽話，百破樂愛心在空中飛舞旋轉——我很誠實，我不會否認這畫面看起來很溫暖，但這感覺沒持續太久，很快就被某種陰冷潮溼的東西給吃光。而這並非因為我們正在溪中。

當然，我可以說出很多理由。麥憂男友的身體殘疾導致他們倆天生的差異是沒辦法靠愛彌補的，這不是什麼歧視，即使一個人再怎麼想同理他人，有些需要你同理的東西就是體積太大了，你放不進自己身體裡面。我也可以說麥憂還不到應該結婚的年紀，事實上我們都不到應該結婚的年紀，我們根本沒人應該結婚，難道大家以為那樣之後生活就闖關成功，從此就能過著幸福快樂的日子了嗎？我當然可以說麥憂男友的家境太好了，即使是麥憂這種嬌生慣養的小孩也不該進入那個家庭，麥憂不可能忍受得了生活被那些豪門規矩限制。他們結婚的話，有一天麥憂會拿鍋鏟暴打他男友的家人後再去警局自首，而我就得連夜趕去警局幫他找律師協助聯繫家人。

我可以對麥憂說得更過分一些，像是，難道你不就只是想要增加忘得讚影片流量嗎？難道你覺得那就是愛嗎？你真的知道什麼是愛嗎？加上你那不正常的百破樂每天在那邊飄來飄去，你覺得這樣就會幸福了嗎？然後呢，你們要領養小孩，你要開始當家庭主婦嗎？你知道怎麼照顧他人嗎？如果沒有我照顧你，你知道怎麼照顧自己嗎？

那你的精神問題呢？你有想過這能解決嗎？這會遺傳嗎？你有在乎過任何現實情況，而不是活在你的夢幻小泡泡裡頭嗎？

我當然可以這樣說——但我不覺得這些是我想阻止麥憂答應求婚的真正原因，而讓我這麼憤怒的，或許是我不知道為什麼。我明明通常都知道為什麼的。

我不喜歡現在這種像是笨蛋一樣的感覺。

我抬頭看向小朱，瞪大雙眼深呼吸了數回，握緊拳頭，繼續深呼吸，大口大口地吸氣，拳頭愈握愈緊。她臉上原本的笑容僵住，焦急地問我怎麼了。我只是搖搖頭，她伸手想碰我的肩膀，我知道她想安慰我，但我下意識地向後退開把她的手推開，我不喜歡被任何人觸碰——就在我向後退的時候，我的後腳踩到溪裡滿是青苔的石頭，整個人順勢向後跌坐下去。在我急忙想爬起身時踢亂了溪底的石子，我發現溪中有個看起來像被不知道什麼東西密封起來的鐵箱，我伸手拿了出來。

小朱扶我從溪裡站起來，我舉起手中的密封鐵箱，向前喊了聲。麥憂回過頭來看向我，都還沒有走過來，那個麻煩鬼大吼大叫的聲音就傳來了。麻煩鬼吼著說那就是他的東西，他在找那個東西，那個東西是他的。我知道這不是現實，但他的聲音大到我覺得耳膜快要破了。麥憂和他男友手牽手一臉驚訝但又帶著安慰好像很在乎麻煩鬼終於找到他總是逃出來想尋找的東西的樣子。

我不知道我怎麼了，我覺得我有些地方快要爆炸了。

13

我真的不知道剛剛櫃檯的護理師在驚訝什麼。

我只不過是一個人來忘得窩中心報到罷了，她填寫報到表格時還一副不知道陪伴人欄位空白該怎麼處理，到處問其他護理師。這種驚訝就像是病毒一樣會傳染，每個護理師看著我一個人站在櫃檯都像看到鬼一樣——還好診療師剛好來了，聽到我的名字就直接說可以跟他進診間沒關係。

我左手繃帶下的傷口有一些癢。我瞄了眼精神診療師，他坐在黑色的沙發上，翻著手中的深咖啡色牛皮文件夾，還掉了好幾張紙到地板上，焦急地起身，顯然是笨到忘記自己腿上還有另外一個黃色牛皮文件夾，文件夾又直接掉到地毯上，沒發出什麼聲響，但他卻驚叫了幾聲。我就這樣看著他急忙撿起資料，他的手剛剛抽回一張上頭寫滿文字的紙，我推測那是在學校的精神診斷治療室裡頭那個心理師大嬸寫的關於我的筆記。

治療師注意到我的視線，對我露出一個尷尬的微笑。

他看起來很像是小孩子，到底是誰讓他來這邊當診療師的？他是剛剛搭娃娃車來的嗎？好想問他媽媽有沒有幫他準備午餐便當盒。

「啊——嗯……」

他伸出右手食指，頭還是低著看著資料，我等待他把話說完，但他顯然正開始思考一些事情，沒打算理會我的意思——我按了手機螢幕，查看時間，已經過了十分鐘。真美好已經過了六分之一小時了，他最好繼續看資料就好省得我還要勉強擠出什麼好聽話讓他交差了事。我注意到忘得讚的訊息通知，麥憂沒有傳任何訊息給我，在上星期跟李虎打架後，他一封訊息都沒有傳給我，我們沒有任何聯繫。

小朱倒是傳了好幾則訊息給我。

不得不說我有點意外小朱會傳訊息給我，有鑑於上星期在括號蝦機構時發生的事情——我點開小朱的訊息，最開頭寫了一些李虎已經沒事了受傷不嚴重沒關係之類的話，接著是問我到底在想什麼怎麼可以做這種事情的碎念，再來是傳了個關於變性人簡介的懶人包影片，搞得好像我們從小沒有被強制要求要看那些資訊一樣。雖然那個影片似乎不是忘得窩拍攝的，應該是素人影片吧但我根本不覺得內容能有多大差別——我當然是知道跨性別的資訊，我就說過我不是笨蛋了，為什麼她還要特地傳這種東西給我？

雖然我因為上星期的事情，在這週的服務學習時間被迫得自己搭公車從山上一路前往市區的忘得窩中心進行諮商治療，但我這幾天真的怎麼想都不覺得自己有做錯什麼事情——當然我知道暴力是不正確的，但你要替我想想，那個時候我完全是為了小朱，我是在努力做一個好朋友，而我唯一真正的錯誤就是試圖要當小朱的好朋友。

上個星期服務學習小朱遲到了快一個小時，她難得穿著黑色襯衫和長褲表現出符合她原本性別出現（雖然我必須說看起來真的非常奇怪，完全，怎麼講，不太像她？），顯然是李虎開車載她來的，因為李虎在外頭拉著她的手，我那時候已經和麥憂結束完當天的服務，靠在護理站櫃檯聽護士講那個麻煩鬼住民撿回他的公事包之後就急診送醫過世多讓人難過之類的。護士還用衛生紙拭淚說他竟然一直撐到找到他跟他伴侶的合照和日記多感人肺腑，我真的只差白眼翻到後腦杓了。

麥憂推了推我的肩膀，指著大門外，小朱一直想走進來，而李虎一直抓住她的手腕把她拉回去，兩人在外頭大吵的聲音連我們這裡都聽得到了，我就這樣看著那自動門開開關關，小朱前進又後退像是什麼遊戲當機畫面一般，我深呼吸了幾次，不斷提醒自己暴力不能解決問題。就在小朱看起來非常生氣地用力推了李虎胸膛，李虎還是向前想要阻擾小朱，兩人都走進機構走廊時，我終於忍不住走到門前詢問他們到底發生什麼事情（雖然麥憂搶先我一步衝到門口用力把李虎從走廊推出去）——但這些真的不是重點。

我已經口述過打架事件的過程給忘得窩診療中心了，眼前這個看起來根本就是小孩子的治療師一定也已經知道事件真相——這是政府防治校園暴力的流程，括號蝦機構的長官在我和李虎打架後通報，醫院治療我們彼此身上的傷並且採樣記錄後便直接要求我們在醫院的一個小小四面都是白牆、連桌子椅子都是白色的房間對著鏡頭說明事件發生過程，這口述資料會錄影並且傳送到忘得窩診療中心，並且隨機選擇適合的心理治療師進行所謂「治療」。

治療師還會看到大多有關人士（當時在場的小朱、李虎、麥憂和麥憂男友）的說法，我想麥憂一定是說了三個小時還停不下來因為他就是個很囉嗦的人——我不知道這個治療師明明已經都知道我們是誰做了什麼事情和我們的立場原因了到底還要治療什麼？

我到底來這裡幹麼？

「那、那個……」他終於開口說話了，「先跟、跟你說明一、一下，我不是心理治療師，嗯，我是有證照但我不是忘得窩的心理治、治療師，我是研、研究員，我有權、權限可以接任何我、我想要的案、案子。你上個治療師是我、我的學、學妹，原、原本應該還是她來這裡替、替你評、評估狀況，但她把你的資料轉、轉介給我。」

我看著他一副講話很困難的樣子，握緊拳頭，深呼吸了兩次，盡量不要表現出不耐煩的模樣——但是我的天啊我到底需要多少悲慘的遭遇有一個同學是跨性別進行式加上死黨男友是瘖啞男同志更不用提我那個忙著工作總是不在家的媽媽還有已經失蹤的括號蝦患者父親，現在是一個講話結巴看起來根本就像是小孩的心理治療，喔不對是研究員還三小的。我到底在這裡幹麼？他能幫助我什麼？他自己都不正常了天啊。

「你、你可以叫、叫我吉——」

「不、不用。」我忍不住打斷他的自我介紹，盯著眼前的傢伙，「我不需要知道你是誰，你已經看過我的口述資料了，就隨便寫點分析，看你是要開藥還是怎樣，這流程我很熟了，我不覺得我有需要認識你。」

小孩研究員看著我，先是愣住幾秒，就在我以為他要抗議或幹麼的時候，他點點頭，放下手中的文件夾，雙手十指交疊，回道：「我們來玩個遊戲好了。」

「啊？」我皺起眉頭，搞不清楚他的意思。

他深吸一口氣，又再吸了一口氣，從口袋掏出一枚硬幣，硬幣是銀色的，但一面有藍色圖樣的忘得獸符號，另外一面則是白色圖樣的望得獸符號。他說：「我、我問你一個問題，我丟硬、硬幣，藍色你你你、你就回我實話，白色就說、說謊。只要回答是或不是就好。」

我大可以全部都說謊就好，我不懂他這遊戲的意義，我真的不是走錯地方嗎？他會不會其實是忘得窩機構裡面逃跑的精神病患？

「遊戲？那我贏了你要給我什麼？更多藥？」我輕笑出聲。

「如果你、你中斷過、過程，你、你就、就要回、回答我、一、一些詳細的問題。」他伸出手指，指了指自己，「如果你沒、沒有中斷，我就會替、替你開立證明，你、你就不用再、再回診了。之、之後都不用。忘得窩對、對我的建議非、非常看重。」

我實在是不太想相信他，畢竟他看起來完全就是個孩子，甚至還說之前在學校設立的診療室大嬸是他的學妹？怎麼講都感覺不太對，我要怎麼相信他會說話算話——我皺起眉頭盯著他看，一時之間不太確定應該怎樣回答才比較符合一個「沒有什麼問題的正常人」反應。

「怎、怎麼，你怕、怕輸？」

他對我露出一個挑釁的笑容，我深呼吸試著把我的不悅壓下，咬緊牙根看著他思考要怎樣回話——但他還沒等我抗議，就直接彈起硬幣，硬幣甩到望得獸那一面。我真的該告訴他，那個囂張的笑容看起來很像什麼鬼片會出現的小孩。

「你討、討厭李虎。」他問道。

我快速搖了頭，回答：「不。」

「你父親失蹤了。」忘得獸。「對。」

「你是異性戀。」忘得獸。「對。」

「你希望麥憂去做移除百破樂手術。」望得獸。「不對。」

等一下我怎麼會這樣回答？

「你只有麥憂一個朋友。」望得獸。

我來不及反應他又接續問題，我愣了幾秒，有點緊張地回道：「不——啊不對，是。」

我還來不及跟他澄清我的答案，他又彈起硬幣，他問了我打架是不是因為以為李虎在欺負小朱，這次仍然是望得獸那一面，我回了不是。他問了我是不是覺得他像小孩子，再次彈起硬幣又是同一面，我回了不是。我愣了幾秒，意識到自己回答了我原本不應該說的答案，他笑起來問我是不是覺得他結巴很奇怪，彈起的硬幣又落在同一面，我嘴巴比腦袋反應還要快地說了不是。他問了我是不是很在乎麥憂，彈起硬幣一樣又是望得獸那一面，我咬住嘴唇不讓自己回話，他看起來沒有打算斥責我違背遊戲規則，他只是又彈起硬幣——我直接從沙發上跳向前把那個硬幣從空中搶過，悶哼了聲，把硬幣扔回他手中。

他笑起來，一臉我的反應都在他預料之中一樣。

媽的，他現在看起來現在就像一隻惡魔。

我不知道為什麼他要問我上個星期服務學習之前發生的事情。

根本沒有什麼事情——但我是個男人，願賭服輸，顯然我是被他給騙了，那硬幣根本就像變魔術一樣。我看著小孩研究員的臉，悶哼了聲，靠回沙發，思考要從哪個段落開始跟他「分享」我的上個星期和上上星期的「生活」。在我怎樣想都想不出有什麼東西好跟他說明時，他告訴我說就說三點，不用按照時間順序，腦海馬上想到的三件事情。

第一件浮上腦海的事情是上上星期在溪邊找到那個麻煩鬼不知道怎麼掉在那裡的東西之後，麥憂就喊著要拍攝什麼影片，我和麥憂因此「辯論」了幾天（大致上都是麥憂在鬼吼鬼叫跟我說這件事情有多重要要幫這些住民留下美好的回憶這樣他們的家屬也會感到安慰，我只是聽著他講，而他之所以會一直對我嘮叨不停單純只是因為我說了句欸這不太好吧，而百破樂在旁邊跳來跳去，模仿麥憂的姿勢，甚至模仿了麥憂的形狀）。

麥憂根本也沒打算詢問我的意見，就只是一臉快哭出來地講說他們那時候不能結婚現在可以了但人已經不在了而且你看他還記得那時候的事情雖然他不記得自己在哪裡幾歲了可是他還記得那個人這麼感動的事情當然應該記錄下來讓大家知道啊——我跟小孩研究員講道，白眼都快翻到後腦杓了，雖然想起麥憂那副激動講話的表情，讓我被迫來忘得窩進行這奇怪診療的不爽感降低了些。誰叫他激動起來的臉那麼像什麼卡通人物。

我看著小孩研究員，他連筆記都沒做，我真的不太很確定他到底是來這裡幹麼的，他真的不是什麼逃跑出來假裝成員工的精神病患嗎？

第二個跑到腦海的畫面是小朱那時候驚訝的臉，講真的我不是很想回憶這段情節，而且這件事我們都已經各自講述過了，他也收到資料了，我何必重複一次？但小孩研究員顯然不介意，催促我繼續，不要停下來——我深呼吸，想著上星期在括號蝦照護機構服務學習時和李虎打架的情況。

那天穿著全身黑色男裝的小朱在走廊上，跟她爭吵的李虎跟了進來，我和麥憂都跑向那邊，麥憂的男友在另一棟大樓，在他回來時也趕來。我看到其他照護人員一臉擔心，先是把急著大叫的麥憂和已經在大吼大叫的百破樂都推到一旁，麥憂男友扶住他的肩膀，百破樂跑到麥憂男友背後拉住他的衣領，現在百破樂的大小大概是一個小學孩童的高度，不像之前幾乎都快跟麥憂一樣大了。小朱要李虎快滾，但李虎抓住小朱的手腕，說著什麼妳不能這樣而且我不會讓妳這樣——到底這是什麼有毒陽剛男性特質的垃圾人啊？到底小朱為什麼會想理這種人？虧我之前還想他是不是變好了。

我擋到小朱面前，李虎的手試圖要越過我抓住小朱，但被我用力向後推開——我告訴他不要打擾小朱，這裡是照護機構，住民都很脆弱，不要在這邊大吼大叫。

「你知道她在做什麼嗎？」李虎對我吼道。

「啊？」我沒辦法理解這跟他的行為有什麼關聯。

李虎一臉不耐煩地看著我：「她想停用荷爾蒙了，因為她又被店員叫成『先生』，一個根本不重要的飲料店店員！她沒有去忘得窩回診，她如果因此被系統判定不需要荷爾蒙的話她——」

他伸手就要抓小朱，我擋在小朱前面，這樣拉扯幾下之後我火都上來了，我用力把他往前推，對他吼道：「她不想用荷爾蒙就不要用反正這又不可能讓她變成女人。」

當然話一說完我就知道我搞砸了——不是說我不相信自己說的話，而是我知道我不該說這個話，光是所有人都忽然沒發出聲音就能知道我說這話造成的效果，大家就是不想聽真話。我後腦杓又開始有尖刺敲擊，那噪音又冒出來了。

李虎看著我，一臉見鬼的模樣，「你說什麼？」

我搖搖頭，「我不是這個意思。」

他用力推了我胸口，喊道：「你剛剛說什麼？」

我被推到後退了幾步，剛好讓我看見周圍人的表情，小朱那個微張開嘴的訝異模樣，麥憂已經直接跑過來要抓住我衣領但還好他男友在他碰到我之前攔住了他，但他的百破樂已經抓著我的影子看起來在咬它，我發誓我絕對會找到方法解決掉百破樂。

我大口呼吸，握緊拳頭想要忍住那個聲音，但我後腦杓尖針在敲的聲音又跑出來了，伴隨我父親最後酒醉大吼摔桌咒罵我和我媽把我們都當成怪物、他要把怪物殺掉他要保護國家之類的聲音。我努力深呼吸，但感覺空氣愈來愈薄，我在心裡默念數字想讓自己冷靜，但這在我又一次看到麥憂的表情時破功了。

李虎抓住我衣領，我愣了幾秒，他比我高大太多了，但我下意識就揮拳朝他左眼打去，這一打就把他打到退後了幾步——我衝向前跳到他身上把他撲倒，用力朝他臉上揮拳，他把我踢開，拳頭打在我臉上，幹，我的臉，媽的。我從地板起身用力把他撞到牆上，但我們的打鬥沒有持續太久，就被照護人員架開，我和李虎彼此相隔遠遠的，我被照護人員壓在地板上不能動彈，感覺手臂被注射了什麼東西。

我抬起頭，看見麥憂擔憂的表情。

真美好，麥憂現在肯定討厭我了。

既然麥憂註定會討厭我，搞不好我幫麥憂把百破樂除掉就合情合理了，反正不管怎樣他都會討厭我，對吧？

後來的事情就很形式化了，被送到醫院檢查，通報，錄口述資料，排程到忘得窩治療——這些小孩研究員本來就知道了，講這些感覺像是在作弊，但我是真的也想不到其他東西好講。說實在的我這幾天都沒做什麼事情，除了幫手指的傷口換藥之外。

小孩研究員手指比了三，我低哼了聲，握緊右手拳頭又鬆開重複了幾次這個動作，右手包紮的繃帶今天已經解開了，不像左手的繃帶可能還要繼續纏個幾天，但右手感覺還是有些不像我自己的手——我抬起頭看向小孩研究員，告訴他我不覺得有什麼事情還值得說的了，我想不起來任何事情。

如果真的要誠實的話，我是有想到一件事情，而且那件事情一直冒出來，但我不想跟他說，首先這個跟我和李虎打架完全沒有關聯，再來是我不喜歡想到那件事情給我的感覺，那種好像有什麼東西壓在胸口很重很重但明明不是什麼重要的事——那根本不算什麼事情。

在上星期服務學習的前一天，麥憂和他男友跑來我家——麥憂沒有答應他男友的求婚，至少沒有馬上答應。但在求婚過後麥憂和男友又恢復濃情蜜意的階段，原本因為麥憂在忘得窩領養狗之後他們之間的態度就變得很怪異，不過求婚過後他們就忽然又恢復原樣了，每天在那邊比手畫腳親來摸去，麥憂的忘得讚帳號又開始更新他們的日常影片，最新的那則是他們昨天一起做巧克力蛋糕的影片，百破樂還模仿成蛋糕的形狀，之後又變回像蝙蝠一樣的小動物，降落在麥憂男友肩膀上蹭著他，麥憂男友伸出手指沾了奶油，抹到麥憂鼻子上，麥憂笑了起來。我真他媽不知道為什麼這世界上會有人想看別人做蛋糕還摸來摸去感覺就超不衛生。

這事真的沒什麼好講的，那天我媽剛好提早下班，她要我去買菜，說什麼我朋友來了當然應該請他們吃一頓好吃的怎麼可以讓他們餓著肚子回去，我就那樣自己一個人跑去山下的超市買了一堆生鮮回來，我媽煮了一整桌菜像是要給這輩子從來沒吃過食物的人類吃一樣。

麥憂和他男友食量都很大，麥憂一邊拿著手機錄影想直播吃飯給自己的忘得讚粉絲們看，還在這過程中把我拉到螢幕前戳亂我的頭髮說什麼這裡有個優質異男歡迎大家介紹對象給他，講得好像我需要別人介紹妹一樣。在麥憂說這話的同時我用手指捏了一下他的耳朵，他痛到手中的筷子都夾不緊肉片，掉在桌上。他轉過身推了我的胸膛，把我拉到他側邊，頭靠到我肩膀上，一副很累的樣子，明明他剛剛只是在吃飯而已。我側眼看到一樣在狂吃食物（的影子）的百破樂，牠也看起來累了，肚子都脹大幾倍。

麥憂的男友側過頭用他拿著兩塊雞柳條的手指和表情，比來畫去提醒我手機攝影機還在拍——雖然我有特地去學手語但我真的常常蹺課因為中年女老師我實在看不下去，但麥憂男友這次比的手語我之所以能看懂，是因為自從我和麥憂男友認識後，他最常對我比的動作就是這個了。他好像有某一種我不使用忘得讚發什麼影片照片，也沒有公開平臺讓粉絲追蹤，是因為我不喜歡上鏡頭因為我覺得自己很醜之類的幻覺。我是不知道他為什麼這麼笨（明明都念醫學院了），但首先我根本不醜，我是瘦了些，遠低於一般強壯男性的身材，但長相來講，我一點都不醜，我知道我很好看，我單純就只是對於他們這些把自己整個人生都上傳到網路上的行為感到可笑而已。

我看了一旁靠在我肩膀上的麥憂，又看了看顯然今天不知道打算做什麼事情的麥憂男朋友，我伸出手把麥憂向我身邊拉近抱著。我注意到忘得讚直播上開始大量跑出許多各式各樣的動物圖樣，我想那應該代表他們的粉絲很愛看這畫面——我轉頭看了在後頭和我母親比手畫腳的麥憂男友，他盯著我的視線，可能因為他是男同志，我分不出來他是想把我揍到地板上，還是想要跟我打砲。

就像是我說的，這跟整件和李虎打架的事情一點關係都沒有，我當然沒有和小孩研究員說，但小孩研究員看著我就像能看穿我一樣，你知道——不對你當然不知道，你笨到根本看不出來發生什麼事情，他在裝模作樣，他在裝高深，裝那種「我懂你我知道你的痛苦」，他在假裝聆聽。就讓我告訴你吧，他們根本不在乎你，你知道他們一天需要面對多少「跟我一樣」的人嗎？你知道你的「痛苦」在他們眼裡只不過是評分量表嗎？你根本一點都不重要，他們只是希望讓你以為你很重要，讓你自以為是，讓你不小心說出他們想聽的話。

像是我覺得我做錯了，我不該使用暴力，我不該對小朱說出那種話——我當然知道使用暴力是錯的我又不是白痴，我知道暴力是父權結構下被鼓勵的東西而我們習以為常因為我們從小就活在這種男人使用暴力是可以被允許的錯誤認知中，我知道小朱如果認為自己是女生並且想要服用荷爾蒙最後進行手術更換性別是她的自由，我也知道性別是社會和生理共同建構出的概念而有些人認為自己不屬於自己被給予的那個性別、認為自己不符合那個性別、認為自己是其他性別或者沒有性別都是正常現象。我當然知道這些，我知道那些想法是對的，是合理的，是正義的——但我他媽就是不「覺得」那些是對的。

「你有、有你不、不想說的，沒關係。」

小孩研究員忽然說道，我回過神來看著他，不明白他的意思。他把手中的硬幣扔給我，硬幣掉到我手心。

「投硬幣吧。」他指了指硬幣，解釋，「如果之後，你有沒有辦法決、決定的事情，就投硬幣吧。白色那、那面是接受，藍、藍藍色那面是拒絕，如果你擲到藍色，但你想要的是白色，你就知、知、知道你想要什麼了。」

「這沒有道理。」我回道，「我可能都不想要。」

小孩研究員聳了聳肩，一副莫可奈何的樣子，他確定他真的有證照可以做心理諮商嗎？他完全不像有要「治療」我的打算，還給了我這種根本不合理的遊戲玩具——小孩研究員站起身示意我可以離開了。

「就這樣？」我皺起眉頭。

他點點頭，「難、難道你希、希望我讓、讓你住院？還、還是你需、需要服藥？我不、不覺得以前開的那些藥你、你你你有吃，我、我也不覺得你的問、問題是靠藥、藥物能、能解決的——你有些想、想要但不、不能要的東、東西，那、那些東西讓、讓你無、無時無刻都感到憤、憤憤憤怒，但你夠、夠聰明，你知、知道那些感感感覺是錯、錯的。我、我不覺、覺得你對社、社會是個危險因、因子，雖、雖然如果是忘得窩慣、慣例的狀、狀況，你會、會被強制治、治療，但我、我不覺得那、那樣能幫到你什麼。」

我看著他，不知道他哪來對我突如其來的一大堆評價——他只不過是看了我從前的資料，難道就以為自己了解我了嗎？我握緊拳頭，深呼吸了兩次，忍住想要反駁他的衝動。

「你、你在害怕。」他嘆了氣，過了好幾秒後，才繼續說道，「你不、不怕一開始說、說的那兩件事情，你對自、自己的行為覺、覺得有不妥、妥當的地方但你不、不覺得自己有、有錯，但有、有人讓你覺、覺得你有、有錯，而、而且你想、想要相信他，你需、需要他。你、你不害怕自、自己的暴、暴力，因、因為你不是一、一時衝動所以打、打李虎的，你、你是想逃、逃避面對某、某些東西。我猜、猜測那個東、東西就在你、你不敢不想告、告訴我、我的那件事情裡、裡面。但、但我沒、沒辦法幫、幫你面、面對自己的恐、恐懼，你要自、自己願意面、面對才、才行。通、通常人類不、不願意說、說出某些東西，都、都是因為害、害怕告、告訴別人之、之後自己就會忽然發、發現自己到底為什麼在害、害怕。」

我瞪著他，不敢相信他竟然在給我鬼扯。

走出忘得窩中心，從看著我一人前來治療非常驚訝的護理師手中拿走一袋子的心理健康介紹簡介和協助資源，好像這樣就能幫助到我一樣。

我右手扔著硬幣，不斷接到手心，發現怎麼丟都是白色的那一面，實在是不知道到底是怎麼回事。

我輕哼著聲音，和路人打招呼，想要表現得我沒有被剛剛那個小孩研究員給嚇壞，他就像個機器人忽然被啟動一樣講了一大堆廢話，到底誰給他這麼多荒謬臺詞的？難道他真的以為自己聰明到只不過是跟我相處了一個小時多一點，和先看了我的資料，就能了解我嗎？

你跟我相處了多久？快十二週了，你覺得你了解我了嗎？

我看了一下手機，公車大概再過五分鐘就會到，我快步走向公車站牌以免搭不到這輛車我又要再等一個小時，我還得回去餵麥憂那隻該死的還留在我家的狗——仔細想想如果麥憂決定再也不跟我說話，或許我應該把那隻狗偷偷送回他家，畢竟這隻狗本來就不是我要領養的。

或許我該把牠的毛全部剃光然後寄給麥憂男友，這樣麥憂男友搞不好就會過敏直接死掉——拜託，我當然不會真的這樣做，你以為我是誰？

背著夕陽快步移動，我看到公車站牌，這時候的公車站牌只有一個人在等車，算是很合理，畢竟要上白跡村的人本來就不多，那裡幾乎全都是括號蝦患者和家屬，就是一整座荒城，生人遠之，有腦袋的人都不會想要靠近，就像不會有人想要房子蓋在殯儀館旁邊一樣。我扔著硬幣，想著等等回去晚餐要吃些什麼比較好，藍色白色藍色白色。

我看到那個人轉過身和我揮手，原本以為是自己看錯了。

麥憂在那裡，他在和我揮手，我張大雙眼盯著突然出現的他。

我停下扔硬幣的動作，把硬幣緊握在手心。

14

露營絕對是個很糟的計畫。

麥憂的男友開著車，小朱坐在前座，麥憂跟我坐在後座。兩週多前百破樂躲到麥憂體內了，麥憂雙眼周圍泛起像是黑紅色血管的紋路，我父親也曾經有過類似的狀況，畢竟百破樂原本就是某種人類靈魂的寄生蟲，這其實並不算什麼太特別或者驚悚的事情，我們從小上課就會播放影片簡介這些資訊——我側眼看他一邊滑手機抱怨訊號太差剛剛罵網友的回應影片上傳很慢，一邊把鞋子脫掉腳伸到我腿上在後座側躺著一副慵懶的樣子，我實在是搞不懂他到底幹麼忍受百破樂鑽進他血管裡，難道他真的不會不舒服嗎？

麥憂顯然是為了逃避單獨和他男友相處，加上百破樂的影響才讓他腦袋壞掉出此下策，我知道百破樂必須被除掉，我已經查遍所有我能找到的資料，忘得窩圖書館中的檔案關於百破樂的部分幾乎不是整組毀損就是文字不齊全，檔案中最常見的各種奇異符號圖樣，但我不太理解那些符號圖樣的意思，對照了符號翻譯系統後，大多數符號都沒有對應的現代詞語，但可以理解那些符號和獻祭有關——但我又不是想要找什麼古代獻祭資料，到底為什麼百破樂的檔案中到處都是那些符號啊媽的。

消滅百破樂一事迫在眉睫，你不會覺得我是錯的，對吧？你都看見了啊，麥憂根本就不是個喜歡露營的傢伙，他的行為完全是為了逃避求婚而有的瘋狂舉動，而瘋狂就和百破樂脫不了關係——關於求婚，雖然我是沒有多問麥憂到底想怎樣，畢竟男同志的感情不是我的範疇，我的異性戀身分對他們大概不會有任何幫助，況且如果要問我的話我當然會告訴他別耍笨了你怎麼可能現在就結婚你以為你受得了那種煩悶無聊的正常日子嗎你又不是正常人，然後我只會被麥憂毆打。

我的口袋忽然震動了兩下。

我伸手拿出手機，發現是麥憂傳來的訊息，我皺起眉頭看向他，他的眼神瞄向前座的小朱——我看了麥憂傳來的訊息，他在問我上星期和小朱到底在忘得窩醫院緊急封鎖時發生什麼事情，我是不是沒有和小朱好好道歉？上上星期我和李虎打架的事情我到底解決了沒有？我知不知道我說的話有多傷小朱和跟小朱一樣的那麼多人。他講得好像他那天不在場一樣，明明我們四個人當時都在醫院只不過分散不同樓層而已。我當面跟小朱道歉過了，小朱也說她接受了，我真的搞不懂麥憂明明都已經知道，卻還問我這些是三小意思。

我先是快速打了一行文字想糾正麥憂的數據。忘得窩統計的結果，像是小朱這樣的人根本就少到不行，比被百破樂寄生的人還少上許多。但我抬頭看了看麥憂的臉，深呼吸了一口氣，又把我從網路上複製下來的資訊給刪掉。我回了他一句「你明明知道我跟她道過歉，不要煩我」——麥憂的腳踹了過來，被我抓住腳掌，我們兩個就在後座扭打起來（說是扭打，基本上就是麥憂一直想掙脫我的搔癢但失敗而已），我看著麥憂眼周的百破樂血管，一瞬間忽然好想用手把牠們全都挖出來。

我根本不想和麥憂談上星期發生的事。

上星期的服務學習時間，我們四人被安排出診（帶能夠行走的括號蝦患者前往忘得窩醫院看診治療），括號蝦照護機構的長官還特地問我介不介意，麥憂在那邊大喊說我不應該帶出診，我實在不是很明白他們的擔憂——當然，我知道我父親住進括號蝦照護機構三年多，因為括號蝦活性無法降低而被忘得窩醫師提出進行變成動物手術來安享晚年避免括號蝦吃光大腦，但變成動物手術失敗了，父親回到機構後沒多久後就逃了出來。這好像是什麼創傷事件，但真的沒什麼。

你已經認識我三個月了，你一定也知道我沒有任何問題了吧？

在看診過程我和小朱都沒什麼話講，只是安靜地扶著住民進診間，講真的這很合我意，雖然在忘得讚上我從和李虎打架後就都沒和她聊天了，加上麥憂從我被迫到忘得窩本院做精神診療而他莫名其妙跑到公車站牌要跟我一起回家那天過後他就一直碎唸要我快點好好跟小朱道歉實在是讓我煩到想把麥憂打到黏在牆上。

看診並沒有花掉多久時間，畢竟這其實只是固定檢查腦內括號蝦吃掉多少腦、注射高濃度忘得糖到括號蝦的體內降低其活性，並且讓那些實習醫生告訴我們忘得窩已經很努力在製作能根治括號蝦患者病症的藥物了（這話我都聽過多少年了）。

我們兩人回到醫院大廳集合地點，等待社工回來清點人數後帶回遊覽車，我們要搭車回白跡山上——忘得窩醫療本院的正門中央有著一隻被做成透明標本，裝在玻璃箱內的巨大忘得獸，玻璃箱內灌滿藍色的甘油標本保存液，只有巨角的骨骼被染成忘得藍的色澤，那是忘得窩專利的藍色，一種，嗯，很無聊的藍色，我覺得只有白痴才會喜歡那種骨頭的顏色。

就在我看著那巨大的標本一時之間有點恍神的時候，醫院忽然響起大聲的警示聲，大門鐵門直接快速升起，把所有可見的通道都封鎖起來——我和小朱對望彼此，搞不清楚發生了什麼事，而我口袋的手機響起鈴聲，我接起來，是麥憂在大喊有場變成動物的手術失敗，有隻半人半獸的東西撞開牆跑了出來，醫院現在要全面封鎖。麥憂說他們在四樓，要我們快點上四樓，我翻了白眼，完全搞不懂他的邏輯，我們怎麼可能這時候跑上四樓？

小朱指了指一個就在旁邊的診間，我深呼吸一口氣，看看身旁的兩個括號蝦照護機構的住民——我實在不是很想和小朱過去，但比起走路走到一半被怪物吃掉，我想跟她困在同一個房間可能是更好的選擇。

顯然那時候我根本搞錯了。

我原本以為封鎖事件結束後我和小朱就不需要再被迫困在同一個狹小環境中，但顯然是我太天真了，麥憂的露營活動根本就天降奇兵。

麥憂是在忘得窩醫院封鎖結束時，在醫院大門外，忽然宣告我們這星期要去露營的。

我當然表示拒絕，不單純是因為我們明明才剛脫離被逃跑怪物吃掉的險境，而是麥憂的百破樂已經鑽進他血管裡，現在完全不是什麼適合出門遠行的日子，麥憂現在需要的是二十四小時照護，最好是直接關進忘得窩裡面順便把他的百破樂切一切一了百了——但麥憂當然是照例完全沒要理會我的意思，即使我質疑他和他男友對野外求生除了色情片外有什麼其他知識嗎，他也只是用力打了我的胸口讓我痛到跳起來大叫，還是沒有放棄的打算。

麥憂只說「反正你以前常常露營不是嗎」，就這樣硬性規定我們在第十五週的服務學習日當天要舉辦三天兩夜的露營活動，因為「難得服務學習日放假所以當然要大玩特玩」還有「我應該要跟小朱好好相處」之類的鬼扯閒話——如果要我說，他根本就只是單純想逃避跟他男友單獨相處的日子，畢竟麥憂到現在都還沒有答應（或者說拒絕，應該要是拒絕）他男友的求婚。

麥憂是真的對露營完全沒有基礎知識，他昨天來我家過夜時甚至後背包裡頭只背了筆電，還是我事先替他準備好兩套換洗衣物塞給他，否則他大概會以為我們是要去什麼山間別墅度假。而麥憂男友的家境大概不需要他學會任何野外求生技能，露營這種粗野的活動想必不適合他家族的風格，畢竟他們可是連大門都要由管家打開的地方——小朱的話更不用說了，難道你覺得都變成像是小朱那樣的人了，會喜歡露營嗎？

雖然說也不是我對露營多感興趣，野外環境對我一點吸引力也沒有，人類到野外根本就是移動蚊蟲自助餐，每次我臉上都會被叮好幾個包留下好幾天的醜陋痕跡。但過去每年父親生日我們都會去隔壁小鎮的山上露營，管理人是個似乎和父親認識很久的老先生——「過去」，精準地說，是在大二之前，大二之後父親住進括號蝦照護機構就沒辦法開車載我去露營地了。去年在機構慶生時，他還一直說著自己要去山上露營，堅持我必須學會野外求生的技術，才可以當一個貨真價實的男人。

麥憂還說他問過我媽，在我和我父親從前固定會去的露營地點訂了一個位置——當麥憂男友把車子開到目的地，我和麥憂先下車去露營野地的管理人報到時，我才知道管理人已經換成老先生的兒子了。他現在的頭髮很長，全往後綁成包頭，戴著圓框眼鏡，滿臉鬍碴。他的視線完全沒有放在我身上，甚至沒有想起來我以前來過好幾次，一看到麥憂他就走出木製櫃檯和麥憂擁抱，還摸了摸麥憂的屁股。

「對了，你要我幫你搭帳篷嗎？我很會喔。」

鬍碴男從櫃檯扛出一大袋帳篷用具，對麥憂說道，還露出了很髒的笑容。我翻了白眼，輕咳了聲，打斷他的黃腔——說真的我完全搞不懂到底為什麼男同志這麼愛開黃腔，性真的有這麼重要嗎？到底能不能長大一點啊？

我拿走那一大袋帳篷用具，重量讓我差點把整袋摔到地上，我咬牙撐著手說道：

「我來就好。」

這時候櫃檯的電話剛好響起，鬍碴男看了我，又看了看麥憂，一副不想讓麥憂就這樣離開的樣子。我將帳篷用具袋子背好，直接拉住麥憂的手往門外走，麥憂回過頭對鬍碴男揮手告別，我搞不懂他在道別三小——我回過頭瞪了鬍碴男一眼，就看到他遮住話筒，小聲地對麥憂說話，大致上是說隨時都可以來找他他都在這裡。

我拉著麥憂快步走向我們租用的露營野地，這裡的確切地理位置是在白跡村隔壁觀光小鎮山上的一塊野地，很久以前很多遊客會特地來觀賞這裡的風景，畢竟這裡是少數還保有原生動植物的地方，動物都不是忘得窩人工培育後放養的。不過近年因為附近國家有殭屍病毒在流行，忘得窩協同政府管制出入境人口的緣故，遊客少了許多——這也是為什麼父親總是一直帶我來這裡露營的原因之一，他還說什麼這裡有些怪物會吃掉人類身上不好的東西，我爺爺以前常常告訴他有某種怪物專門吃掉人類身上的詛咒，我從沒在任何書籍上看過這類文獻，但我父親總是說爺爺是天才。

反正我是都把這些當成括號蝦在我父親腦袋裡面的影響就是了。

當我走到麥憂替我們租的那一塊草皮區域（事實上整個露營地只有我們和另外一組人在，那組人似乎只有個看起來很奇怪穿著全黑西裝看起來很年輕的少年和一個看起來更年輕的男孩），小朱直接走了過來，她伸手拉過我背著的露營帳篷用具，就像是那袋子一點重量也沒有一樣。她把袋子放到地板上拉開，拿出防水地墊，麥憂男友在她鋪防水墊的時候攤開帳篷內帳，隨便弄個幾下就把桿子架進去撐起帳篷，兩人就像超熟悉搭帳篷的方式一樣。

我深吸了一口氣，試著讓自己的表情看起來正常些不像是被驚訝到。

就在我看著小朱和麥憂男友兩人拉緊帳篷在帳頂綁繩固定住內帳，迅速地在內帳四周都弄上插梢並扣好扣環，並且努力克制自己心中的驚訝之時，麥憂的手搭上我的肩膀，他滑著手機，一邊抱怨訊號好弱，接著說道：「你怎麼不幫忙？」

「你怎麼以為他們需要幫忙？」我翻了白眼。

我伸手拿走麥憂的手機，放進我的背包裡，麥憂瞪了我一眼，伸手試圖搶走我的背包，我推著他，彼此掙扎了幾秒後他就放棄了。他瞪大眼悶哼幾聲，我聳聳肩跟他說露營就是應該要遠離科技產品，你不是要來享受野外生活的嗎？那你應該要回歸自然吧。

「回歸自然？」麥憂雙手交疊胸前。

我點了點頭——麥憂的眼神有點不善，我有不好的預感。

下一秒麥憂就向前伸出手抹了抹我的臉，把右手食指尖伸到我眼前，他指尖上有著和他自己手指顏色不同的，淡淡膚色粉質狀東西。他說道：「這哪裡自然了？」

我推開他，白了他一眼——麥憂笑了起來，跳到我面前伸出手扣住我脖子，另一手用力揉了揉我今天出門前好不容易梳整齊的頭髮。

就在我伸手要戳麥憂的腰際時他躲開了，我向前追他，麥憂先是小滑倒之後又馬上爬起來繼續向前衝，我們就這樣開始在沒有其他人的野地追逐——我追著麥憂到露營地一旁的盥洗小木屋，麥憂衝進小木屋並把門關起來，我站在門外敲了敲門，麥憂裝死不回應，而我回頭看向我們的帳篷，發現小朱已經搭好它了，一頂黑色的，內帳是黑色，外帳也是黑色，因為防水材質的緣故外帳反光看起來像是正在發亮，整個帳篷看起來像是亮油油的巧克力外殼包覆著巧克力奶油內餡的蛋糕。

我又敲了敲小木屋的門，告訴麥憂他們搭好帳篷了，麥憂才打開小小門縫——當他一探出頭來我就馬上抓住他的脖子把他整個人往我這邊拉，他腳步不穩直接踩空，而我也因為他忽然向前傾而重心不穩倒在地上，他就這樣整個人趴在我身上，幸好露營野地的草皮是相對鬆軟的。

好吧，偷襲不是男人該有的行為，這或許是我的報應。麥憂整個人壓在我身上，這麼近距離看著麥憂，他雙眼周圍泛起的黑紅色血管明顯到讓人難以忽略。

小朱那時候怎麼會覺得我應該忽略這種事情？

忘得窩醫院封鎖時我和小朱跟我們帶出診的兩位住民躲在一間診療室裡。診療室裡頭沒有人，小朱先是把門給鎖上，叫我從辦公桌上拿幾張紙和膠帶，把診間門口的小隔窗用紙給遮起來。我們兩人合力把診療室的書櫃推過門口擋住，至少這樣如果怪物真的要衝進來，我們還能晚死幾秒鐘。我們還盡量填起門的四邊縫隙，因為忘得窩的防護措施是直接大量噴灑氣化的忘得糖，濃度和效果當然都跟市面上能夠買到的忘得糖不一樣，會直接讓人鎮靜到幾乎昏迷、無法移動，只能滿臉笑意地躺在地上——顯然小朱和我一樣沒有任何吸食忘得糖的打算。

兩名住民在後頭一直指著門外大喊，括號蝦患者容易因為突如其來的刺激而喚醒腦內的括號蝦，括號蝦如果醒來就會咬食他的大腦，原本來這裡出診已經先讓醫生注射高濃度忘得糖降低括號蝦活性了，但顯然我們今天做的工作全都白費了。小朱帶的那名括號蝦患者已經整個人跳到辦公桌上，用力踩踏著辦公桌。

我試著要他們兩個停下動作，但他們力氣比我想像的還要大上許多，畢竟括號蝦已經占領他們的腦袋。在我好不容易把辦公桌上的傢伙拉到地上和另一個住民待在一起時，我終於能大口喘氣休息，看來麥憂回來我生活後我減少了太多運動的時間都在跟他跑來跑去，體力變好差。我坐上辦公桌椅，打開鐵櫃最底層，發現裡頭有好幾個氧氣罩跟防毒面具。我把防毒面具扔給小朱，自己也拿了一個，順便拿了些醫療棉布。

我向小朱指了指門外，她視線跟著看過去。今天她的頭髮還是綁成高馬尾，我不知道為什麼她最近這麼常綁高馬尾，我原本想拉一下她的頭髮，但又縮手了——外頭傳來人群尖叫奔跑的聲音，看來我和小朱關注的點相同，我們在努力防護室內不要被過量氣體侵犯，並且盡量把門口封死不讓怪物（以及那些忘得窩員工）闖進來，我們都不想被載去集體參加什麼二十四小時勒戒活動。

我看著小朱俐落戴上防毒面具，輕咳兩聲，喊了她的名字。

小朱回頭看向我，我戴起防毒面具：「和李虎打架的時候，我說的那個話……」

「沒、沒關係啦。」小朱的笑聲，有點讓我難確認到底是不是真的覺得沒關係，「是有點受傷，但我知道你沒有惡意。」

我原本還要繼續追問小朱，但外頭人群吵鬧奔跑的聲音混雜了其他噪音，那是大數量的人集體踏步的聲音，接著是某種大型機器被開啟了，機器運轉的風聲——小朱回頭看向我，我們彼此對望，確認都戴好防毒口罩。她從她那邊拉下兩塊桌布，把比較大的那塊扔給我，我盡量把那些桌布塞到門縫底下，希望這麼做能阻止忘得糖氣體鑽進來。外頭原本還有些人群尖叫吼罵的聲音，但這沒有維持多久，很快的所有人的聲音都不見了，只剩下機器聲在報數並且詢問是否應該集體帶離。

我貼著門沿聽著聲音——只能說忘得窩診療室的隔音效果做得非常好，內外保護聲音隔絕，我可是親身經歷過我把裡面東西全都砸爛外面的人也不會聽見（通常他們會看監視器，所以在我才要把桌子翻過去砸人的時候，他們已經跑來制止我了。但這裡的監視器都壞了，因為小朱爬上桌子直接把鏡頭連接的電源割開）。

診療室外的忘得窩員工和上層確認後，便開始將目前在大廳外圍所有他們處理到的人類都運至一個「安全地點」，在那裡他們需要被進行「二十四小時的戒毒療程」，才能重返家園——但明明忘得糖是健康藥品，甚至已經是保健食品了，大家都能買到，為什麼被噴個一下忘得糖氣體就變成需要戒癮？這是我國中、高中、大學每一次上課時，忘得窩來學校的客座講師提到「忘得窩醫院執行方針第八章緊急維安第四點保護居民的必要措施」時我最大的困惑，而每一次我的詢問都只被讚賞了一顆忘得糖（但沒有答案）。

我和小朱兩人相望，當門外的忘得窩員工全數離開，我們同時回身，那兩名住民此刻都一臉開懷，躺在地板上，眼睛微開，但感覺根本什麼都看不見，只是一直呆呆笑笑。顯然我們的防護還是無法阻止那些氣體竄進來影響他們，我和小朱坐到地板上，小朱用鞋子踹了踹我的鞋，說道：「應該沒關係，我們就在這裡等捕獸團隊來把怪物帶走就好了。」

我翻了白眼，防毒面罩壓住我的額際，空氣異常稀薄，不是很想再浪費我的氧氣跟小朱解釋我為什麼必須快點出去。

我指了指門，打算把擋住門的書櫃移開，「我不可能待在這裡，麥憂還在四樓等我。」

「你知道你可以讓他自己生活吧？」

小朱伸手才要抓我的手，注意到她的動作我已經先退開好幾步了，我不喜歡肢體碰觸。

我避開她的視線，幸好她現在戴著防毒面具，需要迴避的範圍沒有那麼大。我握緊拳頭，「我不懂妳在說什麼。」

「你知道。」

小朱說著，這樣讓她像極了麥憂，話都不說清楚，又一直希望我通靈，她到底為什麼會以為自己不過是看到我為了讓麥憂好過而給麥憂喝下忘得糖，就覺得自己好像有多了解我一樣，到底她怎麼會知道我在想什麼？

「你不能一直擔心他，百破樂就是存在，你要讓他自己生活。你要讓麥憂成為自己。」

到底哪裡來這種假掰文青對話？我握緊拳頭的力道更用力了些，我想說話但話卡在喉嚨，我嗚咽了幾聲，深呼吸了幾次，想要把憤怒壓下。但小朱接著又繼續說了那一長串從心靈雞湯勵志書籍抄出來的說法。她還忽然握住我的手，我用力抽回並往後退了兩步不再看她。

「我聽麥憂說了，你父親的事情。」

「啊？」我吞了口水，有點希望是我聽錯了。

小朱放緩語調，她的聲音聽起來很柔和，但我覺得我的後腦杓有尖刺在敲，「我知道你父親變成動物手術也失敗了，他沒有變成怪物，他只是被送回括號蝦機構而失蹤了。你知道今天發生的事情跟那件事情不一樣吧？你知道這兩件事情都不是你的錯吧？」

為什麼麥憂要跟她說這些？她為什麼現在要講這些？這和所有現在發生的事情都沒有關係。

我深呼吸了幾次，握緊拳頭的力道大到我能感覺血從手心流下，我低頭看了手心的血滴到我的白色球鞋，先是忍不住低吼了聲，接著看向小朱，指了指她，忍不住笑了起來——我沒有說話，但我現在比一開始更不在乎外面到底發生什麼事情了。與其和小朱這個探我隱私的傢伙待在同一個空間，我寧願被怪物咬死。

15

到底為什麼醫院封鎖時候我沒被怪物咬死？

我看著麥憂在營火前跑來跳去，握緊拳頭，努力不去回想小朱在醫院對我說的那些話——我坐到小摺疊椅，小朱和麥憂跟他男友還有那莫名其妙加入我們營火晚餐的鬍碴男正在煮弄食物，食材有厚培根、蛋、高麗菜、玉米筍、香菇和乳酪塊以及麵包，加上鬍碴男帶來的白米。小朱正用小平底鍋煎培根和雞蛋，麥憂男友甩著鐵鍋炒高麗菜，麥憂則是在旁邊拿著手機錄影加尖叫，我的位置在小朱前方，她剛打下第五顆蛋，整個鐵鑄平底鍋發出油爆聲，鍋子底下剛剛鬍碴男削下的木片已經快要燒光，鬍碴男又往裡頭扔了幾片，柴火又燒得更旺了些。

看到火勢變大的麥憂跳起來大喊，露營活動讓我更加體認到一個事實，仍舊只有我一人認為需要擔心麥憂的精神狀況，也只有我一個人希望能夠解除百破樂寄生在麥憂身上。麥憂男友對他只是莫可奈何地摸了摸他的臉頰彷彿根本沒看到他臉上那恐怖的百破樂血管，小朱笑了起來，鬍碴男那淫穢的臉我不想多提——我當然知道麥憂的狀況根據忘得窩醫師判斷只是偶爾過度狂熱亢奮，偶爾非常低落動彈不得，我也查過足夠多的網路資料，我根本就是這病症的專家了，我知道他的問題和百破樂可能不是真的那麼有關係，但我就是覺得有關係。

我就是覺得如果麥憂去動手術把百破樂除掉，他會快樂許多。

鬍碴男打開正在煮白飯的鍋子，說飯已經好了——我父親也常常這樣在野地煮飯，小時候看到這景象的時候我都懷疑父親有什麼超能力，怎麼可以不用電鍋就把飯煮出來，還會回去質問媽媽為什麼她都要用電鍋才會煮飯父親都能在野外用小鍋子煮。麥憂當初知道我這樣跟我媽講話，跟我冷戰了一週。

鬍碴男把鍋子蓋回去，麥憂男友已經分好碗盤，我拿著紙盤，上頭放著烤好的麵包，小朱夾了培根和玉米筍給我，麥憂硬塞了一大盤高麗菜到我碗裡。鬍碴男從地板上的鐵盤拿起小叉子，戳起小朱平底鍋裡面正在煎的玉米筍，遞給麥憂，麥憂先是露出一個（感覺像是害羞的）笑容，才探頭咬了一口，嚼了幾下伸出舌頭舔了舔自己嘴巴——我盯著他們兩個瞧，忍不住皺起眉頭。

我把餐盤放在大腿上，從口袋拿出紙巾壓了壓額頭，把已經亂到不行的瀏海往後撥弄幾下。因為爐火的緣故我頭皮出的油都能拿來炒菜了，我真的是搞不懂為什麼要來露營，我從來沒有搞懂我父親為什麼這麼愛露營——我不是反對和大自然親近，畢竟野外物種現在已經稀少到不行，多數樹林都是人工建造種植培育，大自然幾乎已經不是大自然了，能接近這種純天然沒有加工的野外環境當然不是壞事，但，一定要嗎？我不能捐錢了事，繼續在家裡吹冷氣就好了嗎？

我看著他們四人愉快的交流模樣，鬍碴管理人繼續餵食著麥憂，切了一點厚培根給他吃。我低下頭看著我的白色球鞋，都沾染上了泥土，上頭還有一塊很明顯的汙漬，我不該穿這雙白鞋來的——我抬起頭來就看到小朱的側頸，她正在和鬍碴男聊天。

我現在才認真看了一下小朱的打扮，她今天綁起長馬尾露出脖子，淺藍色連身衣露出她的腳踝，她腳踝上的鍊子，我記得在她的忘得讚動態上看過，說那個皮繩纏繞起的小腳鍊是她決定要變性時買給自己的禮物，為了與自己約定永遠都要記得自己是誰。

我還是不懂小朱在醫院說的那句話的意思。

以防你太笨沒有跟上我的思維，我這裡指的是在我誠心誠意跟她道歉後，她回我的那句「是有點受傷，我知道你沒有惡意。」

她也不想想是誰莫名其妙探我隱私，我沒有打算跟她說我父親的事情，況且我有沒有惡意、心裡是怎麼想，她又知道了？到底什麼是惡意？而且如果知道我沒有惡意的話那她在受傷什麼，又不是說我說了謊話或者錯誤的話——我當然知道我不該說出口，但大家只是不想聽實話而已，實話不太好聽，除此之外難道我說的不是客觀事實嗎？

我盯著白鞋上的汙漬，咬了一口玉米筍之後愈想愈火大，把碗裡面麥憂硬夾給我的高麗菜吃完後把盤子放到地板上，看著小朱和鬍碴男在聊天的模樣，彎下身想抹掉鞋子上那塊小汙漬，但怎麼都抹不掉。

我才想到，那應該是上星期我在醫院沾到的血。

醫院在封鎖時電力就被停用了，我只能走樓梯上去找麥憂。

從大廳中央的電扶梯走上去，二樓還要繞到兩條走道再穿過一整條都是皮膚科診所的區域，才有通往三樓的電扶梯——我當然想過爬樓梯，我不是白痴，不要以為我跟你一樣，但忘得窩的緊急救難章程中有明定在重大意外發生時刻（像是變成動物手術失敗病人逃脫，或者殭屍病毒大規模傳染發生），緊急撤離人類之後，醫院全部的逃生門都會自行關閉，以進行「危機處理」，所以我根本沒辦法走逃生門的樓梯。

在我走到二樓，沿著牆壁小心翼翼不被發現，以免忽然怪物跑出來或我被任何員工看到時，我聽到後頭傳來有人奔跑的聲音。我回過頭發現小朱跑了過來，她竟然還有閒情逸致提著塑膠袋她以為自己是在野餐嗎？我看著她，這才意識到自己左手心被我指甲戳破的血又滴了好幾滴到我的白鞋子上，我翻了白眼，不知道她到底是不是真的跟我有仇。

她才剛喊我的名字，我馬上對她比了一個噓的手勢，這手勢在防毒面具的加持下看起來一定很好笑。她從她的野餐袋拿出了包裝完整的人工皮跟透氣膠帶和一小罐看起來是食鹽水的東西。她伸出手要握住我的手，顯然是想要幫我包紮——我馬上往後退開一大步，瞪著她不想要她碰我，並拿走她手中的繃帶紗布和食鹽水，先把繃帶紗布都放在口袋。

我快速扯下防毒面具，低頭把食鹽水的封口咬開，再把面具立刻戴回去以免醫院殘留的忘得糖氣體還沒散去。我用右手對著左手心擠了食鹽水，擠完後從口袋拿出人工皮單手拆開，過程中當然小朱很想幫我但我自己就可以解決了——把人工皮貼上手心後我用透氣膠帶像在用繃帶一樣纏住整個手掌，最後我把垃圾都撿起來拿到一旁的垃圾桶丟棄，因為麥憂如果知道我亂丟垃圾一定會又在那邊尖叫然後我們就會直接被怪物吃掉。

「你可以讓別人幫你，你知道吧？」小朱在我倒完垃圾後說道。

「我自己就可以了。」我悶哼了聲，現在才真的感受到手心破皮的痛感，真不得不佩服我的耐性。

「是麥憂告訴我的。」小朱看著我，「他是想幫你跟我解釋你為什麼會說那種話，但——」

我往前繼續走，我必須趕在怪物把我吃掉之前找到麥憂，雖然說真的我已經開始考慮現在要大叫特叫直到怪物直接找上我——小朱繼續在後頭想解釋，她已經開始跟我分享起她的童年故事，像是從她一出生就覺得自己哪邊怪怪的，直到有一天穿了媽媽的洋裝才知道自己生錯了身體。我不耐煩地咂舌要她安靜，難道她以為我們是來醫院野餐的嗎？我從口袋裡掏出從小孩研究員那邊拿到的硬幣開始投擲，如果是白色我就要尖叫讓怪物或者忘得窩員工把我當成危機處理掉。

我連續投了四次，都是藍色，幹，該死的藍色。我把硬幣收回口袋。

「我沒有問妳妳為什麼想要變性。」

我停住步伐，拆下防毒面具，把它扔到一邊，我現在覺得就算我會一次吸食一整年份的忘得糖也無所謂了。我回頭看向小朱，我沒有辦法繼續聽她解釋自己為什麼會從麥憂那邊得知我的過去，我也不在乎麥憂是不是告訴她我和麥憂曾經接吻過，對，你這白痴，我早就說過我們接吻過，你一定忘記我什麼時候告訴你的——但這不是要出櫃，我不是男同志，我非常，非常非常確定。

「從來沒有過，就算，好，我不是真的太清楚，或者能夠理解妳的行為，但我從來沒有問過原因。我沒有跟妳說，欸妳是不是曾經被誰打過或者小時候被誰強暴或者怎樣現在才變成這樣子的，我沒有問妳說，妳是不是只是想要表現自己很特別——」

「但你可以問。」小朱忽然說道。

小朱看著我，她也拿下了防毒面具，我要她快點戴回去但她沒有理我。她一臉沒有被我剛剛說的話冒犯的樣子，我愣了幾秒，因為原本以為我剛剛說的那段話可以達成讓她完全閉嘴以及徹底厭惡我這兩個功能，結果她回我這三小？

「啊？」

「你可以問我。」小朱說，她伸手要握住我的手腕，我當然還是馬上向後退了一步，「如果你問，你想知道，我就會告訴你。我沒有這麼容易生氣，你那時候說的話，我沒有那麼生氣。有一點意外吧，我以為你不會那樣想，但我沒有生氣。這幾年來我在變性的過程遇到的人讓我發現一件事情，如果我願意不那麼憤怒的話，我就可能有機會能讓他們更理解我，所以你可以問我，你想要問我的話。你可以問我任何你想問的事情。」

我看著她，一時之間無話可說。

我先戴回防毒面罩，沉默了幾秒，「所以妳現在的家裡住址是——」

我才剛說完，小朱就笑了出來，伸手要打我的肩膀，但我還是躲開了。我看著小朱戴回防毒面罩，原本想要忍住但不知道怎麼就笑了起來。

當然我們沒有在這邊心靈勵志太久，現在可是如果太大聲怪物找到我們我們就會死亡，或者我們會被忘得窩員工帶去不知道哪裡「治療」的危機時刻——二樓好幾個診間的門都被撞開了，但我不太確定那是怪物撞的還是忘得窩員工撞開的，不過我們竟然一個人都還沒有遇到，我不知道到底發生什麼事情了，也許怪物已經被解決了？我從口袋掏出手機，什麼訊號也沒有，顯然整片區域都還在封鎖狀態。

在我們走上電扶梯（但已經沒電了）爬到三樓時，我發現三樓也一樣，甚至更恐怖，好多門都被打開，醫院的盆栽都被打碎了，走道上有一堆破碎的衣服和我非常希望不是血跡的東西，以及一大堆針筒跟滿地的忘得糖液，忘得糖液混了紅色不明液體，變成某種像在發光的淡紅色調，我和小朱快步低聲穿過這些東西——在爬上通往四樓的樓梯時，忽然小朱的手敲到了一個鐵柱，整個樓層因為此刻太過安靜而傳出巨大的回聲，我回頭瞪大眼睛看著她，接著就聽到有些人在大喊，還有整齊一致向前行走的聲音。

我連忙走下電扶梯，跑了兩步才意識到小朱還沒回過神來，深呼吸了一回，嘆了氣轉過頭就看見小朱莫名其妙一臉像是見到死人一樣哭了起來，我一時半刻不知道應該做什麼，但是那些人的聲音愈來愈近了。我嘆了氣向前捧住她的臉，告訴她不要害怕我在這裡——就像麥憂在我高三那時，我因為父親的緣故常常半夜尖叫驚醒，如果他在我床邊的時候他會對我說的話。

我已經好久沒有想到那些事情了，為什麼我會在現在想起來？

為什麼我們會想起那些很久以來都沒有想起來的事情？

在露營野地，看著麥憂吃起盤子裡最後一根玉米筍，舔脣的模樣，我實在也不想承認，但那確實讓我想起了高中最後我們在水母湖的時候，但我現在沒有要說那些——吃完那頓其實意外不差的料理後，我們以小朱、麥憂和麥憂男友、我的順序到一旁的盥洗小木屋洗澡清理，我是搞不懂為什麼他們要一起洗。而當我終於可以洗澡的時候（因為他們洗了非常久），我提著盥洗用品袋和大毛巾走向小木屋，發現今天的月亮已經到我們頭頂上了。

小木屋的沐浴設備其實滿完善的，比我上一次來還要精緻，熱水器顯然也已經更新，不像以前大概洗兩個人之後就沒熱水了要等它重新燒，洗手臺是漂亮乾淨的純白石面製成，下頭的白色櫃子放了許多一次性沐浴用具，洗澡區域地板也是木製的，以一片透明玻璃將洗手臺區域乾溼分離——我讓熱水把我全身上下的烤肉味洗掉，我必須說這個環節是每一次露營我最喜歡的部分。

父親總會說我在浴室待太久，我不應該那麼愛乾淨才對。

當我洗完澡穿上我的灰色棉質上衣和棉褲，我套上小木屋內的拖鞋，打算在外頭看一下月亮——我用毛巾擦了擦頭髮，將毛巾掛在頸項，看著那顆父親總說他小時候破掉過，之後被忘得窩縫合回去的月亮。我怎麼努力看都看不到任何破損過的跡象（這麼遠我當然知道不可能看得出來，但父親總說他在我這年紀，月亮都還是粉碎的狀態，四周都有碎塊在天上，卻沒有像是隕石一樣掉下來）。

我聽到小小的腳步聲，回過頭，就看見兩個人從露營野地左側走了出去，左側有一條小徑，是讓想探索更深山地方的人設置的，通往一片據傳埋葬了有許多小鎮住民祖先的樹林（可能算是個觀光賣點吧）——他們甚至沒有進去樹林，就在最外側的一棵樹前開始擁吻，比較矮的那個人把比較高的那個人壓在樹幹上並踮腳擁吻。

我仔細看了那兩個人，確定比較矮的那個人是麥憂，原本在思考是不是該把他們趕回帳篷裡，但也許他跟他男友需要一點野戰，畢竟性慾提升也是麥憂患病的病症之一。我轉頭不去看他們那邊，想試著學習小朱說的什麼「讓他成為自己」和「不要太擔心他」、「誠實對他」之類那些勵志垃圾詩集截取下來騙自己的句子。我繼續擦頭髮，走回小木屋，把毛巾放到掛架上和將拖鞋放回原位。我穿回那雙已經有點髒的白色球鞋，從小木屋要走回帳篷時，不小心看了麥憂他們一眼。

這時候麥憂已經蹲在另一個人面前，我才發現那傢伙顯然不是他男友而是那個鬍碴男，我先是愣了幾秒，但仍然很快地往他們的方向跑去，即便我超級不想靠近因為那畫面我真的一點鑑賞的興趣也沒有（我指的畫面是麥憂跪在林地土壤上，替鬍碴男口交，鬍碴男的雙手壓著麥憂的後腦杓）。我這麼遠都能聽到麥憂無法呼吸的掙扎嗚咽聲，我衝向前喊出聲制止他們。

即便麥憂個人的「問題」，以及我一直都知道男同志就是常常到處找人做愛（麥憂確實有過度分享他和他男友的性愛歷史），但這是正常的嗎？到處和不是伴侶的對象做愛，而且伴侶就在旁邊的帳篷裡面欸，我真的搞不懂小朱一直要我放平常心讓麥憂自己處理自己的問題是三小鬼想法，你看看這畫面，這正常嗎？

我的喊叫沒有成功制止麥憂的動作，鬍碴男看著我，這夜色還沒有暗到我什麼都看不到，他一臉興奮的樣子真的讓人很想揍他。他雙手繼續壓著麥憂的後腦杓，幾乎把他整個頭都往他的胯下壓去，我終於忍受不了麥憂被這樣對待，走向前將麥憂往後拉開，我注意到他眼周圍那黑紅色顯然是百破樂的血管似乎在發著微微的光，這當然更讓我覺得百破樂不該繼續待在麥憂身上。

我回過頭，鬍碴男還是帶著微笑說道：「他很會吹欸。」

看著他那噁心的笑臉，還有麥憂跪在地上很明顯脣邊還有一堆口水流出來的樣子，他的眼睛紅紅的（我不是很確定因為天色已經很暗），一時之間不知道什麼東西爬進我腦袋裡面，我覺得我後腦杓的尖刺聲愈來愈大，不像是往常的父親的咒罵雜音，現在全都是小朱在那邊說著「你在乎他，你要告訴他」、「有愛你也沒辦法拯救他」、「讓他自己一個人生活」之類根本沒邏輯的噪音。我握緊拳頭，側身伸出左拳朝那傢伙臉上揮去，他被打到撞向後背的樹幹上。我才剛要向前再打一拳，麥憂就從後面拉住我的手不讓我動作。

鬍碴男瞪大雙眼喊道：「嘿！我以為你們說好了？」

我甩開麥憂，但麥憂跌倒在林地上，我悶哼了聲，轉身把他扶起來，他瞪著我一副我是壞人的樣子，也不想想我現在是在拯救他。

「什——什麼？」我回過頭不能理解他說的話。

「欸，我沒有要搶你男友的意思，只是他說他們是開——」鬍碴男一邊說話一邊急著把褲子穿起來。

「他不是我男友！」我和麥憂同時喊道。

「什麼？」鬍碴男皺起眉頭，一臉困惑。

「你怎麼會以為我是他男友？我看起來像同志嗎？」我瞪大雙眼。

「呃，你們兩個相處的樣子，你們確定你們沒在交往？」他指了指我們兩個，「你看他的樣子，你確定？」

我才剛要罵回去，麥憂就用力推了我胸膛，說道：「你到底是在幹麼啦，今天跟小朱也整天這麼怪，現在這是怎樣？」

「他、他占你便宜欸！」我回道，搞不懂麥憂忽然提小朱的原因：「你的狀、狀況，他在占你便宜！」

「你到底在說什——」

麥憂雙手用力推了我一下，我被他推得往後跌了幾步，幾乎是直接跌坐到地上。

麥憂先是伸出右手食指指著我，用力搖了搖頭，他伸手把自己的瀏海往旁後撥，悶哼了幾聲，低下頭看著地上，又抬起頭看著天空。他原地繞圈低吼了幾聲我都以為他要繞出樹林了但最後他又轉回來指著我，把好不容易從地上爬起來的我又推倒。

我當然不可能回擊，他是麥憂，他有問題，就算我現在超想直接把他壓到地上拿尖石看能不能把百破樂從他臉上挖出來，但我當然不可能那樣做。我躺在林地上，放棄掙扎，打算讓麥憂繼續出氣。

麥憂壓在我身上，掐著我的脖子，用力了幾秒後又鬆開。我大口呼吸，他咬牙說道：「這就是為什麼我不想告訴你的原因。」

接著他低吼了聲，轉頭往山林內部跑去，那是通往山上的路徑。

我爬起身，摸了摸稍微疼痛的脖子，看著跑遠的麥憂，深呼吸了幾回，握緊拳頭跟著跑了起來——媽的，他那到底什麼意思。

他是在後悔告訴我他有精神問題嗎？我明明是唯一一個最近都在努力幫助他的人欸。

我馬上跟了上去，跑了幾步路，抓住麥憂的手，才剛要問他那到底什麼意思，麥憂卻甩開我接著狂奔起來——我跟在麥憂後頭，而旁邊還有那莫名其妙一起跑來的鬍碴管理人，我他媽明明才剛洗完澡而已麥憂到底要多讓人煩躁啊。小朱根本只是我們偶爾會在服務學習和學校遇到的「認識的人」，她完全無法理解麥憂需要多少實際的照護，我現在非常肯定她在醫院說的那些話全都是錯的。

鬍碴男到底跟上來幹麼？難道他以為這件事情跟他有關係嗎？我真的是希望這種

有毒陽剛思維覺得全世界都繞著自己轉的人可以少一點。顯然他是誤以為跟麥憂有了肌膚之親他就有介入麥憂病況——不對，是就能介入麥憂的「問題」中，成為什麼拯救麥憂的人，升級成麥憂的男朋友，替換掉原本的那個瘖啞帥男友。

麥憂奔跑的速度愈來愈快，難道是男同志健身房讓他真的變得擅長運動？還是單純他只是很擅長躲避我而已？我追在他後頭，看著他繞了兩圈，我一時間差點看不出來他到底繞去哪條山路了。

這時鬍碴男指了一棵在前方大概還要好幾步路才會抵達、倒在地上的大樹幹，比了一些奇怪的手勢。

他媽的我真的搞不懂為什麼大家都要跟我比手畫腳難道是因為麥憂男友在這裡我們就全部都忽然間學會手語嗎？

大樹幹是中空的，我和鬍碴男走了進去，他一直對我比手畫腳，我真的完全不知道他在幹麼，但前方原本在奔跑的麥憂忽然停下步伐開始漫步，看來或許是終於開始疲倦——我抬起頭，這才看見樹幹上方飛舞著成群閃著藍光的、感覺是蜜蜂的生物，至少牠們快速震動的翅膀和身形看起來像是蜜蜂。牠們就在我們上方盤旋飛舞，繞啊繞，我身上被灑了什麼奇怪的東西，我一邊試圖追上麥憂，一邊抹了抹自己的手，發現那似乎是沾上了些白色混了點藍色的粉末。

鬍碴男直接舔了那粉末，他畢竟就是一臉會嗑藥的樣子。

麥憂在前方的步伐晃動得愈來愈嚴重了，但我有點不確定是我腦袋昏沉導致的幻覺還是他真的在左右晃動，就在我大喊他的名字時，他回過頭看向我這裡，但下一步就滑了下去忽然不見——空氣愈來愈稀薄，我大口吸氣，才想到空氣中都是那奇怪的粉末，不過我這時候已經管不了這麼多了，我向前狂奔，儘管我覺得似乎快要昏倒。

我跑到麥憂剛剛消失的地方，看著不見底的黑暗通道，直接滑了下去。

16

都是那該死的百破樂。

掉進莫名的洞穴裡頭根本不是什麼有趣的露營體驗，好像剛剛我目睹的事情還不夠讓我心靈受創一樣，整個人滑過黑暗通道下來竟然是到了一整座地底洞穴，要是有怪物跑出來把我吃掉怎麼辦？

顯然在這裡工作的鬍碴男知道這洞穴的存在，從石地上爬起來的他一點驚訝的樣子也沒有，原本焦躁的麥憂因為到了一個完全新鮮的環境，也停了下來沒有繼續奔跑只是站著四處張望。我對洞穴內的風景倒是沒那麼感興趣，我大口喘氣起身，走向前勾住麥憂的手臂用力扣著不讓他有機會再給我奔跑，我已經全身是汗了，流汗很噁心，現在只想快點把麥憂帶回去。

我回頭瞪了一眼在旁邊不發一語的鬍碴男。

「你剛剛為什麼不阻止他？」

他低聲回道：「我剛剛就是跟你說繼續走會掉到洞穴裡啊！」

「你說你剛剛比來比去那個？」

我皺起眉頭，搞不清楚這世界忽然每個人手語課程都學到能夠日常溝通的程度了嗎？雖然這是國高中必修課程但我不相信有什麼人認真在上那些課，畢竟為了人口比例可能只有百分之一的瘖啞人士學習一整套新語言是不合理也不經濟的，為什麼不是他們來學習我們的語言？

他嘆了氣，回道：「你沒注意到那些藍色的無蜜蜂嗎？中空樹幹裡面人說話的聲音頻率回聲會讓牠們啟動殺戮模式，你們這些念菁英大學的人上課到底都在學什麼？」

我不想理會他那無禮的問題，側頭查看發現些許的藍粉散落在我的肩膀上，我伸出手拍掉，麥憂也沾了些。我撥弄了一下他的頭髮，把他頭上那些粉末弄掉，他抬頭看著洞穴四周，一副沒打算理我的樣子，也不想想是誰的問題害我們現在跑到一個不知道有沒有怪物的洞穴。

麥憂到現在還是完全不看我一眼，只是抬頭嘴巴微開地一直凝視前方，我不知道我到底做了什麼好讓他生氣的，接著才意識到這洞穴異常明亮，不知道在亮三小。我順著麥憂的視線向前一看——從一條發著亮光的地底河流裡，許多魚人探出頭來。牠們因為我們的出現現在全潛進水底，但在牠們躲起來前我發現牠們深藍色的鱗片會閃爍綠色的微光。天上有群迷思獸飛舞，不遠處我看見一棵銀白色樹葉的大樹下有三隻全身銀白色毛髮的小小冷凍獸沉睡著，好幾隻長腳貓在我們周圍跑起來繞著圈圈，有隻巨大的獨角鷹從我們面前直接抓走一隻長腳貓飛走。

我……非常確定這些都是在野外幾乎已經滅絕的生物，偶爾能看見零星的生物出現在野外或者被新聞報導，但目前一般野外都只有忘得窩復育再生的新種，但這些明顯都是原生動物。我在忘得窩變成動物手術的魚人介紹中讀過，只有原生物種的鱗片才會自然閃爍綠光，那是忘得窩科技目前還無法製造出來的東西。顯然原生動物不只在露營野地那座山林中，還存在一些更隱密的地方。

我衣服沾滿追著麥憂跑而流下的汗，我看著被我勾著，一臉不打算和我說話的麥憂，真的很想罵他為什麼不知道既然有「問題」就應該好好照顧自己，而不是讓別人擔心成這樣——小朱這時候沒有見證這些我體驗到的苦難真的是太僥倖了，如果她跟我一樣經歷了山林追趕不知道麥憂到底腦袋為什麼又壞掉東跑西跑的情況，她才不會在那邊講什麼「如果你真的在乎他，你要讓他自己好」之類那種聽起來根本像是抄襲某些暢銷詩人垃圾短句的話語。拜託，到底為什麼小朱那種人都要去看那種垃圾書？

對，我就是在問你，為什麼你要看那種垃圾書？

麥憂報復性地壓了我的手，牽引到我在醫院被自己指甲戳破皮流血還沒完全好的傷口，痛得我哀號了聲——到底做為唯一一個腦袋清醒知道自己在幹麼的異性戀男人，為什麼我要受這些苦？我真的希望小朱可以體驗這些事情，她或許就會改變她那個整套「讓麥憂成為麥憂」的荒唐說法。

我繼續用力勾著他的手，以免他又像是什麼失控的野獸一樣亂跑。麥憂顯然對這地底洞穴的好奇大於對我的反感，因為他正四處探望洞穴內的景象，而不是急著把我勾住他的手推開。

我才剛要開口詢問他究竟剛才跟那鬍碴男是在幹麼，順便譴責一下他背叛自己男友的不良行徑，但麥憂忽然向前跑起，勾著他的我被他拉著向前移動。他跑到一座湖前，湖裡有著許多我們一開始踏入時看見的魚人，有幾隻浮出水面躲在高大的石柱後頭看著我們，水面的藍綠色亮光閃爍著奇怪的色澤（雖然現在說奇怪似乎已經太遲，我們在這個根本不知道怎麼有辦法存在的洞穴裡頭，看著早就應該已經絕種的各種野生動物出現在這裡）。

麥憂往旁邊的石坡走去，我要他停下來，他就說不然放開他的手，兩相權衡之下我只能跟著他繼續移動。媽的，我才剛洗完澡全身香香的，結果現在因為這傢伙一定是症狀又發作了，搞到我只能在這裡跟他到處跑——小朱真的應該補償我洗髮精和沐浴乳，虧我洗完澡擦頭髮時候還有特地整理一下。

這座湖泊有許多深灰色的石柱，從最邊緣的石坡走上去，可以靠近其中一塊石柱，麥憂推開我的手，就這樣直接跳到那根石柱上（你看看這樣的行為，難道我真的應該聽小朱的話，不要試著阻止麥憂嗎？要是他掉下去怎麼辦？到底為什麼這麼多人有病卻不去看醫生啊）。我翻了白眼，向前跨了一大步，還好其他石柱彼此都離了一小段距離，麥憂應該最遠只會爬到這裡。

我這時才注意到鬍碴男還跟在後頭，我都快忘記他的存在了。

他站在石坡上雙手扠腰，「你們確定這樣安全嗎？」

「閉嘴。」我瞪了他一眼，他到底以為他是誰啊。

鬍碴男雙手伸到自己胸前，搖了搖手，一副沒有打算吵架的樣子，看起來就是個無賴。媽的，等我把麥憂安全帶回去，我一定要解決這個垃圾，竟然趁人之危。

「你幹麼這麼凶？」麥憂問。

我指著鬍碴男，搞不清楚麥憂為何替他說話，「他占你便宜欸！」

麥憂莫名其妙翻了我個白眼，我完全搞不清楚他到底在不爽我哪裡，我可是拋下和小朱在帳篷裡聊天談心的機會，跑來拯救他免於犯下出軌兼被騙砲的危險——結果我是那個被翻白眼的對象？

就在我回過頭要鬍碴男別跟上來惹人厭，而他又繼續在那邊問我確定不是他男友嗎，讓我真的很想把他直接從石柱推下去的時候，鬍碴男就驚呼了聲，指著前方。我連忙回過頭看向麥憂，麥憂跳向另一個石柱上，幾乎差點就跌下去了，站在石柱上端前後重心不穩晃了好幾下。我大喊要麥憂停下來，麥憂就只是轉身朝我比出中指，接著又往前跳，再往前跳，就這樣跳到湖中心的石柱上。在最後一跳的過程中，麥憂的紅色鞋帶鬆了，白色鞋子從石柱上滑了下去，我原本以為頂多是鞋子沉入水中，但鞋子落下濺起水花後，有個巨大黑影從水中冒出，吞掉麥憂的左鞋（的影子），當影子被吞完，鞋子也消失了。

我忍不住尖叫出來，連忙摀住嘴巴不讓自己叫太大聲。

我沒有辦法理解麥憂現在的行為，到底為什麼？我更不可能理解小朱，窮盡我的大腦所能使用到的腦細胞，我也無法理解她在醫院跟我說的那些話，我無法理解她為什麼會以為麥憂只要成為麥憂就好了，我明明只是希望麥憂能夠成為更好版本的自己而已。

在上星期忘得窩醫院封鎖時，原本我們已經要爬上四樓了，但小朱敲到鐵器發出的聲響差點讓我們被逮到，她緊張焦慮害怕到都不像是小朱了。見狀我只好拉著她把她帶到小診間裡面躲在辦公桌下方，並且告訴她我在先前照顧父親照顧到半夜受不了時，會做的小遊戲——我要她把手放到地板上，說這是地板，要她把手放到桌子邊角，說那是桌子，我告訴她一一指出所有周遭她現在能摸到看到的東西，說出那些東西是什麼。過了一會兒，她才恢復原樣，也沒有再一副像是要死掉了的樣子。

現在想想，我其實應該讓她死掉的——我當然不可能真的讓她死掉，但你懂我的意思，如果我把她扔在原地不管，她可能就會被忘得窩員工帶走，頂多就是消失一週進行精神治療和消除某些記憶（這是我聽說的，我不是很確定忘得窩究竟是怎麼管制那些危機處理下的人類的），而不是在她有賴我的幫助恢復理智之後，又開始講起跟她完全沒有關係的，我和麥憂的問題。她到底是不是暗戀我？不然她哪來這麼多對我跟麥憂的意見，我又沒問她，她幹麼一直自己講，這難道不是男性說教嗎？

像是小朱，像是麥憂，像是任何這種基本上就莫名其妙的不正常傢伙，他們都只會說什麼要讓病人成為病人、世界上就是有不同類型的人，但也不想想如果可以治療的問題不治療，可能會造成什麼社會問題。他們就只是在家裡喝著一杯三百塊的忘得窩咖啡，一邊用忘得讚罵政府都不做事情大家都在歧視、這世界不夠進步之類的，因為這個世界不讓你把你的陰莖切掉變成女生或者這個世界想要強制要求你動個小手術，而那個小手術能夠大大改善你的生活品質。

他們都搞不清楚穩定的結構多麼重要，就像是房子如果地基不穩，建築再美都會癱瘓，他們只想要把房子蓋得漂亮好看，沒有考慮過地層下陷直接全部人都一起死光的可能性。他們都沒感受過那種地基在塌陷的感覺，如果他們跟我父親相處過的話他們就應該知道他們所擔心的事情都不是重點。

現在，那些也不是重點。現在的重點是湖面那感覺很危險的生物。

我向下看了看剛剛吃掉麥憂鞋子的黑影鯨魚，非常確定如果小朱這時候在這裡肯定也沒什麼話好講。

隱沒石柱下方的湖面中，那隻小黑影鯨魚，是我從沒親眼看過的生物。我只有印象忘得窩自然生態手冊裡面寫過一些跟影子相關的生物，但我沒有印象有描述過任何會這樣變形的生物。看著牠吃麥憂影子的樣子，姑且就叫牠吃影怪吧。我盯著湖面，無法自已地感覺小小的恐慌，如果真要比喻這種感覺，就像是每一次我看到父親的百破樂又開始咬起牠影子的樣子。

鬍碴男爬過石柱到我身後扶著我，我很想叫他放開那雙男同志之手，但我現在沒什麼力氣講話，我的力氣都用在擔憂麥憂身上了。我試著看清楚麥憂的臉，想確認他眼周下的黑血管，那該死的百破樂不會跟這件事情有關吧？但百破樂從來沒有傷害過麥憂的身體，我甚至發誓我雖然有夠討厭百破樂，但我覺得麥憂的百破樂是喜歡麥憂的，至少不像我父親的百破樂無時無刻都在吃他的影子。

怎樣都看不清楚麥憂的臉讓我有些緊張（小朱怎麼能認為我有辦法放下這種事情），我握緊拳頭，深呼吸了幾次，用力抓了抓頭髮，蹲到石柱上悶哼了聲。站起身，走往邊緣，盯著另外一個石柱，又深呼吸了一大口氣，後腳球鞋向後蹭了幾下，朝前方的石柱跳了過去。

我膝蓋落地，滾了個圈，還好沒有直接從石柱跌下去。我接著找到最近的石柱，深呼吸幾回，跳了過去。就這樣沒幾步，順利地展現男人的運動天賦——在我跳向最後一根石柱的時候，腳滑了一下，距離沒有拉好，我半身撐在石柱上，下半身懸在外圍。麥憂走向我，搖了搖頭，伸出手將我從死亡的深淵拉了上去，我非常確定他剛剛有幾秒鐘的時間不想理我。

「沒運動能力還跳？」麥憂用中指敲了我的額頭。

我撐起身馬上捧住麥憂的臉，盯著他的臉頰瞧，他的眼周還是閃爍著百破樂造成的黑紅色血管——麥憂把我推開，我差點掉了下去，但滿腦子只慶幸那東西跟百破樂無關，至少百破樂還在麥憂體內。

但那東西到底是什麼？

「欸我剛剛跳得那麼順利你說我沒運動能——」麥憂打斷我的話，指了正在後頭趕上來的鬍碴男，他輕盈地跳躍著，甚至還後空翻翻了過來。麥憂說他是練體操的，身高雖然不高但身體很好摸，全身都剛好的筋肉比例，肢體又柔軟開展隨便折都好——我到底為什麼在這裡聽這些我是誰到底為什麼？

我輕哼了聲，看著麥憂的臉，「你為什麼一開始不想告訴我？」

麥憂咬了下唇，盯著我瞧，我知道很多人會以為我們要接吻了，但我告訴過你，我們已經親過了，而這件事情不會再發生。另外麥憂對我根本沒有性吸引力，講實際一點，任何人都對我沒有什麼性吸引力。麥憂嘆了氣，「因為我知道你會太在乎。」

這到底什麼時候變成一個問題了？到底為什麼小朱和麥憂都要把在乎說得像是壞

事一樣。

顯然是注意到我不明白他的意思，麥憂解釋：「我不想要你看我的時候，只看到我的病。」

我深呼吸了一口氣，「但你告訴我你有，嗯，我能說病嗎？還是這樣政治不正確？你告訴我你有問題，難道不是想要我幫你解決嗎？」

「我不是想要你幫我解決，我只是，呃，天啊。」麥憂抓了抓他自己的頭，一臉苦惱，我完全搞不清楚他到底怎麼了，「我只是想要你，就在這裡，在這裡就好。」

我指了指自己，還用指尖戳了胸口兩下，「我在啊。」

麥憂看著我，一副還想說些什麼的樣子，我很想跟他說他沒解釋清楚任何事情，但他眼周的黑紅色血管在他說話的時刻開始微微發亮，像是有銀色的液體竄在麥憂浮起的血管上頭，而原本在湖面飄來飄去的吃影怪像是感應到麥憂身上的百破樂一樣，忽然衝上石柱，繞著石柱旋轉飛了上來。這時牠不是以鯨豚的身形出現，而是以一隻人臉兩側額際都有巨大鹿角，全身毛髮都深黑發亮，大約是成馬的體型站在我們面前。石柱石面不斷流過黑色的影子，像一條又一條黑液（但沒有實體因為全部都直接穿透我的球鞋），我們幾乎只能勉強站在石柱邊緣看著牠——牠實在是太像百破樂了，不過比百破樂更透明一些。但這裡沒有百破樂的宿主，鬍碴男一臉恐慌的樣子，顯然吃影怪跟他沒有連結。

吃影怪走近我們，麥憂那傢伙走向前，低著身子，小心翼翼地靠近牠，我在後頭拉著麥憂的手，但麥憂轉頭噓了我。鬍碴男拉拉我的衣襬，指了石柱石面上留有的一些幾乎可以說是尖刺形狀的木柱，顯然是有人磨造過的東西。我這時才仔細看到，這石柱上頭有許多圖紋，那些圖紋很古老了，我從快要生鏽的大腦翻找出它們的邏輯——上頭的圖紋，看上去我們所在的地方就是祭祀神靈的終點站，以往的人們會抱著祭品，從石坡上爬上第一根石柱，第二根石柱，一路跳到湖中心也是最高的石柱祭臺上。

最後一部分的文字磨損太嚴重了，就算優秀如我也無法解讀，但我猜測就是供獻祭品到這裡，給那個黑影人臉大獸吃吧，大概是一些海鮮哺乳類之類的，不知道如果抓了一隻人魚到底算不算一石二鳥，我愣了一下，有點不太確定這樣理解是不是錯誤的，這是獻祭嗎？但獻什麼——我轉頭看向麥憂和那怪物靠得異常接近，對此我非常反對，用力把他往後拉。而我的舉動似乎惹怒了吃影怪，牠衝向前方，站到麥憂跟前，和麥憂貼得死緊，麥憂一副什麼問題也沒有的樣子，他彈了彈舌頭，吃影怪似乎有些反應，變得比較沉穩，就這樣讓麥憂摸了摸牠。

我拉開麥憂，擋在他和吃影怪之間，鬍碴男這時候根本已經完全沒有功能——我搖了一下麥憂的肩膀，我知道這很誇張，但我不知道為什麼就是有種直覺。我指著在一旁盯著我們瞧的吃影怪，對因為被我干擾而不悅的麥憂問道：「你這樣我怎麼可能不想幫你？」

麥憂嘆了氣，對一旁焦躁的吃影怪彈了兩次舌頭，「你是要幫我什麼？」

我又指了一下吃影怪，搞不懂他怎麼沒意識到這麼明顯的問題，我喊道：「你沒看到牠嗎，你怎麼知道牠不會傷害你？」

麥憂皺起眉頭，「你怎麼知道牠會傷害我？」

「我這樣怎麼知道你到底是因為你的病才這麼不在乎自己，還是因為你本來就是這樣？你要我怎麼不在乎你臉上那個百破樂在這邊閃來閃去——小朱也要我不要這麼擔心你，但我怎麼可能不擔心？我在——」

麥憂打斷我的話，他用力推了我一下，「我不需要你像什麼瑪利歐一樣來救我，我不是遊戲裡面的王子，需要什麼閃亮亮工人來把我救出來。我不是我的病，對，媽的我有病，那又怎樣？我就是我，不是所有我做的事情都是因為我的病導致，你知道我一直以來都想要養狗，不是因為我的病讓我想養狗。我跟我男友吵架當然也是因為狗的問題，不是因為我生病了腦袋有問題所以養狗，是因為我沒有先和他好好討論，我就已經決定要養了。我不是我的病，我不想告訴你就是因為這樣，你會只把我當成什麼你需要照顧的對象。」

我愣著看他，搞不清楚他到底在說什麼，「為什麼不能想要照顧你？」

麥憂避開我的視線，我追問，「你說這麼多，你這樣我該怎麼做？知道你有『問題』之後，我要怎樣去看待你的行為？我應該怎麼照顧你？如果你不想要我在乎你，你一開始就不該來找我，我們都三年多沒有交集了，是你自己——你到底希望我怎麼做？」

「我——我、我，我不知道。」麥憂回道，「但這根本不可能傷害我，你看看牠，牠看起來像會傷害我嗎？」

麥憂繞過我，蹲下身，伸手摸了摸吃影怪，吃影怪像是一隻巨大的狗（或者說，巨大的恐怖生物），蹭了蹭麥憂。牠嗅了嗅麥憂的手，一副很享受麥憂撫摸的樣子，我一時半刻也不知道該如何是好，鬍碴男則是在後頭聳了聳肩，我翻了個白眼。

吃影怪忽然向前嗅了嗅麥憂的臉，像是聞到什麼好玩的東西一樣，接著伸出牠的黑色獸掌抓住麥憂的肩膀，用牠黑色的舌頭舔了麥憂的雙眼周圍皮膚。當牠舔完，神奇的事情發生了：我看見百破樂好像有一點被吸了出來。

麥憂愣了一下，稍微向後退了一步，但吃影怪又向前撲進。麥憂不斷向後退，我才要向前阻止吃影怪，但吃影怪就把我推開，牠撲到麥憂身上，麥憂開始尖叫大喊用力拳打腳踢想要掙脫，但吃影怪的力氣顯然大到不可思議，麥憂的掙扎對牠一點作用也沒有——我趴在地上，才剛要起身，就看見鬍碴男衝向前撿起地上的尖刺木柱，朝吃影怪的眼睛戳了下去。吃影怪悶哼了聲，轉頭對他吐出一片黑霧，黑霧籠罩住鬍碴男的臉，鬍碴男就昏了過去。這時候麥憂更大聲尖叫了，我看見他眼周上有一條百破樂黑紅血管脫離他的身體，被吸進吃影怪的體內，像是黑夜長出了自己的血管一樣。

我愣愣地爬起身看著眼前的畫面——我想像了無數次麥憂去動百破樂手術，或者吃到某些藥物排掉百破樂，或者百破樂被吸塵器吸走的畫面，現在這可能性就在我面前，我不知道應該怎麼反應。不是說這有多離奇，因為忘得窩既然能夠發明移除手術，就代表這件事情是能夠被執行的，但我知道麥憂是不可能自願前去，所以我從沒想過我有可能看到這種畫面。

搞不好麥憂就會變得稍微「正常」了，吧？我握起鬍碴男掉在地板上的尖刺木棍，瞪大眼睛看著眼前的景象。

我左手伸進口袋，摸了摸裡頭的硬幣。

麥憂在一旁尖叫大喊我的名字，他的雙眼滿是淚水，吼著我的名字要我做些什麼，阻止那個怪獸把他的百破樂吃掉。

但吃影怪是不是在幫助麥憂？

如果小朱在這裡，一定會大聲要我快點阻止吃影怪，但首先是小朱不在這裡，而小朱在醫院說的那些話一點邏輯也沒有。在醫院封鎖那時候，我好不容易安撫下小朱之後，小朱看著我，吞了吞口水，一臉還是很脆弱驚恐的樣子，說我一定要告訴麥憂我在他飲料裡面丟忘得糖，因為我很在乎麥憂，我要告訴他我真正在想些什麼，我為什麼擔心，我要知道我應該讓他一個人生活，有愛我也不可能真的拯救他。她又說了一次我應該讓麥憂成為麥憂，不要太擔心他，誠實對他。我告訴小朱我沒有那麼在乎麥憂，為什麼大家都要以為我是男同志，小朱卻只是笑了起來，說她知道我不是男同志，但這不代表我不能在乎或者喜歡麥憂。

他們這些人，一點邏輯也沒有。

在醫院的最後，怎樣都找不到麥憂的情況下，我和小朱沿原路回到一樓，打破一樓的其中一間診間的玻璃窗，雖然發出了巨大的聲響和驚動警報器，但我們迅速鑽出去後便不顧一切地往外跑，直到跑到大門前混進人群才停下腳步。我注意到手機訊號恢復了，我四處張望，在忘得窩大廳前看到許多救護車，我和小朱跑到前方說我們是照護機構的人，護理師就滑了一下名單，告訴我們我們帶的兩位住民已經被送去忘得窩進行診療，也已經通報括號蝦照護機構的長官了。

那時候我終於看到麥憂，他在醫院大門口中心的位置，他抱著一個半人半馬的生物，那顯然就是忘得窩變成動物手術失敗後變成的——我走向前喊了麥憂的名字，麥憂抬起頭看我，有部分的百破樂已經躲進他手臂的血管裡頭，聚集在他的手腕附近，全是黑紅色發亮的血管。麥憂正在哭，眼周的黑紅色血管讓他現在的眼淚看起來幾乎像在流黑色的血。我注意到那個半人半馬身上被刺了許多針筒，麥憂說他們在封鎖之前就跑到醫院外頭，這個病患從一樓撞開大門跑了出來，卻被注射藥物到昏迷，現在已經死了。

看麥憂哭成那個的模樣，要我怎麼能不希望百破樂從此離開麥憂身上？

麥憂的尖叫聲迫使我回過神——我不太確定是否該協助他，吃影怪是在幫助他，雖然那似乎反而造成他的痛苦，但這或許是好的，良藥苦口，有些藥物可能就是會讓你這麼痛，像我父親最後被治療的方式，是開腦手術，一塊一塊把腦袋被括號蝦寄宿過的地方拔出來，清除寄生體後再放回去，這過程非常非常痛苦，但這是必要的（雖然沒辦法清除乾淨只能延緩症狀）。

能夠把百破樂去除的話，麥憂難道不會比較自由嗎？我也可以不用那麼擔心他了。我記得以前麥憂沒有那麼痛苦，麥憂的百破樂也沒有這麼囂張。

麥憂的雙眼流出黑紅色的液體，他的尖叫開始失去聲音，現在在我面前的只有畫面，我能看見他雙手的皮膚滿布黑紅色血管。他看起來好痛苦，我不知道我應該不應該幫他，我覺得我不應該幫——我摸著口袋裡的硬幣，走向麥憂，吃影怪顯然根本不在乎我，牠正在食用麥憂的百破樂。

吃影怪繼續舔著麥憂的身體，那些血管都泛起黑紅色明亮的光芒，有些開始離開麥憂的身體，進入吃影怪體內，穿透吃影怪黑色卻幾乎像是透明的身體，泛出紅色的亮光，而這個過程，使得麥憂尖叫的聲音開始愈來愈大。我深呼吸，靠近麥憂，我一手握著尖刺木棍，另一手摸了摸麥憂的額頭，想要安慰他，我告訴他不要害怕我在這裡，不要害怕我在這裡，就像是他高中時候在我半夜驚醒的時候對我說的、就像是我在醫院對小朱說的。

但麥憂卻只是瞪著我瞧，滿臉沾滿從他雙眼流出的黑紅色液體。

我向後退開，被麥憂的眼神嚇到——我退到吃影怪身後，牠此刻正在努力清理我的朋友身上的百破樂。我握緊木棍，深呼吸了幾次，我真的希望牠能這樣治好我的朋友，否則我的朋友現在經歷的痛苦就全都白費，但麥憂剛剛那個眼神，麥憂正在痛苦，可是我應該要讓吃影怪治療好麥憂，這應該是安全的，忘得窩都有移除百破樂的常規手術可以做了——我感覺後腦杓的尖刺猛敲著，小朱在醫院對我廢話的那些事情又全部竄上我腦海，我不知道我應該怎麼做。

我抽出口袋的硬幣，藍色是不做任何事情，白色是做——我投擲硬幣，硬幣投到藍色的那一面，我向前看著麥憂，麥憂側著臉，滿臉頰都是黑紅色的眼淚，我向前走近，告訴他不要擔心我在這裡，不要擔心我在這裡。我又投了幾次，每一次、幹，為什麼每一次都是投到藍色這一面——我深呼吸了一口氣，藍色不做任何事情，藍色不做任何事情，藍色不做任何事情。我不應該做任何事情，我應該要讓麥憂好好被治療。

我又投擲了一次，仍然是藍色——我不該做任何事情。

麥憂盯著我，他已經痛到叫也叫不出什麼聲音了，我一手摸了摸他的臉頰，吃影怪完全沒有理睬我，牠正在吸食麥憂手腕上的百破樂——我向吃影怪走得更近了些，深呼吸，再次深呼吸，舉起木棍，就在我想要插下去之際，我放下木棍——距離太遠了。

我彈了舌頭，先是彈一下，接著連續彈了好幾下，直到吃影怪因為我的動作停下牠正在吸食麥憂百破樂的行動，牠轉過頭，用巨大卻看起來沒有任何東西、就像是會把人吸進去的洞穴般的眼睛看著我。

牠的視線移到我手上的木棍，牠輕輕歪了頭，指尖伸到我下巴，異常冰冷的痛覺傳來，痛得我大叫出聲，但我沒有鬆開握在手中的木棍。我悶吼了聲，將木棍尖刺的那端，從吃影怪的頭部頂端直接往下插去，一根一根骨頭和皮肉被我刺穿的聲音傳來——接著砰的一聲，牠在我們面前爆炸了。

我全身沾滿黏稠的黑色液體，麥憂從溼滑的祭臺上搖搖晃晃地走下，他全身也都沾了黑液，我注意到他原本被吃影怪吸出來的眼周黑紅色百破樂血管又恢復原樣了——我到底做了什麼？我為什麼要這麼做？我為什麼要這麼做？

我瞪大雙眼看著麥憂，雙手攤開，我完全不知道應該怎麼反應。我想了這麼久，我發誓如果麥憂哪天昏迷在我面前，我真的會直接騙醫生說他同意移除百破樂了並把他送去病房。你知道我在想什麼，你看過我看過的那些資料，你知道我平常都在想些什麼。

那為什麼我會這樣做？

麥憂走到我面前，我瞪大雙眼仍然沒有辦法移動，幾乎整個人僵住，我到底做了什麼，我明明投到藍色那一面了，為什麼我會這樣做？我為什麼要這樣做？麥憂看著我，他深呼吸了一下微微喘著氣，向前伸出右手用力打了我一巴掌——我還沒有意識過來，他又打了我一巴掌。

我這才回過神來，剛要咒罵麥憂時，他衝向前用力抱住了我。

17

麥憂幹了這件事情大概算是我活該吧。

我已經很久沒有在家裡的地下室待這麼久了，從我復學之後，頂多下來抓幾隻迷思獸烤成乾磨成粉弄給我媽和自己吃，拿了高中過後就一直放在這裡的一些逼不得已必須拿取的東西，我根本多待在這裡一秒鐘都覺得焦躁——這裡莫名其妙冷到不行的溫度、為了繁殖迷思粹而二十四小時打開的大燈、父親遺留下來的大衣、他的所有他所謂「男人的工具」、些凌亂的螺絲起子、螺絲、燈泡、電鑽。

父親在他括號蝦寄生症狀愈來愈嚴重時，下來地下室的時間愈來愈頻繁，他一週有幾天甚至不會回到樓上，都要我特地準備食物拿下來，他還會忘記吃飯，而每次我看到他手指都有些凍傷，我完全搞不清楚到底他是去哪裡被凍傷的，明明他都在地下室而已——我根本不知道他待在地下室裡做些什麼，明明照護迷思獸，培養新的土盆接植那些迷思獸特別喜愛的蕨類盆栽沒有那麼麻煩，但父親就是常常整天都待在這裡，母親也對他沒有任何辦法。

地下室中央有個大桌子幾乎占滿了中心空間，原本這些是用來放置父親養殖迷思獸的專屬蕨類盆栽，在左側整面牆的鐵架角落有一個紅色沙發椅，那是父親的座位，曾經是放在一樓客廳的電視前，在父親失蹤後就被我搬到地下室了，連同他偶爾會在客廳晚上看的小電視、拐杖、枕頭、尿壺和那些原本以為我能在家照護父親而購買的各種器材，包含了一張可調升式病床。

這裡塞滿了所有我不希望看到的東西，沒有一個是我想要重溫的。

迷思獸專門生長的蕨類樹盆都被忘得窩機構帶走了，地下室中央空空蕩蕩的，大桌子上的燈都還亮著，我真的搞不懂父親到底是用什麼空調到現在都還維持冷到有點讓我手都起雞皮疙瘩的溫度。有一兩隻迷思獸在飛舞，但忘得窩機構留在這裡觀察生態一週以確保沒有遺漏任何迷思獸，一旦機器偵測到就把牠們吸進籠子裡。麥憂偷藏了一隻迷思獸在自己口袋，我實在很想告訴他這根本沒用。失去原本居住的蕨類和潮溼陰冷的空氣，迷思獸沒有辦法存活太久，他還不如快點拿去烤箱烤一烤趁新鮮吃掉——但我不知道要怎麼跟麥憂說話。

在露營結束後有些東西鬆開了，就像你裡面有個螺絲被轉開了，在我阻止吃影怪的行動之後，我不知道應該怎樣面對麥憂，我甚至不知道怎樣面對小朱和麥憂男友。我先前所說的話，所做的事情——我甚至不知道要怎樣看待已經不附在麥憂體內的百破樂。在露營結束的一週多後牠脫離了麥憂的身體，重新回到平常人面獸身看起來像是小蝙蝠的模樣。我確定牠一定知道我原本想幹什麼，因為我只要一靠近，牠就會馬上向後飛遠，不像之前常常硬想湊過來騷擾我。

我抬著一個裝滿器具的紙箱，走到麥憂面前，原本想藉此和麥憂說話，說個什麼你看這是我父親以前的施工工具但我們要把它收起來了這樣算不算移除父權毒害啊之類的——但我腦袋裡還是像露營結束後那一整個星期一樣亂糟糟的，我什麼話也沒說出來。

露營的收尾就在吃影怪被我阻止，沒有成功吃掉麥憂的百破樂之下結束，我們在洞穴中等到鬍碴男醒來，扶著他跟他一起走出洞穴。他熟門熟路地帶領我們穿越那些早該滅絕的野生動物群，一邊抱怨他從小就生活在這裡，從來沒有遇過那種怪物，一定是我們惹怒了山神還什麼的，說得像是山神是真實存在的一樣。

在我們回到露營野地後，麥憂衝向前抱住站在帳篷外一臉焦急的男友，我站在一旁不知該做何行動，小朱靠近我似乎很意外我皮膚上的許多傷痕，她才剛伸手要碰我，我就連忙往後退了好大一步。露營行程當然就直接結束了，麥憂和我在車後座一句話也沒有說，我坐在後座瞪著前方，不知道該怎樣對所發生的一切事情反應。

這情況維持了整整一週，我和麥憂都蹺掉服務學習課程，麥憂男友在上週服務學習結束時間忽然跑來敲我家門，我探頭一看發現麥憂坐在車子後座。我雙手交疊胸前，不明白他男友跑來幹麼，他只對我比了比手勢，顯然是要我坐上車子。我對他翻了白眼沒打算理他，但他就站在我前面沒有閃開的打算，我沉吟了聲，最後還是坐上了他的車。

他把車開到忘得窩本院的診療室，要麥憂和我下車，我們一下車他就立刻開車走人，診療室裡頭有人走了出來，顯然是麥憂男友已經先動用關係替我們臨時預約門診——我翻了白眼，麥憂一臉不情願的樣子，他眼周還是閃爍著百破樂血管的黑紅色光澤。

我和麥憂坐在診療室內，前方一位陌生的心理師正盯著麥憂瞧，那個眼鏡大叔翹腳坐在前方，視線一直放在麥憂身上彷彿我是空氣。我試著忍下不耐煩的語氣，打斷他明顯在意淫麥憂的情境，問道：「我們是要幹麼？」

「你告訴我吧。」大叔側過頭看我，他向後靠了沙發。

我和麥憂兩人都沒有說話，就只是看著大叔，大叔臉上的微笑很快就因為我們沒有任何回應而僵掉。他清了清喉嚨，指了指麥憂，說道：「你有沒有什麼想和他說的？這裡是個安全的空間。」

我搖了搖頭，接著大叔問了麥憂，麥憂聳了聳肩，就在大叔一臉看起來想要放棄之際，麥憂說了一大堆有的沒的，像是我是個多歧視的人只是假裝自己是好的異性戀男性、根本就不是真的在乎弱勢族群權益、只是因為自己腦袋好比較會藏就表現得好像自己沒有歧視別人、但其實這才是更糟糕的異男、因為這種異男通常可以統治世界、但我不會真的在乎他們的權益、我只是因為害怕被討厭所以不敢說自己真正在想些什麼、而骨子裡還是父權遺毒三小的、根本就崇尚暴力是個暴力狂——我原本想要解釋，但麥憂好像講上癮了，開始講起我的其他事情。

什麼我從父親失蹤之後就一副全世界都欠我的樣子，他在學校有聽說我情緒失控打了同學被強制休學休養精神，原本想要關心一下但當然沒辦法關心因為我直接把門都關起來不想接受任何人靠近，好像自己是什麼唯一清醒唯一有在痛苦的人其他人的痛苦都是假的，明明對小朱根本超級感興趣又表現得好像很看不起人家、那明明就是自己價值觀有問題還不敢承認、到底哪有人對對方沒興趣卻每天都還狂刷對方的忘得讚、每一個貼文都點讚、甚至整個網路瀏覽紀錄都是跨性別研究，到底哪裡來的笨蛋會以為自己可以用邏輯來阻止自己的情感——更不用提自己不喜歡吃忘得糖還想要我吃以為那對我會有用，根本從、來、沒、有、問、過、我、需、要、什、麼。

麥憂一口氣說了一大堆抱怨我的話，我僵在沙發旁，一句話也回應不了。

最後，麥憂整個人往後靠到沙發，深呼吸了一口氣，說如果這時候有迷思粹就好了——診療大叔的眼神忽然起了變化，彷彿麥憂剛剛說得那整串話根本不重要反而迷思粹才是最重要的。他詢問麥憂怎麼會講這些，而麥憂也不疑有他地說我家地下室有個小型迷思粹農場是我父親留下來的，診療大叔連忙按下他手錶上的按鈕，忽然警鈴響起，我翻了白眼看著在一旁明顯不知道發生什麼事情的麥憂。

就像我講過的（我非常確定你忘了），迷思粹已經受到政府（其實是忘得窩）管制，所有迷思獸的養殖都需要透過政府（忘得窩）核可，迷思獸農場已經全部由政府（忘得窩）進行集中管理，以達到最大化量產迷思粹。所有舉報都能夠獲得獎賞，政府（其實是忘得窩）鼓勵任何人民背叛彼此，診療大叔的舉動在我看來其實只是我父親從前常常跟我說一定會有一天發生的畫面而已。

忘得窩機構很快就派遣人員前去我家的地下室將迷思獸都抓走了，連帶那些養殖的蕨類，因為那些蕨類上頭都長滿迷思獸的卵。員工放置了一個飛在空中的偵查機器，那個偵查機器會運作大約一週的時間，這期間將自動捕捉這空間內所有的迷思獸，而等到機器停止運作，我就會恢復「正常人」身分。當我的手錶恢復藍色後，我就能離開家門，外出旅遊，施展自由意志，使用大眾運輸工具或者看醫生之類的。

但在那之前我基本上就是被關在牢裡的犯人。

唯一的好處大概是這週服務學習時間我不用前去，但麥憂還是不告而來，直接決定要在這天替我整理地下室。他還和我媽在門口聊了一下，我不是很知道他們在聊什麼，我努力想聽清楚但他們說話聲音小到不行，我只聽到我媽說請他多多關照我什麼的好像我是什麼小孩一樣，麥憂只是拍了拍她的肩膀，也沒有要正面回應像是對啊我當然會照顧他之類的。

我在麥憂走下地下室連忙隨便拿起箱子翻找，當他踏了進來，我抬起頭看他，他正看著我的手錶，手錶目前顯示顏色為紅色。我在想應該沒多久就會變成藍色了，畢竟也已經距離上週服務學習時間（我們被迫去忘得窩精神治療）一週了，照理來講我受到限制的期間已經快要過去。

我伸手調了調手錶，低著頭等待麥憂說話。原本我以為他要說些什麼話，畢竟就算我是做錯了，他仍然是害我落得這個奇怪下場的傢伙。況且我父親的迷思獸農場就這樣全部被搬走了，他好歹也享受過無數次我們自行繁殖的迷思粹粉快感——但麥憂沒有說話，他就只是低頭開始整理那些跟他根本一點關係都沒有的行李。

麥憂很快地就把東西大致分類好，他拿出了原本就在牆前鐵架上的紙箱，開始把相同相關類似功能的器具都放在一起，他甚至整理了一些原先父親放置很凌亂的修理工具，那些東西我自己都不知道到底作用是什麼。麥憂收拾的速度很快，他在這裡才剛過個半小時左右不到，就已經幾乎把鐵架上父親的雜物都收拾分類好了。紙箱被他堆疊在地板上，牆上看起來什麼東西也沒有了，只剩那個滿是灰塵的鐵架。

地下室很冷，我看著整理完東西後，雙手摩擦了幾下的麥憂，指了指跨在父親沙發椅上的灰色外套，他連看也沒看就搖了頭——我走向前想替他穿起來，但一拿起來就聞到一股霉味，連忙把衣服放回沙發上。

也是，這外套不知道多久沒有洗了。高中畢業後，我把大多數的東西都放到地下室裡，原本是東塞西擠因為地下室是父親的迷思獸農場，忽然農場被拿走了，這整個地下室空間一時半刻我也不知道要如何善用——麥憂倒是很快地決定要先打掃，他從樓上拿下了吸塵器，拉了線插上電後，直接吸起幾乎從未打掃過的地下室。

麥憂吸地的同時我看了一下地下室的環境，四面牆壁，有一面牆的鐵架上頭原本放滿零散的箱子，裡頭都是父親隨手亂扔的修理工具，麥憂已經分門別類把裡頭的東西重新裝好，我完全不知道他知道那些工具是做什麼用的——現在那鐵架上沒有任何東西，地板上都是堆起來的箱子，我拿起放在地下室中央大桌子上頭的抹布，擦起整個鐵架。

麥憂吸塵器沒開多久，忽然電燈就跳電了幾秒，就在我準備開口叫麥憂先把吸塵器關掉時，地板下就傳來很大一聲開關彈掉的聲音，整個地下室的電源都跳掉了。沒多久父親的發電機自行啟動，地下室的大燈亮了起來，但麥憂試著重新打開吸塵器，機器仍然沒有反應。我忍住翻白眼的衝動，我知道這大概算是我的報應一環——我經過麥憂，走到側邊的牆前，打開鑲在牆內，應該是總電源開關的小門，一打開卻發現裡頭不是總電源，而只是一堆照片。那些照片掉到地板上，我蹲下身撿起來，發現照片都是我媽的照片。我那個幾乎不存在，從我父親失蹤後，就靠工作來麻痺自己的媽媽。

我看著照片上她的笑臉，深吸了一口氣，將那些照片全都塞回牆上的小空間內，關上小門。

「你這樣做不累嗎？」麥憂的聲音從後頭傳來。

「啊？」

「把所有東西都關起來。」

麥憂指了我剛剛關上的小門，彷彿那是什麼人生隱喻一樣，我真的很想告訴他不是那樣，人生沒有什麼隱喻，隱喻只是白痴揑造出來想要理解這個世界的方式而已，我不需要隱喻。有些東西就是發生了，發生過後就只能面對。我當然不希望父親失蹤，但他失蹤了，我只能面對失蹤的事實繼續活下去，我以為我可以替麥憂解決百破樂這個麻煩的問題讓他快樂，但我辦不到，我只能面對百破樂會一直存在的這個事實。

我看著麥憂和停在他肩膀上的百破樂——媽的，「讓他快樂」，這話我現在自己想起來都沒辦法相信。後腦杓的尖刺敲擊感又傳來，我父親半夜喝酒開著電視大聲吼叫的背景音樂又響起，我握緊拳頭，不知道該如何是好。

我開了口，呃了幾聲，抓了抓頭，迴避掉麥憂的視線，說道：「我不知道怎麼做。」

麥憂啊了聲，我嘆了氣，抬起頭來看他，我不知道要怎麼告訴他那些事情，像是我知道我有些念頭不好，我知道那些東西是不對的，我知道性別是被建構出來的東西而且不僅僅只是生理或社會建構，我知道性別甚至不只是表演性質的東西，那是一整球錯綜複雜的毛球你沒辦法回推回去說什麼是什麼，所以唯一合理的邏輯是，對方認為自己是什麼就讓對方是什麼。我也知道括號蝦照護機構是對如同我父親這些括號蝦患者來說最好的去處，有一大堆研究數據已經可以證明讓括號蝦患者共處在一個環境彼此交際，對延緩退化、降低括號蝦活性有顯著益處，而變成動物手術可以讓已經無法面對生命的人找到一種方法回饋社會、教育社會，我知道，這些我都知道。我當然也知道，麥憂和他男友正在熱戀，結婚不是什麼異想天開的事情，更不用提說我知道麥憂就算移除了百破樂，他的精神問題也不會從此就再也不會發生。我知道暴力不是人生的解答，有時候反而會造成更嚴重的後果，打在身體上的傷害可能會停止，但有些東西會在肢體暴力發生的過程中鑽進身體裡面，我知道，我、真、的、知、道。我也知道有些人就是生來缺乏一些大多數人擁有的東西，這不應該說他們不正常，這應該說就只是發生了些比較辛苦的事情在某些人身上，那些人缺乏了一些我們與生俱來的功能，而那代表他們平常生活比我更加辛苦，不代表他們是我的次等存在。我知道，這些我都知道。

但我就是不知道怎麼消除我腦袋裡的想法——我知道我不能繼續這樣，可是我就是覺得那些東西都是錯的。

我看著麥憂，握緊拳頭，什麼話也說不出來。

麥憂嘆了氣，撥弄了一下因為搬運東西整理地下室而凌亂的頭髮，百破樂現在用翅膀把自己罩起，獸腳夾著麥憂的肩膀正在睡覺。我拳頭愈握愈緊，我手心那些好不容易結痂了的傷口感覺又快被我戳破了，我用力呼吸，轉過頭想要忍下這莫名其妙湧上來的情緒。

我聽到麥憂把箱子放到桌上的聲音，用力眨了眼睛後我才看回他的方向，他把箱子裡頭的東西全都倒到桌上，一堆塑膠盒子散落在桌上，裡頭還有空掉的鐵瓶、收音機和一些零星小電子器具，我不知道麥憂這麼做的原因。

麥憂又把原本堆好的箱子搬了一箱過來，這次倒到桌上的全是文具。他又倒了一箱，裡頭都是電器用具。就這樣他來來回回搬了好幾次，把原本我們整理好的東西全部都給倒了出來，甚至還把那臺小電視都直接搬過來抬到桌子上面，砸上去時一些桌子上的塑膠盒子都應聲碎開。

「你在幹麼？」我皺起眉頭問道。

麥憂對我揮了揮手指，沒有要回我話的意思，從旁邊箱子裡拿出我父親的鐵棍，他把一根鐵棍扔給我，鐵棍掉在我面前，差點砸到我的腳。我向後退了一步驚叫了聲，麥憂翻了白眼，一副我應該要接住的樣子——他甩了甩自己手中的鐵棍，轉頭就是往桌子用力一砸。

鐵棍砸到桌子後發出巨響，上頭的一堆原子筆分散四周，我驚呼了聲，麥憂看了我一眼，剛剛睡著的百破樂此刻飛起來在空中盤旋。麥憂繼續揮著鐵棍往桌子上砸，才幾下的動作，桌上一堆零碎的物品就都被打散震開或者四分五裂，桌子上大多數留存的都是體型較大的器具，像是小電視、收音機、各種酒瓶、鐵罐、塑膠收納箱子和裡頭一大堆不知道到底是什麼的手機。我怎麼沒注意過我父親有這麼多手機？

我還沒來得及思考這件事情，我手上的手錶就忽然發出尖銳的鈴聲，最後從紅色轉換成藍色，我這一整週的管束時間正好結束。那臺飛在半空中不斷偵查的機器降落到地面，高速轉了好幾圈，接著往上一衝，朝一樓的方向飛去，看來是要回去忘得窩。

我甩了甩手腕，把錶帶扯開，隨手就把手錶扔到桌子上。

麥憂放下鐵棍，他看著我，指了指桌子，我瞪大雙眼看著他——我搖了搖頭，他點了點頭，我又搖了搖頭，他又點了點頭。我忍不住低吼了聲，向前舉起鐵棍，作勢就要朝他頭上打下去。麥憂微抬起頭看著我，一副知道我就是不會對他做任何行動的樣子，我咬牙悶哼了聲。

我轉過頭看向桌子上的東西，舉起鐵棍，輕輕砸了一下手錶，手錶只是發出了鏗鏘聲但連錶面都沒有毀損。在一旁的麥憂笑了出聲，我回頭瞪了他一眼，再度舉起鐵棍朝桌子上的手錶用力揮下去，錶面整個被敲到凹成扁狀。我深呼吸了一口氣，卻沒忍下繼續砸東西的衝動，砸爛了手錶旁的灰色小型塑膠收納箱，收納箱裂了開來。

我握緊手中的鐵棍，忍不住心底的衝動，揮棍砸了小電視，小電視破裂的聲音傳來，再深呼吸一口氣，繼續用力砸著同樣的位置，凹陷的小電視破裂痕跡愈來愈大，直到整個電視都裂開。麥憂在後頭呼喊了聲，我忍不住露出一個微笑，他側過身走向前，也舉起鐵棍開始砸起桌面的東西。

我們很快就把整個桌子上的器具都砸過一輪，該壞的東西都壞了，所有的塑膠盒都破碎到沒辦法裝任何東西，玻璃碎屑分散四周，鐵罐從中被砸成兩半，斷掉的遙控器上頭還貼著父親的姓名貼，收音機的天線斷成兩半一半卡在電視機殘骸裡頭，連地下室中央的大桌子都被我們敲到癱了一半，一角斷裂，整個桌面都傾斜到地板上，大多數物品的殘骸都滑到地板上。

麥憂的破壞還沒結束，他拿起鐵棍開始用力砸著桌子的另外三腳，很快就成功地揮斷一根柱腳，我原先想阻止他，卻也揮起鐵棍，把剩下兩根柱腳砸掉，桌子直接整片掉到地面發出巨響。

「就這麼做吧。」麥憂終於露出他往常的那種微笑。

他靠近我，拍了拍我的肩膀，我伸手拍了拍他的肩膀。就在我必須承認我有一點點享受這種感覺之際，我聽到桌子底下傳來奇怪的聲音。

我說不上來那是什麼聲音，麥憂顯然也聽到了——我們一同移開掉在地板上的桌子，發現因為我們拿鐵棍大砸特砸的緣故，過程中似乎稍微撞開了地板，有一塊較大的瓷磚，大小大概都能塞下我了，那塊瓷磚似乎鬆脫了。瓷磚和四周露出了些許縫隙，縫隙底下還散出光亮。

我和麥憂合力把那塊瓷磚搬起來，原本以為只是塊瓷磚，結果它底下還鑲嵌了伸縮彈簧，我們兩人用了很大力氣才把它整個拉起來，一拉開就從裡頭竄出類似剛打開冷凍庫那樣的冷氣。

我們探頭一望，此時的燈泡很亮，我們沒有花多少時間就看清楚底下有些什麼——那裡是另外一整群不知道如何種在底下的迷思獸蕨類，我向底下明顯是另外一層空間的地方伸出手，接觸到冷空氣的我訝異於其中的潮溼程度，幾乎像是有人定期在裡頭灑水照護一樣。

有好幾隻迷思獸從裡頭竄了出來，跑到我們身邊飛來飛去，我和麥憂四目相對——我雙手撐著瓷磚，發現底下有條階梯，我彎下身爬了進去，麥憂隨後跟上。底下的高度沒有多大，大概就是比我和麥憂再高了些，感覺是個為了逃難而建造出來的密室。這裡是另外一座迷思獸農場，但溫度更冷些。我看了看四周，發現牆壁上有個小門，我按下按鈕打開，驚訝於主電源竟然建在這裡。我一打開，地下室的發電機就停下運轉聲，我從通道頂端看到樓上的電燈閃爍了幾下，隨後又恢復正常。

忽然，一堆水從四周噴來，我和麥憂驚叫了聲四處逃竄，在我整個身體都被淋溼時，我才找到水的來源，是鑲嵌在底下四周被蕨類盆栽擋住的自動噴霧灑水器，我向前伸手轉掉了它們的開關。

我走回麥憂身邊，麥憂張大雙眼盯著前方瞧，我循著麥憂的視線看了過去，發現有一隻意儒懸獸爬了出來，一副牠是這裡的國王的模樣。我向後退了一大步，但麥憂完全沒有被牠驚嚇到，就只是蹲下了身，伸出手在半空中，直到那隻銀白毛尾端有紅色色澤的生物主動靠近他，蹭了蹭他的手掌，整個空間都冷意非常。

我不知道父親從哪裡偷來了這隻野生的意儒懸獸，尾端的紅色色澤沒有染上任何一丁點藍色痕跡，代表這不是忘得窩人工繁殖的成品。我不知道牠是怎麼活在這底下的，而牠明明應該是父親的囚獸，為什麼牠對麥憂沒有任何抗拒？難道這是我父親後來花這麼多時間待在地下室的原因嗎？他在照顧牠嗎？這是為什麼我父親手指總是有著莫名其妙的凍傷，而我一直以為是因為他在自殘嗎？父親是把這隻意儒懸獸抓起來養在這裡，以免自己的農場有天室溫無法維持這麼寒冷嗎？

看著那隻正在蹭著麥憂的意儒懸獸，和飛舞在一旁顯然在吃醋的百破樂，我有好多疑問，但我什麼話都說不出來。

我父親為什麼從來沒有告訴過我？

18

我不知道該怎麼做了。

今天是服務學習的最後一天，機構長官替我們舉辦了歡送餐會，大廳被改造成三大圓桌，照護機構的住民們也都出來參與。我和麥憂、小朱、麥憂男友坐在中間的圓桌，上頭有整隻大烤雞和一鍋雞湯跟青菜，長官拿著麥克風誇獎我們這學期的努力，我一邊聽著他說的那些話，一邊試著擺脫稍早我和小朱前去要推某個住民去晒太陽時候，照護人員忘記替住民包尿布，而住民尿在床上的畫面和氣味——我知道，我知道，這些都是括號蝦患者的常見狀況，照護人員很辛苦，我當然知道，你不用急著又覺得我故態復萌沒學到教訓。

照護人員緊張地趕緊叫其他人來協助，小朱倒是一點猶豫也沒有就直接幫忙，他們把住民扶起來先是走去浴室，另外剛趕來的照護人員替住民脫下衣服沖澡，小朱則是沒在管那些床上的尿漬，就把床單棉被枕頭整堆拉起，我走向前抱起那些東西放到房間外走道旁的推車上，讓照護人員方便把衣物推去清洗。

長官還在講著我們多認真服務——我側過頭嗅了嗅衣服袖口，懷疑自己身上是不是有沾染到尿味。

我看向小朱，小朱對我露出微笑——我們又重新開始在忘得讚上傳訊息聊天了，小朱是轉學生所以這學期結束還不會畢業，她最近在分享自己準備放長假後要去哪些地方旅遊，她把自己做的旅行資料都發到上頭，我有點擔心她這樣把自己的行程展示給一些奇怪的陌生人看，試圖找到好的方式告訴她這件事情，但怎樣修飾語言看起來都很像什麼控制狂。

最後我放棄了，就只傳了一句「這樣會不會大家都知道妳要去哪裡？」，結果她卻回了我「那你要不要跟我一起去？」這種文不對題的答覆。

在括號蝦機構的服務結束於長官和照護人員分別替我們準備了一堆送行禮物，長官還在最後一次服務學習結束時試圖擁抱我——我很想不要躲開，但我的身體顯然還是很抗拒任何形式的靠近。麥憂替我接過了長官的擁抱，順便嘲諷了一下我對身體界線介意的程度。

站在括號蝦機構大門，麥憂男友正在和長官對話，我這週試圖努力補齊我沒有學好的手語入門，現在大概稍微能比較明確地理解他們在講什麼了，雖然那大概也不是重點。麥憂的左手搭到我肩膀上，側身靠著我，他右手提著一大袋照護人員送給他的食物，小朱走了過來，站在我面前。

小朱把頭髮塞到耳後，先是和麥憂揮手道別，接著雙手交疊身後盯著我，一副在等待我對她說什麼的樣子——我想不出來有什麼好說的，就只是盯著她瞧，我呃了幾聲試圖想要擠出個什麼話，最後也只是揮了揮我的左手，跟她說了再見。

小朱點點頭，又停頓了幾秒，但就在我能擠出任何可以告訴她的話之前，她又點點頭，轉身向其他照護人員告別，接著就走向麥憂男友的方向。因為麥憂男友要先走，順路開車載她離開白跡村。

麥憂嘆了氣搖了搖頭，我甩掉他靠在我肩膀上的手，糾結了幾秒，向前小跑了幾步，拉住小朱的手。

小朱回過頭看我，一臉驚訝的樣子。

我吞下口水，悶哼了聲，試著壓下我快速的心跳和我後腦杓那被尖刺敲擊的聲音跟忽然又無緣無故響起的父親叫罵背景雜訊。

我看著小朱，問道：「之後還、還能見面嗎？」

小朱看著我幾秒鐘，時間久到我幾乎以為她會拒絕——但她答應了。

事後真的也沒什麼事好說的了，括號蝦照護服務時間結束了，我得到最後的必修學分，幾乎等於確定畢業了——我和麥憂兩人共同提著一個大塑膠袋，裡頭裝滿了大多數是給麥憂的食物，畢竟所有人都喜歡麥憂。我們從括號蝦機構走下山，一開始都沒有說話，就這樣往下走著，但麥憂忽然停在下山必經的石橋邊，他鬆開握著袋子的手，袋子裡頭的東西差點翻出來。他跳到石橋邊的石圍欄上，站在上頭，百破樂停在他的肩膀上，我幾乎快叫出來。

麥憂顯然對這高度一點懼怕也沒有，就只是站在上頭，我知道石圍欄不小，但看起來還是就像他快跳下去或者掉下去一樣。我站在橋邊，看著他的行動，嘆了氣。

我從橋邊爬了上去，來到他旁邊，麥憂側過頭看我，一副很訝異的樣子。我不知道他在驚訝什麼，我畢竟還是個男人，就算我現在完全不知道應該怎麼繼續做為一個男人，一個好的、我父親不斷教育我、我應該要成為的男人。我想有些東西還不會那麼快離開我，就算我知道那些東西不太好也一樣。

麥憂坐下，我也跟著他一同坐下，我們兩人現在就坐在石橋邊的圍欄上，雙腳懸空晃啊晃。我往下看，發現這已經是很久很久，我也不知道多久以來，我難得從任何高距離的地方往下看，沒有那個我直接跳下去看看好了的想法。

我不喜歡這麼長時間的沉默，我怕我會不小心說出什麼其他東西，我在腦海中搜尋著目前可以被拿出來講的話題，最後只勉強擠出了一個問題。

「你還沒答應你男友的求婚吧？」

麥憂看著我，笑了並搖起頭來，「我男友，名字。」

我不明白麥憂的意思，「啊」了一聲。

「我男友名字叫做什麼？」

我睜大雙眼，被他的問題愣住，「我、呃——為什麼忽然問我？」

「你甚至不知道他名字，你覺得自己能判斷我該不該接受他的求婚？」

「我——我不是要說那個——」

我看著麥憂的笑臉，嘆了氣，聳了聳肩。

「那你想說什麼？」

我吞了吞口水，彈了聲舌，呃了幾聲，惹來麥憂的大笑。我翻了他白眼，低下頭看著自己在橋上晃啊晃的腳，說道：「我、呃，嗯——我不知道要怎麼做。」我沒有看向麥憂，只是繼續低著頭，「我——呃，嗯，還是不知道要怎麼做，我要怎麼，呃，怎麼講？」

「你可以告訴我。」麥憂說道。

我嘆了長氣，沉默了好幾秒，轉過頭看向他，「我知道性、性別，不是絕對的，建構出來的東西當然可以改變，但我覺得那是，對的？我覺得建構出來的東西是對的。我覺得其他人要說那些不是建構的很奇怪。我知道為什麼大家那樣說，但我就是覺得很怪。還有百破樂。」

我指了指麥憂肩膀上的百破樂，牠一被我指到就飛得遠遠的，像是牠還記得吃影怪的事情一樣——我猜牠應該還記得，我大概是這輩子都沒辦法把那個東西忘掉了。

「我、我也不知道，我知道這是無害的，相信我，我為了你根本把整個忘得寫圖書館都快背起來，我知道你的精神狀態跟百破樂沒有什麼關係，有或沒有你都會一樣。但我還是覺得，我，覺得，這個東西如果拔掉，你可能會快樂一點點？我、我不知道要怎麼改變這個想法。」

麥憂低下頭，他沉默了太久，我以為他再也沒有打算說話了。麥憂最後抬起頭看著我，他伸手撥了一下子自己的頭髮，我現在才發現他的髮型慢慢地變得和我好像。我把手伸向前，替他把耳邊的頭髮先塞到耳後。

麥憂說道：「為了我做。」

我輕笑出聲，以為他在跟我開玩笑。

「你說，我要為了你，去說謊，明明我不相信這個，但我要說，對，你就是，女人？或者我就要說，我不覺得同志有問、問題？」我回道，有些氣結，「我知道你們都沒有問題，我知道，有問題的是我，整個社會都在告訴我有問題的是我，我應該要知道才對吧？但我就是不覺得我有問題啊。」

「為了我做。」麥憂說道：「替我做——相信我，完全，相信我。」

我搖了搖頭，不知道麥憂到底為什麼講這些，「你確定你沒有不小心喝到我偷下忘得糖的飲料嗎？你是不是太輕飄飄了，話也說不清楚。」

「相信我。」

麥憂站起身，他就這樣站在石圍欄上，我如果不小心揮到他的腳，他就會直接掉下去了。我也站了起來，先下了圍欄，告訴他也快點下來。麥憂搖了搖頭，繼續解釋。

「這很沒道理我知道，如果可以，我會跟你說其他的方法，但這是我唯一想得到的。」麥憂停頓了一下，從石圍欄跳了下來，站在我面前，「我知道你在乎我，很在乎我，所以我現在告訴你的是，你要相信我。你要相信，當我跟你說，你這個想法是不對的時候，就算你不覺得這樣，你還是相信我。你要相信我是在做對的事情，你要相信我相信的事情是對的，最重要的是，你要保護我——你要保護其他所有跟我一樣的人，你不能只是相信我，你要相信他們，你要相信那些跟我一樣的人。當他們說，他們就是這個樣子的時候，她就是他，他就是她，你就、你就是，相信他們，像是你相信我一樣。」

我很想直接點頭告訴他我絕對做得到——但我只是站在他面前，什麼話也說不出來。

下山後，我們把食物放好，我媽不知道什麼時候和麥憂勾搭好，替他準備了很大的後背包，那個後背包我一看就知道裡面裝滿一些煮好的食物和野餐設備。另外我媽又拿出了兩個大垃圾袋，裡頭裝了滿滿的東西，我皺起眉頭走向前拆開其中一個查看，裡頭是我和麥憂上週在地下室砸爛的垃圾殘骸，我還能從殘骸中推測出某一大塊是父親的收音機。

我看著我媽，一時之間不知道該說些什麼。

麥憂在後頭呼喊，我轉過身翻了他白眼，我覺得那實在一點道理也沒有——他現在的意思是要我們把這些東西扛到山上去，扛到那個超難抵達的私密水母湖。到底誰有那個精神？

所以我就把麥憂殺掉了——當然不是，我一個人提著那兩大袋垃圾，小心地爬山不要滾下去，我非常確定我的手指都破皮了，要是我的臉有磨蹭到雜草造成的傷口我就一定會把麥憂打成肉醬。就在我把第二大袋垃圾好不容易扛到水母湖前，先抵達上頭的麥憂已經鋪好地墊，他指著水母湖上原本我們之前就有放置的清掃用具，要我先拿鐵絲掃把把草皮稍微清整一下。他一個人從那個巨大登山行李袋拿出鋸子，轉過身就朝我們小時候建好的木頭鞦韆移動，沒幾下的功夫就把那些木塊全都鋸了下來，堆積起來成一座木柴小山。

麥憂丟了一些火種，火很快便燒了起來，煙霧繚繞，百破樂不知道在興奮什麼一直在煙霧中穿梭。

清掃好大多數的落葉（講真的為什麼要清掃落葉，難道你不覺得好奇嗎，落葉清掃不也就只是把落葉從地點甲移動到地點乙而已嗎，到底在掃什麼意思？），我甩下掃把，雙手扠腰看著已經躺在地墊上喝起啤酒的麥憂。我伸出手搶過他手中的啤酒喝了一大口。

服務學習結束沒多久天色就很暗了，在水母湖這邊雖然有我們牽線偷電來的燈泡，但我們上來這裡幾乎很少開燈，因為湖裡的螢光水母數量一直都很龐大，每一隻水母發出的光非常微弱但聚集起來幾乎已經像是營火了。

我拉起麥憂，走到我們小時候共同搭建的木製鞦韆處，木材已經全都被麥憂拆下來堆成柴火堆了。火正在燒，麥憂把那兩個黑垃圾袋拖來，他打開其中一個袋子，拿出裡頭一塊垃圾，往火堆裡丟了進去。我笑了起來，也從袋子裡面抓出一些塑膠垃圾往火堆裡丟。我們很快就把兩個大袋子的東西都扔了進去，我媽顯然收拾過大多數的東西，裡面只有很少的塑膠類垃圾，其他大多數都是紙製或木質的東西，至少燒出的煙霧不會毒到馬上殺死我們。

火堆裡發出一大堆奇怪的聲音，我拉著麥憂離開火堆到遠處，大多數的煙霧都被盤旋在火柴堆上方的百破樂吞掉了，牠一副很愉快的樣子，我實在不是很明白牠吞下那些毒物對牠有什麼好處。我伸手抹掉麥憂臉頰上的髒汙，笑著告訴他我們現在正在呼吸有毒空氣，你怎麼會覺得這是好事？

麥憂只是聳了聳肩，沒有回話。

我們坐回麥憂一開始鋪好的地墊，麥憂又打開一瓶啤酒，我從他的登山行李袋中挖出一個密封盒，打開裡頭用錫箔紙包好的烤雞。我放到地墊上，拿行李袋裡的溼紙巾擦了擦手指也擦了擦麥憂的手指，確保衛生後就用手撕起雞肉。

我餵了麥憂幾口，我們兩人很快就把一隻小烤雞給吃完，就在我擦著手（又幫麥憂擦手）時，我看著麥憂的側臉，就這樣一直看著，握著麥憂的手，時間長到麥憂的視線從水母湖拉回我身上。

他側過頭看我，我吞下口水，問道：「你為什麼從來沒有問為什麼我親你？」

「你想要我問嗎？」麥憂微微歪了頭，笑起來。

我點點頭，沒有等麥憂說話，就繼續說下去。

「因為你那時候看起來很悲傷。」我咬牙說道：「你就像是要消失了一樣。百破樂應該是第一次鑽進你體內，我看著你，那時候的眼周滿布黑紅色血管亮亮的，看起來好像是你哭出黑色的血。你看起來很悲傷，我不知道該怎麼做才好，沒有辦法救你。所以我親了你，我以為那會讓你開心。」

麥憂沉默了一會兒，低下頭看著水母湖前的草皮。我們才剛把水母湖的草皮清理過一次，只能說如果有人想要野餐露營的話，真的，請一定多準備幾條很厚的野餐鋪巾。我摸了摸草皮，冰冰涼涼的，我非常確定有隻吐著藍色舌頭的蜥蜴從旁邊草叢鑽了過去——我不知道為什麼我要忽然說這些，這一點兒也不重要。

「不是吧。」麥憂忽然用力推了我的肩膀，笑著說：「才不只是那個原因。」

我好懷念這個笑容——不是說在吃影怪事件過後，麥憂都沒有對我笑或者怎樣，而是這個笑容綁定的是我那整個父親還沒有徹底失控、我和父親甚至是和麥憂或許還有未來共同生活可能性的那些年。

我看著麥憂，現在的我沒有辦法對他說謊，如果可以的話我會說謊，我會說謊到我自己都相信自己，相信就是我剛剛說的那些原因。但我沒有辦法，我不知道要怎麼辦了，我不知道該怎麼做。

我嘆了氣，說道：「因為我不確定。」

「嗯？」

我笑了出聲，「欸，你不是當初應該要生氣我做這種事情嗎，結果為什麼你那時候什麼反應也沒有？」

麥憂看著我，一點也沒有斥責的意味，「我想說你或許是想確定看看。」

「我是。」我抓了抓額頭，把頭髮往後撥弄，嘆了氣，「而且我確定了——所以我逃跑了，我以為只要跑得夠遠，你就不會再對我有、呃，有，嗯，這麼大的影響力。結果顯然是我錯了。」

「先說，你不是要跟我出櫃吧？有大概幾千個粉絲都賭你是同志，他們輸了大概會賠光忘得讚點數喔。」麥憂拉出自己的手機，打開忘得讚，點了點其中一則貼文，那則貼文是我和他抱在床上看電視的照片，我根本沒印象麥憂拍了那張照片。

我應該要笑出來的，但我沒有。

「不是，我只是想告訴你，是我太沒用了。我不應該逃跑的。」

我和麥憂都沒有說話許久，我們半躺在草皮上，盯著水母湖瞧，現在的夜晚水母湖中那些發著光的水母提供了不少光源——當然今晚最大的光源還是我們堆疊在一旁，正在用營火燒掉的那些我跟麥憂在地下室打爛砸碎後搬上來的垃圾，大多數都是我父親的東西，跟一點點我高中時期的東西。火柴堆還在燒著，但顯然吃煙霧已經飽了的百破樂拍著牠那小小的翅膀飛了過來。

我現在有點後悔沒有把誠實眼罩拿來燒——好吧，這是謊話。

我聽著營火吱吱嗶剝燃燒的聲音，側過頭看向麥憂，麥憂閉著眼睛不知道正在想些什麼。我伸出手指，再一次把他的頭髮稍微往後撥弄了一下。

我覺得有些話要在現在說，如果現在不說，我絕對又說不出口了。我深呼吸了幾次，大聲到麥憂轉過頭看我，像是看到鬼一樣。

「雖然你給了我那個魔法，相信我什麼鬼的。」我揮了揮手指像在揮魔棒一樣，「但我可能還是需要一點點，我說一點點心理治療。就那麼一點點——可能還有跟我媽一起。」

我吞了吞口水，我不喜歡我這段話將要走到的地方。

「還有我覺得我可能，呃，嗯——有點呃，喜歡小朱。」

「我知道。」麥憂露出笑容，一副全天下都知道只有我自己不知道的樣子。

「但我還有很多，呃，問題？」我眨了眨眼睛，先是低頭有點不好意思，接著抬起頭看向麥憂，「相信我什麼鬼的，可能沒辦法那麼通用，但我努力。」

麥憂點點頭，笑了起來，「我知道。」

麥憂的手指伸到我面前，摸了摸我的臉頰。

我蹭了蹭他手心，繼續說：「還有你應該要答應求婚，不是今天，但，有一天，他對你來說很、很重要。」

「你確定你沒有不小心喝到我偷下忘得糖的飲料嗎？你是不是太輕飄飄了，話也說不清楚。」

麥憂笑著模仿下午我在括號蝦照護機構對他說的話，看了我幾秒，又迴避我的眼神——這也好，看著他的話，這些話我可能就說不出來了。

我深呼吸了一口氣，握緊拳頭，逼自己繼續講下去：「你知道我的意思——如、如果我、不，不對，是我們。如果我們想要，真的去得到我們需要的東西，我、我們這樣子下去是不行的。」

麥憂試圖打斷我的話，「你不用解釋——」

「我要。因為如果我現在不說，我可能晚一點就會跑到你家門口，敲你的門，要你絕對不要答應他求婚，因為我很需要你，你會笑出來，因為，呃，你看過我吧？看看我這張臉，你會超開心，我根本就同志天菜。你會拒絕他，留在我身邊，我們會很快樂，我們會真他媽的很快樂。」

「你不用說——」

我大口呼吸了兩次，差點要呼吸不到空氣——我想繼續跟麥憂說，我們會超級快樂，因為我們真的對彼此來說都很重要。但有一天，一定會有這一天，這些快樂會開始不夠，有個部分的我需要的東西他沒有辦法給我，我沒辦法給他他需要的那個東西，一年，五年，十年，二十年，一定會有那麼一天，我們會發現我們做錯了，因為我們沒有真正嘗試過其他種人生，我們開了離我們最近的那一道門，因為太軟弱而選了那款最簡單的遊戲，就這樣一直玩一直玩，我們太害怕改變，我們在彼此需要浮木的時候抓緊了對方，把對方當成浮木，用彼此來存活，但這樣下去，這樣下去——我大口吸了空氣，我用力眨了眨雙眼，想把我的情緒全都眨掉。

我不知道，如果我們重新認識，只是為了要分開，那這十八週到底是為了什麼——這也是謊話，我當然知道是為了什麼。

我看著麥憂，什麼話也擠不出來。

麥憂雙手捂住眼睛低下頭好幾秒沒有說話，我知道他知道我到底想講什麼。他用力搖了搖頭，笑的聲音有些卡卡的，我好想向前擁抱他，但我不太確定現在適不適合這麼做，我是那麼厭惡肢體觸摸，但麥憂的話沒有關係。麥憂的話似乎從來都沒有關係。

麥憂還是沒有說話。

我看著低下頭，仍然捂住自己雙眼的麥憂。

「我可以抱你嗎？」我問。

麥憂抬起頭，雙眼瞪大地看著我，他的眼睛都紅了。

我看著他，想了想，找個理由向他解釋：「我是異男，當然我沒跟你交、交往，不過現在這太像、像是分手了，感覺應、應該要抱一下，你看我們服務學習結束了，雖然講真的除了弄丟住民還死了之外，我們根本什麼都沒做。現在就要畢業了，當、當然搞不好你還是會常常跑來我家或怎樣的但也很難、難說，搞不好真的之後就不會有機會——」

麥憂沒等我把話說完就向前用力抱住我，我僵了一兩秒鐘，最後伸出雙手用力抓住他的背，深呼吸把湧上來的那些情緒全部壓下去。但有些還是竄出來了，我吸了吸鼻子希望不要被麥憂發現這狀況，那些營火正在燒掉父親留下來的遺物，聲音正好小小地遮掩了我的反應——這大概也是謊話。

我看向前方，麥憂的百破樂正拍著翅膀在我面前繞啊繞，我以為牠又要因為我的視線而飛遠逃跑，但牠就這樣繞啊繞，繞啊繞。百破樂那看久了竟然好像有點不那麼討人厭、發著微微銀光的雙眼回視了我。牠飛到我鼻子前，在我眼前拍著翅膀盯著我。我用力抱緊麥憂，如果可以，我好想要按下暫停鍵，我願意放棄一下停在這一刻。

但我已經知道不行了，我只能活在此刻，不斷回顧，一直想往前跑，想要永遠不被任何事情改變，都是浪費。生活就是有些不好的事情發生了，我沒死掉，我繼續活下來了。有些糟糕的事情發生，我不喜歡它們發生，但我無能為力，我只能繼續把日子過完。

大概吧，我不知道——這些都是我跟你說過的話了，你可能太笨忘記了。

但也可能之所以你會忘記，是因為我們只能擁有現在。

這可能也是謊話——事實上是，我不知道應該如何是好，我還是有那些不良的感覺，我知道我需要花很多力氣，把那些藏在我裡面的針刺拔出來，有一天我後腦杓那個總是不斷冒出來的尖刺聲響、父親不斷叫罵的尖叫嘶吼背景音樂才有可能停止。我會非常痛苦——但我必須這麼做。我只知道我必須找到這麼做的方法，其他什麼大道理大概都會是謊話。

我用力抱緊麥憂，盯著眼前的百破樂，深呼吸了一口氣。

我或許還知道這件事情。

看來，真的要只剩下你跟我了，對吧？

後記　你的情緒不在乎你的邏輯

二〇一七年我開始了顏色系列小說計畫，希望藉由數本顏色小說，建構一個顏色世界觀，書寫跟我們所處現代很接近但又完全遠離的角色們的故事。我認為做為非異性戀群體又稍微擁有一點創作能力，想要持續書寫關照非異性戀族群的問題，這個痴心妄想如今已經變成第三本小說了。

大家歡迎自行解讀，性向並非一顆鎖死在牆上的螺絲，做為故事的生產者，我所說的東西並不需要當成唯一標準答案，但，對我而言，這是一本異性戀男性的成長故事。或許會有人質疑，那這樣跟我前述提及的「非異性戀群體」是否自相矛盾，我想答案是，並沒有，因為我所謂的「非異性戀群體」，指涉的並非性向，而是思想狀態，而這狀態是我們現存世界必然的產物。

我們是在異性戀教育底下長大的。大多數的主流文本中，都是異性戀視角，我們的流行歌，有無數歌詞只要是男性歌手，其中提到的人稱都會選擇「妳」而非其實可以是中性的「你」。非異性戀群體的小孩在成長過程中，所吸收的媒體環境，都是替異性戀量身打造的，非異性戀族群甚少在媒體中看見「自己」。我們很自然會內化那些異性戀意識並且與自我產生疏離、厭斥，或因自我厭斥而昇華轉變，或者消失——我們被訓練成，必須想盡辦法移情以及同理到與我們不同的人身上，因為我們如果不這麼做，我們會像是不存在這世界一樣。我們在其實不是寫給我們的文本中，試圖看見自己。

那，為什麼我還要寫一個「異性戀男性」做為故事的主角呢？

《不穿紅裙的男孩》是以第一人稱撰寫的異性戀青少年成長小說，書寫男主角在大學服務學習課程前往照護機構服務的生活。在這學期間，總是憤怒的男主角阿特諾與自己高中過後漸行漸遠的男同志好友麥憂重新認識，也認識了跨性別女性小朱和麥憂的聽障語障男友，自己原先認知的性別、性向概念以及對自己失蹤父親的理解也會因此改變。

做為一個能夠創作的非異性戀人類，我想要呈現我所希望看到的世界應該是什麼樣子，而這個世界和我們生活的異性戀框架世界並不獨自真空存在，也不互相排斥，重點訴求在於更多可能性，而不是彼此抵銷只留下自己。在這前提下，我必須正視的是，我們世界原本就是「異性戀」多數，二〇一八年臺灣同婚的公投已經敲破「臺灣已經夠平權了」這個短暫幻覺，但我們不可能要求異性戀消失，更不可以讓自己消失，那要如何和解？

我想試圖透過異性戀男性的視角，去觀察一個，在異性戀主宰意識稍微鬆動的世界中，一個從小被灌輸各種傳統異性戀男性應該如何過活模式的異性戀男性，在智識上明白自己有的這些感覺不合時宜，但情感上無法擺脫那種「覺得其他人都錯了」的憤怒感受。我想觀察這個角色是如何和那些「不正確的人」相處，如何理解差異，如何正視自己的情緒根源，並且逃出那個總是著火的屋子——或許這是一本寫給異性戀的書，給那些理智上知道應該尊重其他性向、性別，支持婚姻平權，非異性戀人權，但偶爾在夜深人靜、一時不察還是會覺得自己被非異性戀族群剝削，搞不清楚自己應該怎樣在此時此刻當異性戀的人。

書寫這本書，是我試圖理解這件事情並找出答案的過程，而這本書是一個暫時的結果。

而關於這本書是否是個愛情故事，我想，我所寫的每一本小說，應該都是跟愛有關的故事。在這本小說中，有些思考運作在故事底下，一如水脈滋養了這本小說，那些思考提供了整本小說前進的動力——是不是或許有些人的相遇，是為了讓彼此更好，接下來就什麼都沒有了？

是不是有些人就是出現，來修復，或者用很黏的ＯＫ繃把你的創傷貼起來，讓你好像不那麼痛了。有些人就是出現用很甜的蜜把你靈魂的孔隙補好，當然不可能恢復原樣，但至少讓你感覺好像是完整的。有些人就是出現，讓你感覺你是你自己，讓你知道自己不是地獄，但就離開了。你會不會想，如果你們在這個彼此都已經變好了的時刻遇到，你們會不會就更好了？

我想，或許有些人就是出現在剛好的時間，從此每一次你都覺得他們很剛好，他們幫助了你面對自己的錯誤，協助你理解自己的傷痛，和你一起走出地獄。但共同經歷創傷的彼此是沒有辦法真正看見對方的，你們只會一起持續地往另外一個方向看，因為你們站在同一面。而有時候那樣很好，但有時候如果對方會無數次包容自己的平庸邪惡，而你又認為自己需要改變的話，有時候沒有別的方法，有些人註定就不是要留在你的生活。

為什麼明明是讓彼此完整的人，最後會變成彼此的惡魔？

這不是很可愛嗎？在寫這本小說的過程中，我一直在思考這件事情。

感謝編輯國治，我總是認為出版我的任何作品都是冒險。感謝人類Ｃ、Ｄ、Ｙ以及去年我被安置在山上的那整個時光，我不敢相信我竟然會這樣說，但我其實很懷念那些。

感謝陪伴我走到第三本小說的讀者。

2021/04/14

嬉文化

不穿紅裙的男孩

著者／潘柏霖
發行人／黃鎮隆
總經理／陳君平
經理／洪琇菁
總編輯／呂尚燁
美術總監／沙雲佩
執行編輯／楊國治
封面繪圖／YAYA
美術編輯／李政儀
企劃宣傳／洪國瑋
國際版權／黃令歡、梁名儀
文字校對／施亞蒨
內文排版／謝青秀

出版／城邦文化事業股份有限公司 尖端出版
台北市中山區民生東路二段一四一號十樓
電話：（〇二）二五〇〇—七六〇〇
傳真：（〇二）二五〇〇—二六八三
E-mail：7novels@mail2.spp.com.tw

發行／英屬蓋曼群島商家庭傳媒股份有限公司城邦分公司 尖端出版
台北市中山區民生東路二段一四一號十樓
電話：（〇二）二五〇〇—七六〇〇（代表號）
傳真：（〇二）二五〇〇—一九七九

中彰投以北經銷／楨彥有限公司（含宜花東）
電話：（〇二）八九一九—三三六九
傳真：（〇二）八九一四—五五二四

雲嘉經銷／威信圖書有限公司 嘉義公司
電話：（〇五）二三三—三八五二
傳真：（〇五）二三三—三八六三
客服專線：〇八〇〇—〇二八—〇二八

南部經銷／威信圖書有限公司 高雄公司
電話：（〇七）三七三—〇〇七九
傳真：（〇七）三七三—〇〇八七

香港經銷／城邦（香港）出版集團有限公司
香港灣仔駱克道一九三號東超商業中心1樓
電話：（八五二）二五〇八—六二三一
傳真：（八五二）二五七八—九三三七
E-mail：hkcite@biznetvigator.com

新馬經銷／城邦（馬新）出版集團Cite（M）Sdn. Bhd.
E-mail：cite@cite.com.my

法律顧問／王子文律師 元禾法律事務所
台北市羅斯福路三段三十七號十五樓

二〇二一年六月一版一刷

■中文版■

郵購注意事項：
1. 填妥劃撥單資料：帳號：50003021戶名：英屬蓋曼群島商家庭傳媒(股)公司城邦分公司。2. 通信欄內註明訂購書名與冊數。3. 劃撥金額低於500元，請加附掛號郵資50元。如劃撥日起 10～14日，仍未收到書時，請洽劃撥組。劃撥專線TEL：(03)312-4212 ・ FAX：(03)322-4621。E-mail：marketing@spp.com.tw

國家圖書館出版品預行編目資料

不穿紅裙的男孩 / 潘柏霖作. -- 1版. -- 臺北市 : 城邦文化事業股份有限公司尖端出版 : 英屬蓋曼群島商家庭傳媒股份有限公司城邦分公司發行, 2021.06
面 ; 公分

ISBN 978-626-308-009-6 (平裝)

863.57 110007001